大家的韓國語

|初級 1|

韓語超人氣名師　**金玟志**　著

為大家設計的最佳韓語教科書

「當補習班講師 = 從事服務業」

「一堂課 = 一場秀」

這就是這幾年我在台灣教韓語，一直銘記在心裡的兩句話。

目前來到補習班跟我學韓語的同學，大多是大學生或上班族。想也知道他們光學校的功課、公司的事情已經夠忙夠累的，居然還願意抽空到補習班進修，而且不是為了非學不可的英文或很熱門的日文。看大家對韓國與韓語這麼有興趣，願意付出寶貴的時間來努力，身為韓國人的我覺得非常感謝，真的很想握住每位同學的手說一聲「謝謝」。

每一堂韓語課，我都抱著這種感恩的心面對學生。當然，為了不要辜負他們的期待以及滿足他們的需求，像準備上台表演一般，上課前一定要好好地設計內容和流程。也許有些人會說「韓國人教自己的母語，有什麼困難？」不過，我記得剛開始教書，我為了上一堂三小時的課，卻準備了整個星期。上課時，除了教科書裡的內容外，怕學生們感到無聊，中間插些韓國文化介紹、韓文歌或有趣的補充教材。最重要的是將自己想像成是一個台灣人，努力試圖去瞭解母語為中文者在學習韓語時的死角，研究怎麼講解文法對他們來說較容易接受。當然，這些不可能第一次就得到好成果。第一個班，上完課之後，若學生的反應或學習效果不佳，那就再去檢討改善整個上課內容，若在第二個班上的結果也不理想，又得去改一改教學方式，然後在下一班再試試看。

您說「哪位老師不這麼做？大家都是這樣準備上課的啊。」……是沒有錯。只是我現在回頭想，當時的我因為中文不算精通，經驗不足，加上在台灣能找到的韓語教材有限的關係，繞了很多路才走到現在。我寫這本書的出發點就在這裡。

「想要寫出一本──就算剛入行的老師也能教得有系統又有效果的教科書。」

「想要寫出一本──資深老師也會肯定品質的教科書。」

「想要寫出一本──想學韓語但情況不允許的人可以拿來自修的教科書。」

最後，當一個韓語教師，最大的夢想就是用自己寫的教科書上課。讓我這個夢想終於實現的是「瑞蘭國際」，我親愛的韓國家人和台灣家人，還有我的最愛「우리 한국어반 친구들」，我想趁著這個機會跟您們說一聲謝謝。因為有您們才有今天的我。無限感激！

《 韓語學習流程 》

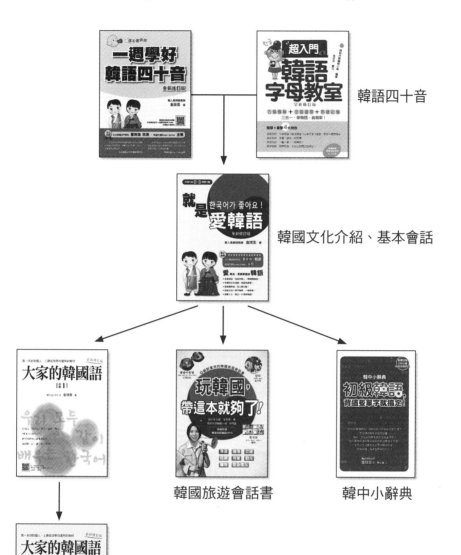

韓語四十音

韓國文化介紹、基本會話

韓國旅遊會話書　　韓中小辭典

最佳韓語教科書
（含習作本）

※ 基本上，只要讀完《大家的韓國語　初級1》、
《大家的韓國語　初級2》這兩本，還有搭配
《初級韓語，背這些單字就搞定！》，就能通過
「TOPIK韓國語能力測驗－初級（2級）」喔！

如何使用本書

《大家的韓國語　初級1》一書包含發音、語彙、文法、會話、習題與延伸閱讀，是全方位的韓語入門學習教材，不須另外添購副教材，即可同時訓練聽、說、讀、寫四大語言能力。各課取材內容著重生活化、實用性，避免枯燥刻板，使讀者樂於親近、學習。

❶ 從40音開始，一步步奠定韓語基礎實力

本書首單元為韓語40音教學，除介紹韓語由來、筆順練習之外，並利用相關單字輔助，配合口語練習，迅速熟練韓語基礎發音，為學習奠基。

完整40音教學

詳細說明韓語發音方式與造字邏輯，並用國人最熟悉的注音符號標示輔助記憶，馬上就能開口讀出韓語。

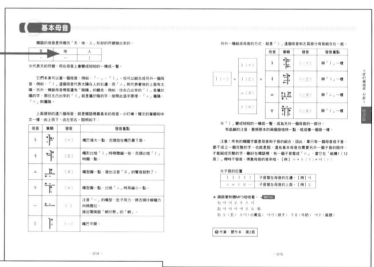

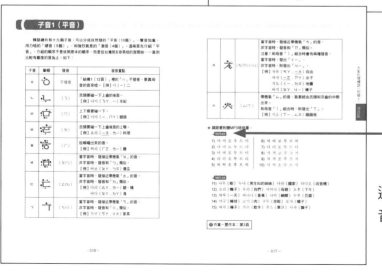

跟著MP3唸唸看

MP3-03　邊聽MP3邊朗讀，把韓語字型與發音一起牢記在心。

❷ 以7個階段，循序漸進學習

　　發音篇之後進入正式課程，導入基本文法與會話，每課皆以7個階段循序漸進學習，同時搭配MP3，能充分練習、紮實培養韓語實力。

Step 1>>**文法**

　　系統解說、利用圖表分析初級韓語必學文法、句型，並提示範例與重要觀念。

Step 2>>
文法練習

　　由簡單的句子漸進至高層次複句，反覆練習，精熟句型。
跟著MP3朗讀，發音語調才會標準，學習最正確的韓語。

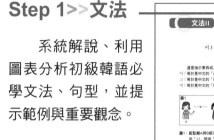
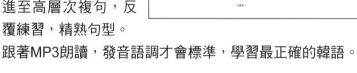

Step 3>>**單字**

　　羅列最實用的初級字彙，奠定韓語基本實力。

Step 4>>**會話**

　　依課程學習主軸，設定對話場景，應用所學句型，套用至實境，使用韓語交談一點也不難。

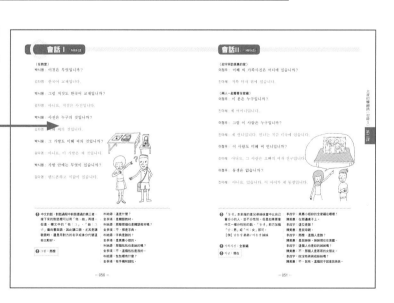

Step 5>>學習加油站

配合各課需要，補充相關用語或字彙，
讓韓語表達更加順暢。

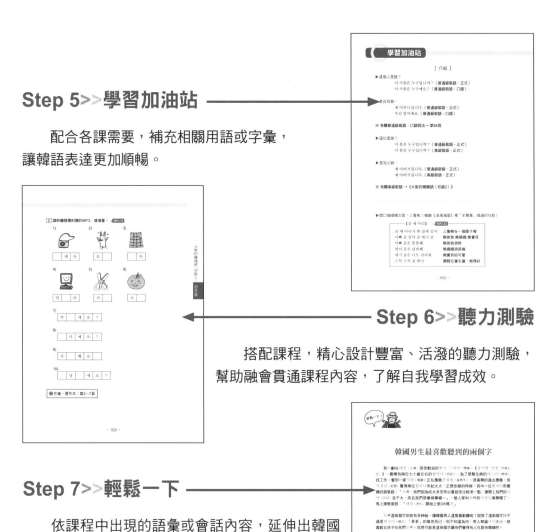

Step 6>>聽力測驗

搭配課程，精心設計豐富、活潑的聽力測驗，
幫助融會貫通課程內容，了解自我學習成效。

Step 7>>輕鬆一下

依課程中出現的語彙或會話內容，延伸出韓國
文化、社會、現況……等介紹。了解韓國，更快學
會韓語！

附錄

詳細解說韓語字母結構、
發音規則以及重要文法關鍵
等，可作學習補充與參考之
外，也能當作複習重點。

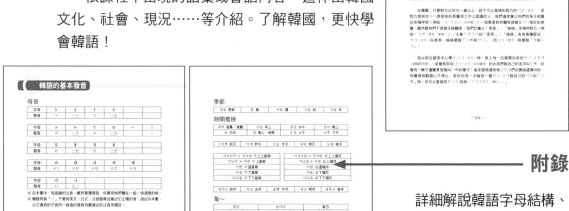

❸ 測驗解答及索引，查詢最容易

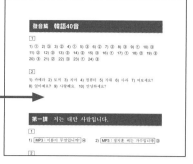

聽力測驗分課解答

收錄各課聽力測驗解答與MP3錄音原文，最適合教學現場參考與學生自修。

單字索引

將本書出現單字按韓語子音排列，便於檢索參照。

❹ 搭配習作本練習，學習零疏漏

精心設計的練習題目，讓學習不會因為下課而中斷。除了每課練習之外，還有3回綜合複習，統合整理各階段學習成果。

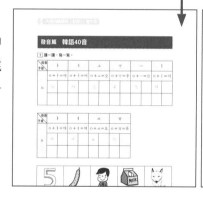

如何掃描 QR Code 下載音檔

1. 以手機內建的相機或是掃描 QR Code 的 App 掃描封面的 QR Code。
2. 點選「雲端硬碟」的連結之後，進入音檔清單畫面，接著點選畫面右上角的「三個點」。
3. 點選「新增至『已加星號』專區」一欄，星星即會變成黃色或黑色，代表加入成功。
4. 開啟電腦，打開您的「雲端硬碟」網頁，點選左側欄位的「已加星號」。
5. 選擇該音檔資料夾，點滑鼠右鍵，選擇「下載」，即可將音檔存入電腦。

目錄

002　作者的話

004　如何使用本書

012　韓語Q&A

013　【發音篇】韓語40音

■　母音
　　子音
　　收尾音
■　聽力測驗
■　韓語的特色

027　【第一課】저는 대만 사람입니다.（我是台灣人。）

■　日常生活用語
■　文法
　　～입니까? / ～입니다.
　　～은/는 ～입니다.
　　～이/가 아닙니다.
■　會話Ⅰ / 會話Ⅱ
　　～은/는＋요?
　　～도
■　學習加油站：初次見面
■　聽力測驗
■　輕鬆一下：失去自己名字的媽媽們

041　【第二課】이것은 무엇입니까?（這是什麼？）

■　文法
　　～의
　　이 / 그 / 저
　　～이/가 있습니다. ←→ ～이/가 없습니다.
　　～에 있습니다.
■　會話Ⅰ / 會話Ⅱ
■　學習加油站：介紹 / 韓文歌《三隻熊》
■　聽力測驗
■　輕鬆一下：韓國男生最喜歡聽到的兩個字

055　【第三課】오늘이 몇 월 며칠입니까?（今天是幾月幾日？）

■　文法
　　漢字音數字：일,이,삼,사,오,육,칠,팔,구,십
　　～에 갑니다. ①
　　～에 갑니다. ②
■　會話Ⅰ / 會話Ⅱ

- 學習加油站：韓國公休日 & 紀念日 / 實用口語說法
- 聽力測驗
- 輕鬆一下：生日那天，大家來一碗海帶湯吧

069　【第四課】식당에서 저녁을 먹습니다.（在餐廳吃晚飯。）

- 文法
  ～ㅂ니다. / 습니다.
  ～에서
  ～을/를
  안～
  ～하고 ＝ ～와/과
- 會話Ⅰ / 會話Ⅱ
- 學習加油站：興趣
- 聽力測驗
- 輕鬆一下：我不敢上台灣的美容院

083　【第五課】주말에 보통 뭐 해요?（你週末通常都做什麼？）

- 文法
  ～예요. / 이에요. ⟷ ～이/가 아니에요.
  ～랑 / 이랑
  ～아요 / 어요 / 해요
  ～지 않다
  ～고 싶다 ⟷ ～기 싫다
- 會話Ⅰ / 會話Ⅱ
  그래서 / 그런데 / 그리고
- 學習加油站：簡稱（口語說法）/ 日常生活用語
- 聽力測驗
- 輕鬆一下：韓國美食前三名

097　【第六課】사과 한 개에 1,000원이에요.（一顆蘋果一千元。）

- 文法
  時間說法：～시 ～분
  ～부터 ～까지
  純韓文數字：하나, 둘, 셋, 넷, 다섯, 여섯, 일곱, 여덟, 아홉, 열
  하루에 몇 시간～? / 얼마나 자주～?
  항상 / 자주 / 가끔 / 거의 안 / 전혀 안 ～
- 會話Ⅰ / 會話Ⅱ
  ～해서 모두～
  그런데
- 學習加油站：家裡的排行 / 十二生肖 / 星座 / 血型
- 聽力測驗
- 輕鬆一下：在韓國，問人家年紀是有道理的

111　【第七課】친구에게 생일 선물을 줘요. （送朋友生日禮物。）

- 文法
  ～고 있다 ①
  ～에게 ～을/를 주다 ＝ ～한테 ～을/를 주다
  ～세요. / 으세요. ⟷ ～지 마세요.
  아주 많이 / 너무 / 아주 / 많이 / 조금 / 전혀 안～
  「ㅂ不規則」的變化
- 會話 I / 會話II
- 學習加油站：日常生活用語
- 聽力測驗
- 輕鬆一下：每個月14日都是紀念日（上）

125　【第八課】우리 영화 보러 갈까요？（我們要不要去看電影呢？）

- 文法
  ～러/으러 가다
  ～ㄹ/을까요？ ① ≒ ～ㄹ/을래요？
  ～ㄹ/을게요. ＝ ～겠습니다.
  ～고
- 會話 I / 會話II
- 學習加油站：請客 / 「ㄷ不規則」的變化
- 聽力測驗
- 輕鬆一下：每個月14日都是紀念日（下）

139　【第九課】세수를 한 후에 이를 닦았어요. （洗臉之後刷了牙。）

- 文法
  ～았어요 / 었어요 / 했어요
  ～ㄹ/을 거예요 ①
  ～（기）전에 ⟷ ～（ㄴ/은）후에
  ～지만
- 會話 I / 會話II
- 學習加油站：日常生活用語 / 「ㄷ不規則」的變化 / 「ㅂ不規則」的變化
- 聽力測驗
- 輕鬆一下：參加結婚典禮包「白」包

153　【第十課】집에서 회사까지 버스로 30분 걸려요.
（從家到公司搭公車需要三十分鐘。）

- 文法
  ～로/으로
  ～에서 ～까지
  ～ㄴ/은 적이 있다 ＝ ～아/어/해 봤다
  ～ㄹ/을까요？ ②

～ㄹ/을 거예요. ②

그러니까

- 會話Ⅰ / 會話Ⅱ
- 學習加油站：問路
- 聽力測驗
- 輕鬆一下：只有三種人騎機車

167 【第十一課】날씨가 좋으면 등산을 가려고 해요.
（天氣好的話，我打算去爬山。）

- 文法

  ～려고/으려고 하다

  못～

  ～면/으면

  ～ㄹ/을 수 있다 ⟷ ～ㄹ/을 수 없다 ①

  잘 / 조금 / 잘 못 / 못～

  ～아/어/해 주다 ＝ ～아/어/해 드리다
- 會話Ⅰ / 會話Ⅱ
- 學習加油站：在餐廳 / 搭計程車
- 聽力測驗
- 輕鬆一下：問路時必講的一句「那裡……」

181 【第十二課】더 작은 사이즈를 입어 보세요.
（你試穿更小的尺寸看看。）

- 文法

  ～아/어/해 보이다

  ～보다 （더）

  ～아/어/해 보세요.

  「르不規則」的變化

  形容詞修飾名詞：～ㄴ / 는 / 은

  ～중에서

  ～아/어/해서
- 會話Ⅰ / 會話Ⅱ
- 學習加油站：表示情緒 / 表示味道
- 聽力測驗
- 輕鬆一下：吃韓國菜，體驗不同文化

195 附錄

211 聽力測驗 答案

225 單字索引

〈作者的小提醒〉

2021年7月，南韓的「文化體育觀光部」正式將韓國泡菜（김치 / Kimchi）之標準中文翻譯，由「泡菜」變更為「辛奇」。

為了方便讀者理解，本書出現的「김치」，都搭配「韓國泡菜 / 辛奇」這樣的中譯，希望大家能夠對「辛奇」這個說法越來越熟悉，甚至熟悉到一看到「김치」，就可以自然而然講出「辛奇」的那天來臨。

作者 金玟志 敬上 ♥

Q：韓國字是哪來的外星語？

很久以前韓國也採用漢字書寫，並沒有可以表達韓國話的文字。但是，漢字畢竟跟韓語是完全不同系統的文字，學習漢字既難又耗時，只有貴族才有機會學習，一般平民根本不可能學會，造成很多生活上的不便。因此，於西元1443年，有一位朝鮮朝的君王「世宗大王」和一批學者創造了很簡便的文字，這就是現在韓國人在用的「韓國字（한글）」。剛開始，貴族們拒絕使用它，只有少數人在用，不過隨著時代演變越來越普及，成為如今韓國的官方文字。

韓國字都是圈圈、四方、一橫的，看起來很簡單，但它可是很有哲學性也有科學性的文字。它的母音模仿「天、地、人」的形狀，子音則模仿發那個音時需要注意的口腔形狀。只要懂它們的組合原理，便可輕易發出正確的音，也很容易記起那個字的筆畫。

Q：中文和韓文最大的不同在哪裡？

漢字大體上是圖像文字，而韓國字則是拼音文字。意思是，當你看到一個漢字，如果不知道它的注音符號，即使懂它的意思，也沒辦法唸出它的發音。但韓國字不同。韓文總共有40個基本音（包含21個母音和19個子音），因為韓國字就是用代表這些發音的字所創造的，所以只要把這40個音記牢，基本上看到的任何韓國字，就馬上可以唸出來。

因為如此，韓國字被公認為世界上最容易學的文字之一。當初世宗大王創造韓國字的本意，就是要方便百姓使用，所以要求韓國字簡單易學。也因為韓國字很好掌握，大部分的人在上小學前已經學會，所以韓國沒有文盲。

Q：韓國字結構的原則？怎麼組合？

韓國字有二個結構，方式如下：

結構1 　只有一個子音與母音在一起，子音寫在母音的左邊或上面。
　　　　ㄱ + ㅏ = 가 / ㄴ + ㅗ = 노

結構2 　「結構1」下方再加一個或兩個子音。
　　　　ㄱ + ㅏ + ㅇ = 강 / ㄴ + ㅗ + ㄹ = 놀 / ㄷ + ㅏ + ㄺ = 닭
　　　　後來再加上去的藍字子音，就叫做「收尾音」。

韓語40音

☯重點提示☯

1. 母音

基本母音	ㅏ ㅓ ㅗ ㅜ ㅡ ㅣ ㅑ ㅕ ㅛ ㅠ
複合母音	ㅐ ㅔ ㅒ ㅖ ㅘ ㅚ ㅙ ㅞ ㅝ ㅟ ㅢ

2. 子音

平音	ㄱ ㄴ ㄷ ㄹ ㅁ ㅂ ㅅ ㅇ ㅈ ㅎ
硬音	ㄲ ㄸ ㅃ ㅆ ㅉ
激音	ㅋ ㅌ ㅍ ㅊ

3. 收尾音：

歸納於七種發音（ㄱ ㄴ ㄷ ㄹ ㅁ ㅂ ㅇ）

韓語的母音是用模仿「天、地、人」形狀的符號做出來的。

天	地	人
·	―	│

※代表天的符號，用在母音上會變成短短的一橫或一豎。

它們本身可以當一個母音，例如：「―」、「│」。也可以組合成另外一個母音，例如：「ㅏ」這個母音代表太陽在人的右邊，而「ㅗ」則代表著地的上面有太陽。另外，韓語母音裡面還有「陰陽」的觀念。例如，往右凸出來的「ㅏ」是屬於陽的字，那往左凸出來的「ㅓ」就是屬於陰的字。按照此造字原理，「ㅗ」屬陽，「ㅜ」則屬陰。

上面提到的這六個母音，就是韓語裡最基本的母音。小叮嚀！韓文的筆順和中文一樣，由上而下、由左至右。說明如下：

母音	筆順	發音	發音重點
ㅏ	ㅏ	（ㄚ）	嘴巴張大一點，舌頭放在嘴巴最下面。
ㅓ	ㅓ	（ㄛ）	嘴形比唸「ㅏ」時稍微縮一些，舌頭比唸「ㅏ」時翹一點。
ㅗ	ㅗ	（ㄡ）	嘴型圓一點，發出注音「ㄡ」的聲音就對了。
ㅜ	ㅜ	（ㄨ）	嘴型圓一點，比唸「ㅗ」時再縮小一點。
―	―	（　）	注音「一」的嘴型，肚子用力，將舌頭往喉嚨方向稍微拉。 接近閩南語「蚵仔煎」的「蚵」。
│	│	（一）	嘴巴平開。

另外一種組成母音的方式，就是「ㅣ」這個母音和左頁部分母音組合在一起。

母音	筆順	發音	發音重點
ㅑ	ㅑ	（一Y）	與「ㅏ」一樣
ㅕ	ㅕ	（一ㄛ）	與「ㅓ」一樣
ㅛ	ㅛ	（一ㄡ）	與「ㅗ」一樣
ㅠ	ㅠ	（一ㄨ）	與「ㅜ」一樣

左側組合圖：

ㅣ（一） + ［ ㅏ（Y） ㅓ（ㄛ） ㅗ（ㄡ） ㅜ（ㄨ） ］ =

※「ㅣ」變成短短的一橫或一豎，成為另外一個母音的一部分。
　有底線的注音，要將原本的兩個音唸快一點，唸成像一個音一樣。

注意！所有的韓國字都是母音和子音的組合。因此，單只有一個母音或子音，都不成立一個完整的字。也就是說，這些基本母音也需要另外一個子音的陪伴，才能組成完整的字。剛好在韓語裡，有一個子音寫成「ㅇ」，當它在「結構1（12頁）」裡時不發音，得靠母音的音來唸。【例】ㅇ＋ㅏ（Y）＝아（Y）

※子音的位置

ㅏ ㅑ ㅓ ㅕ ㅣ	子音寫在母音的左邊。【例】아
ㅗ ㅛ ㅜ ㅠ ㅡ	子音寫在母音的上面。【例】오

★ 請跟著附贈MP3唸唸看。　◀MP3-01

1) 아 어 오 우 으 이
2) 아 야 어 여 오 요 우 유
3) 오（五） 오이（小黃瓜） 아이（孩子） 우유（牛奶） 여우（狐狸）

❶ 作業－習作本：第2頁

子音1（平音）

　　韓語總共有十九個子音，可以分成自然發的「平音（10個）」，聲音加重、用力唸的「硬音（5個）」，和強烈氣息的「激音（4個）」。這兩頁先介紹「平音」，介紹的順序不是依照原本的順序，而是從台灣朋友容易唸的音開始，一直到比較有難度的音為止。如下：

子音	筆順	發音	發音重點
ㅇ	ㅇ	不發音	「結構1（12頁）」裡的「ㅇ」不發音，要靠母音的音來唸。【例】이（ㄧ）二
ㄴ	ㄴ	（ㄋ）	舌頭要碰一下上齒的後面。 【例】나이（ㄋㄚ.ㄧ）年紀
ㅁ	ㅁ	（ㄇ）	上下唇要碰一下。 【例】이마（ㄧ.ㄇㄚ）額頭
ㄹ	ㄹ	（ㄌ）	舌頭要碰一下上齒後面的上顎。 【例】요리（ㄧㄡ.ㄌㄧ）料理
ㅎ	ㅎ	（ㄏ）	從喉嚨出來的音。 【例】허리（ㄏㄛ.ㄌㄧ）腰
ㅂ	ㅂ	（ㄆ/ㄅ）	當字首時，發接近帶微氣「ㄆ」的音， 非字首時，發音和「ㄅ」類似。 【例】바보（ㄆㄚ.ㄅㄡ）傻瓜
ㄷ	ㄷ	（ㄊ/ㄉ）	當字首時，發接近帶微氣「ㄊ」的音， 非字首時，發音和「ㄉ」類似。 【例】다리（ㄊㄚ.ㄌㄧ）腿、橋 　　　바다（ㄆㄚ.ㄉㄚ）海
ㄱ	ㄱ	（ㄎ/ㄍ）	當字首時，發接近帶微氣「ㄎ」的音， 非字首時，發音和「ㄍ」類似。 【例】가구（ㄎㄚ.ㄍㄨ）家具

| ㅈ | | （ㄘ/ㄗ/ㄑ/ㄐ） | 當字首時，發接近帶微氣「ㄘ」的音，
非字首時，發音和「ㄗ」類似。
注意！和母音「ㅣ」組合時會有兩種發音，
當字首時，發出「ㄑㄧ」，
非字首時，則發出「ㄐㄧ」。
【例】자유（ㄘㄚ．ㄧㄨ）自由
　　　여자（ㄧㄛ．ㄗㄚ）女子
　　　지도（ㄑㄧ．ㄉㄡ）地圖
　　　바지（ㄆㄚ．ㄐㄧ）褲子 |
| ㅅ | | （ㄙ/ㄒ） | 帶微氣「ㄙ」的音，氣要經由舌頭和牙齒的中間
出來。
和母音「ㅣ」組合時，則發出「ㄒ」。
【例】시소（ㄒㄧ．ㄙㄡ）蹺蹺板 |

★ 請跟著附贈MP3唸唸看。

▶ MP3-02

1) 아 어 오 우 으 이	6) 바 버 보 부 브 비
2) 나 너 노 누 느 니	7) 다 더 도 두 드 디
3) 마 머 모 무 므 미	8) 가 거 고 구 그 기
4) 라 러 로 루 르 리	9) 자 저 조 주 즈 지
5) 하 허 호 후 흐 히	10) 사 서 소 수 스 시

▶ MP3-03

11) 나무（樹） 누나（男生叫的姊姊） 나라（國家） 라디오（收音機）

12) 오리（鴨子） 우리（我們） 어머니（母親） 오후（下午）

13) 하루（一天） 바나나（香蕉） 나비（蝴蝶） 두부（豆腐）

14) 야구（棒球） 고기（肉） 구두（皮鞋） 모자（帽子）

15) 바지（褲子） 가수（歌手） 주스（果汁） 사자（獅子）

❗ 作業－習作本：第3頁

子音2（硬音、激音）

　　韓語子音可以分成「平音」、「硬音」和「激音」。如下面的表格，其實「硬音」和「激音」，都是在一些「平音」上添加筆畫衍生出來的。比「平音」要加倍用力唸的「硬音」，是將「平音」寫兩次的方式製造出來的。而要以吐氣方式唸的「激音」，則是在「平音」上多加一橫就行。

平音	ㄱ ㄴ ㄷ ㄹ ㅁ ㅂ ㅅ ㅇ ㅈ ㅎ
硬音	ㄲ　ㄸ　　　ㅃ ㅆ　ㅉ
激音	ㅋ　ㅌ　　　ㅍ　　ㅊ

　　這是我們台灣朋友最分不清楚的韓語發音之一，但其實只要記住「平音」、「硬音」、「激音」各自的特色，要發出正確的音一點都不難。

【平音】發音自然、輕輕的唸（請參考第16頁）		【硬音】靠喉嚨加倍用力唸			【激音】像大吐氣一樣，氣要從嘴裡「吐」出來		
子音	發音	子音	筆順	發音	子音	筆順	發音
ㄱ	（ㄎ/ㄍ）	ㄲ		（ㄍ）	ㅋ		（ㄎ）
ㄷ	（ㄊ/ㄉ）	ㄸ		（ㄉ）	ㅌ		（ㄊ）
ㅂ	（ㄆ/ㄅ）	ㅃ		（ㄅ）	ㅍ		（ㄆ）
ㅅ	（ㄙ/ㄒ）	ㅆ		（ㄙ）			
ㅈ	（ㄘ/ㄗ）（ㄑ/ㄐ）	ㅉ		（ㄗ）	ㅊ		（ㄘ/ㄑ）

強烈的口氣發出「ㄘ」，和母音「ㅣ」組合時則發出「ㄑ」。

　　「平音」的重點是發音要自然，如果一不小心唸得太用力，就很容易讓人家聽成「硬音」或「激音」。所以請大家記住，「平音」要輕輕的唸。例如，「가수（歌手）」的發音，可以寫成「ㄎㄚ．ㄙㄨ」，但這裡的「ㄎ」，唸的時候要比真正的音還要再輕一點才行，像是卡片的「卡」。

　　那「까수」要怎麼唸呢？「硬音」是靠喉嚨所發的音，所以就按照注音用力唸「ㄍㄚ．ㄙㄨ」就好。

　　由「激音」開始的「카수」呢？就是要用強烈氣息唸成「ㄎㄚ．ㄙㄨ」。注意！唸「激音」時要像大吐氣一樣，氣必須從嘴裡「吐」出來才行。

　　請大家把手放在嘴巴前面，然後唸唸看「하하하！（哈哈哈！）」。感覺到足夠的氣了嗎？「ㅎ」是從喉嚨出來的音，因為所謂的「激音」其實是「平音」加「ㅎ」音的關係，氣音才會那麼重。【例】ㄱ（ㄍ）＋ㅎ（ㄏ）＝ㅋ（ㄎ）剛才手掌感覺到的「氣」，這就是「激音」的特色。

★ 請跟著附贈MP3唸唸看。

▶ MP3-04

1) 가까카　거꺼커　고꼬코　구꾸쿠　그끄크　기끼키
2) 다따타　더떠터　도또토　두뚜투　드뜨트　디띠티
3) 바빠파　버뻐퍼　보뽀포　부뿌푸　브쁘프　비삐피
4) 사싸　서써　소쏘　수쑤　스쓰　시씨
5) 자짜차　저쩌처　조쪼초　주쭈추　즈쯔츠　지찌치

▶ MP3-05

6) 꼬마（小孩、小鬼）꼬리（尾巴）카드（卡片）코끼리（大象）
7) 머리띠（髮箍）토마토（番茄）오토바이（摩托車）토끼（兔子）
8) 아빠（爸爸）오빠（女生叫的哥哥）우표（郵票）커피（咖啡）
9) 아가씨（小姐）아저씨（先生、大叔）비싸요（貴）
10) 가짜（假的）차（汽車、茶）치마（裙子）고추（辣椒）

❶ 作業－習作本：第4頁

複合母音

　　所謂的「複合母音」，是基本母音和其他母音組合而成的。所以，基本上將原本的那兩個母音寫在一起，就會變成新的母音。【例】ㅗ＋ㅏ＝ㅘ

　　關於「複合母音」的發音，有些是保留原本的兩個音，快速唸成新的音。
【例】ㅣ（一）＋ㅐ（ㄝ）＝ㅒ（一ㄝ）

　　有些新母音的發音，則與原本的兩個音完全無關。
【例】ㅏ（ㄚ）＋ㅣ（一）＝ㅐ（ㄝ）

　　還有，如接下來的表格，好幾個「複合母音」寫法雖然不同，但發音卻一樣。例如「ㅐ」和「ㅔ」，「ㅒ」和「ㅖ」，「ㅚ」、「ㅙ」和「ㅞ」的發音，嚴格來說，每個都是不同的音。但是因為它們發聲的部位和嘴型差異微小，聽起來卻差不多。在韓國，現在只有主播會唸得很清楚，一般人不會去區分這些。因此，我們台灣朋友只要按照下面的說明練習發音即可。注意！雖然發出一樣的音，但在背單字和寫法上，還是要區分清楚，因為它們各有各的意思。
【例】개（ㄎㄝ）：狗／게（ㄎㄝ）：螃蟹

創造過程	母音	筆順	發音	發音重點
ㅏ＋ㅣ＝	ㅐ	ㅐ	（ㄝ）	嘴巴自然張開，發出「ㄝ」就對了。【例】배우（ㄆㄝ．ㄨ）演員　카메라（ㄎㄚ．ㄇㄝ．ㄌㄚ）相機
ㅓ＋ㅣ＝	ㅔ	ㅔ		
ㅣ＋ㅐ＝	ㅒ	ㅒ	（一ㄝ）	和子音「ㅇ」在一起時唸「一ㄝ」，和其他子音在一起時則唸成「ㄝ」。【例】애기（一ㄝ．ㄍ一）聊天、談話　예뻐요（一ㄝ．ㄅㄛ．一ㄡ）漂亮　세계（ㄙㄝ．ㄍㄝ）世界
ㅣ＋ㅔ＝	ㅖ	ㅖ		
ㅗ＋ㅏ＝	ㅘ	ㅘ	（ㄨㄚ）	快速發出「ㄨㄚ」的音。【例】과자（ㄎㄨㄚ．ㄗㄚ）餅乾

ㅗ+ㅣ＝	ㅚ			快速發出「ㄨㄝ」的音。
ㅗ+ㅐ＝	ㅙ		（ㄨㄝ）	【例】예외（一ㄝ．ㄨㄝ）例外
ㅜ+ㅔ＝	ㅞ			왜（ㄨㄝ）為什麼 웨이터（ㄨㄝ．一．ㄊㄛ）男服務生
ㅜ+ㅓ＝	ㅝ		（ㄨㄛ）	快速發出「ㄨㄛ」的音。 【例】추워요（ㄔㄨ．ㄨㄛ．一ㄡ）冷
ㅜ+ㅣ＝	ㅟ		（ㄩ）	發出類似「ㄩ」的音就對了。 注意：쉬（ㄒㄩ）、취（ㄑㄩ） 【例】가위（ㄎㄚ．ㄩ）剪刀 쉬워요（ㄒㄩ．ㄨㄛ．一ㄡ）容易
ㅡ+ㅣ＝	ㅢ		（ㄜ一）	總共有四個唸法如下。

※「ㅢ」的四個唸法
① 和子音「ㅇ」在一起，而且當單字的第一個字時 → 照原來的音唸「ㄜ一」
　【例】의사（ㄜ一．ㄙㄚ）醫生
② 和子音「ㅇ」在一起，而且當非字首時 → 要唸成「一」
　【例】주의（ㄔㄨ．一）注意
③ 和其他子音在一起時（不用管單字裡的位置）→ 要唸成「一」
　【例】희망（ㄏ一．ㄇㄤ）希望
④ 當「의」在句子裡有中文「的」的意思時 → 要唸成「ㄝ」
　【例】오빠의 친구（ㄡ．ㄅㄚ．ㄝ．ㄑㄧㄥ．ㄍㄨ）哥哥的朋友

★ 請跟著附贈MP3唸唸看。 ◀ MP3-06
　1) 애 에 얘 예 와 외 왜 웨 워 위 의
　2) 배（船、肚子、梨子）노래（歌）케이크（蛋糕）시계（鐘、表）
　3) 사과（蘋果）돼지（豬）회사（公司）교회（教會）
　4) 스웨터（毛衣）더워요（熱）가위（剪刀）귀여워요（可愛）
　5) 의자（椅子）회의（會議）저희（我們）저의 어머니（我的母親）

❶ 作業－習作本：第5頁

收尾音

韓國字的結構：

結構1　只有一個子音與母音在一起，子音寫在母音的左邊或上面。
ㄱ + ㅏ = 가 / ㄴ + ㅗ = 노

結構2　「結構1」下方再加一個或兩個子音。
ㄱ + ㅏ + ㅇ = 강 / ㄴ + ㅗ + ㄹ = 놀 / ㄷ + ㅏ + ㄺ = 닭
後來再加上去的藍字子音，就叫做「**收尾音**」。

韓語裡，十九個子音當中，除了「ㄸ、ㅃ、ㅉ」以外，其它十六個子音都可以當「收尾音」。有時候連不同的二個子音，也可以組合成一個「收尾音」。【例】값

但這麼多種的收尾音，實際上他們的發音都歸納於七個代表音，如下：

代表音	發音重點
ㄱ	急促短音，嘴巴不能閉起來，用喉嚨的力量把聲音發出。 閩南語「殼」的音用韓文寫的話，就是「각（ㄎㄚㄱ）」 【例】택시（ㄊㄝㄱ．ㄒㄧ）計程車
	屬於它的收尾音：ㄱ ㅋ ㄲ ㄳ ㄺ
ㄴ	唸完字之後，舌頭還要留在上排牙齒的後面，輕輕的發聲。 國語「安」的發音用韓文寫的話，就是「안（ㄚㄴ）＝（ㄢ）」 【例】산（ㄙㄚㄴ＝ㄙㄢ）山
	屬於它的收尾音：ㄴ ㄵ ㄶ
ㄷ	唸完字之後，舌頭還要留在上排牙齒的後面，用力的發聲。 閩南語「踢」的音用韓文寫的話，就是「닫（ㄊㄚㄷ）」 【例】꽃（ㄍㄡㄷ）花
	屬於它的收尾音：ㄷ ㅅ ㅈ ㅊ ㅌ ㅎ ㅆ
ㄹ	像英文的L音一樣，要將舌頭翹起來。注意！舌頭不要捲太多。 國語「哪兒」的「兒」發儿的音用韓文寫的話，就是「얼（ㄛㄹ）」 【例】호텔（ㄏㄡ．ㄊㄝㄹ）飯店
	屬於它的收尾音：ㄹ ㄼ ㄽ ㄾ ㅀ

ㅁ	將嘴巴輕輕的閉起來。 閩南語「貪」的音用韓文寫的話，就是「탐（ㄊㄚㅁ）」 【例】컴퓨터（ㄎㄛㅁ.ㄆ一ㄨ.ㄊㄛ）電腦
	屬於它的收尾音：ㅁ ㄹㅁ
ㅂ	將嘴巴用力的閉起來。 閩南語「合」的音用韓文寫的話，就是「합（ㄏㄚㅂ）」 【例】컵（ㄎㄛㅂ）杯子
	屬於它的收尾音：ㅂ ㅍ ㅄ ㄼ
ㅇ	用鼻音，嘴巴不能閉起來，像加英文「～ng」的發音。 國語「央」的音用韓文寫的話，就是「양（一ㄚㅇ＝一ㄤ）」 【例】사탕（ㄙㄚ.ㄊㄚㅇ＝ㄊㄤ）糖果
	屬於它的收尾音：ㅇ

★ 請跟著附贈MP3唸唸看。

◀ MP3-07

1) 악 억 옥 욱 윽 익
2) 안 언 온 운 은 인
3) 앋 얻 옫 욷 읃 읻
4) 알 얼 올 울 을 일
5) 암 엄 옴 움 음 임
6) 압 업 옵 웁 읍 입
7) 앙 엉 옹 웅 응 잉
8) 악 안 앋 알 암 압 앙

◀ MP3-08

1) 책（書）부엌（廚房）닭（雞）밖（外面）
2) 눈（眼睛、雪）친구（朋友）대만（台灣）한국（韓國）
3) 옷（衣服）낮（白天）꽃밭（花園）젓가락（筷子）
4) 말（馬）거울（鏡子）지하철（捷運）신발（鞋子）
5) 밤（夜、栗子）곰（熊）엄마（媽媽）김치（韓國泡菜／辛奇）
6) 밥（飯）입（嘴）집（家）지갑（錢包）
7) 빵（麵包）형（男生叫的哥哥）비행기（飛機）공항（機場）

❶ 作業－習作本：第6頁

1　請聆聽隨書附贈的MP3，選出正確的答案。　▶MP3-09

1)　① 아　　② 어　　③ 이
2)　① 우　　② 오　　③ 어
3)　① 으　　② 유　　③ 우
4)　① 오리　② 우리　③ 요리

5)　① 어　　② 에　　③ 예
6)　① 위　　② 워　　③ 웨
7)　① 애　　② 왜　　③ 와
8)　① 으　　② 이　　③ 의

9)　① 나무　② 나모　③ 나미
10)　① 고가　② 거기　③ 고기
11)　① 바치　② 바지　③ 바기
12)　① 다래　② 다르　③ 다리

13)　① 사가　② 사고　③ 사과
14)　① 의사　② 의자　③ 의차
15)　① 호사　② 해사　③ 회사
16)　① 커피　② 코피　③ 카피

17)　① 다리　② 따리　③ 타리
18)　① 가자　② 가짜　③ 가차
19)　① 우뵤　② 우뾰　③ 우표
20)　① 케이그　② 케이끄　③ 케이크

21)　① 방　　② 밤　　③ 밥
22)　① 온　　② 옵　　③ 옷
23)　① 부엌　② 부언　③ 부엽
24)　① 딴기　② 땀기　③ 딸기

2　請聆聽隨書附贈的MP3，填填看。　**MP3-10**

1)

	메	라

2)

토		

3)

	마

4)

컴		터

5)

가		

6)

사	

7)

여		세	요	?

8)

	마	예	요	?

9)

사		해	요	.

10)

	녕		세	요	?

❶ 作業－習作本：第2～7頁

韓語的特色

★ 韓文的語序：把動詞放在句子的最後

中文說：「我吃飯」，照韓文的語序就變成「我飯吃」，要先講主詞與受詞後，最後才加動詞或形容詞上去。

【例】中文「我看電視」→ 韓文是「我電視看」

中文「我學韓文」→ 韓文則是「我韓文學」

★ 中文要說「我愛你」，韓文只說「愛」就行

韓文中的「我」和「你」常常被省略，例如，要講「我愛你」，反正是對著對方說「我愛你」，何必再講「我」和「你」這兩個字，因此很多台灣朋友也會講的韓文的我愛你「莎郎嘿喲」，其實只有「愛」這個字的意思而已。

【例】中文「我愛你」→ 韓文語序是「我你愛」→ 省略後變成「愛」：사랑해요.

★ 韓語語調

韓語和中文不同，並沒有聲調，不過有些語調還是要注意。因為韓國人講話時，為了追求簡單，常常把「我」和「你」省略掉，加上韓語口語的說法（通常最後一個字為「요」）疑問句和肯定句往往都是一樣的字，只靠語調來區別，所以如果不小心，把該往上揚的疑問句唸成往下墜，意思就會完全不一樣。

【例】알았어요？（ㄚ．ㄌㄚ．ㄙㄛ．ㄧㄡ↗）→ 你知道了嗎？
[아 라 써]

알았어요．（ㄚ．ㄌㄚ．ㄙㄛ．ㄧㄡ↘）→ 我知道了。

※在本書中，藍色[ ]裡的韓語標音是按照韓語發音規則，實際上要唸出來的音。
有關發音規則 → 請見後面的附錄第200頁

★ 韓語書寫，單字之間必須保留一個空格

韓語和英文一樣，書寫時，句子裡單字和單字之間需要用空格隔開。關於留空格的規則，在本書後面單元裡會再提。

【例】저는 빨간색을 좋아합니다.（我 紅色 喜歡 → 我喜歡紅色。）

第一課

저는 대만 사람입니다.
（我是台灣人。）

☯重點提示☯

1. 日常生活用語

2. 名詞 입니까?　　是 名詞 嗎?
   名詞 입니다.　　是 名詞 。

3. 名詞A（收O）은
   名詞A（收X）는　　名詞B 입니다.　　A是B。

4. 名詞（收O）이
   名詞（收X）가　　아닙니다.　　不是 名詞 。

敬語 vs 半語

韓國人非常重視禮節與輩分，因此和人講話時，說法也要隨著對方的年紀與地位而不同。說話的對象或是提的人若是長輩，或是地位比自己高、或是客戶，都要用「敬語」。若是很熟的平輩、晚輩，或是關係很親密的人，才可以講「半語」。例如，韓語的「你好！」有兩個說法：

1) 當你要和隔壁的叔叔、老師、上司等長輩打招呼時，就要說「敬語」：
   안녕하세요？

2) 和朋友打招呼時，則會說「半語」：
   안녕？

本書裡介紹的韓文，都是以「敬語」為主，讓台灣朋友到韓國，和誰講話都不會失禮。

正式 vs 口語

韓語的敬語可再分成正式的說法與口語說法。正式的說法，用於開會、報告、面試等正式的場合。例如，韓國主播報告新聞時，通常句子最後會加「~니다.」這個代表正式說法的句型。但是私下跟同事聊天等比較生活化的場景，則常用「~요.」這個代表口語說法的句型。

需要跟韓國客戶聯絡或要準備韓語檢定的朋友，正式的說法非學不可。本書前面幾個單元，用正式的說法講解韓語的基本概念與一些句型，而從第五課起，以口語說法為主要練習會話。

日常生活用語－開口說說看 ◀MP3-11

[심]
안녕하십니까？ 你好！（正式）
안녕하세요？ 你好！（口語）

- -

[씀]
처음 뵙겠습니다. 初次見面。
[씀]
만나서 반갑습니다. 很高興認識你。

- -

[마니]
오랜만이에요. 好久不見！

그동안 잘 지냈어요? [내쎄] 你這段時間過得好嗎?

네, 잘 지냈어요. [내쎄] 是啊,我過得很好。

안녕히 가세요. 再見!（留著的人要講的話,等於是「請慢走。」）

안녕히 계세요. 再見!（離開的人要講的話,等於是「請留步。」）

다음에 또 봐요. [으메] 下次見!

안녕히 주무세요. 晚安。（睡前對長輩說的「晚安。」）

안녕히 주무셨어요? [서쎄] 早安。（早上對長輩說的「早安。」）

많이 드세요. [마니] 請多吃一點。

잘 먹겠습니다. 我要開動了。（韓文字面上的意思是「我要好好的吃。」）

잘 먹었습니다. [머 거 씀] 我吃飽了。（感謝請客的人或煮飯給你吃的人的說法）

축하합니다. [추 카 함] 恭喜你!（正式）

축하해요. [추카] 恭喜你!（口語）

감사합니다. [함] 謝謝。（正式）

고마워요. 謝謝。（口語）

아니에요. 不客氣。

죄송합니다. [함] 對不起。（正式）

미안해요. [아내] 對不起。（口語）

괜찮아요. [차나] 沒關係。

> 名詞 입니까? 是 名詞 嗎?
>
> 名詞 입니다. 是 名詞 。

　韓文中，正式的說法，通常句尾有「～ㅂ니다.（肯定句）」或「～ㅂ니까？（疑問句）」。原本代表「是」的單字為「이다」，上面的句型是在「이다」後方加上「～ㅂ니다.」或「～ㅂ니까？」，讓它變成正式的說法。

이다 ＋ ～ㅂ니까？ → 입니까?
이다 ＋ ～ㅂ니다. → 입니다.

小叮嚀

1. 此句型前方一定要為名詞，且書寫時與該名詞之間不要留空格，要全部寫在一起。

   【例】是朋友。： 친구 입니다. (X) / 친구입니다. (O)

2. 按照下方的發音規則，「입니다.」實際上的發音為「임니다.」，而「입니까？」實際上的發音則為「임니까？」。

※ 收尾音代表音「ㄱ / ㄷ / ㅂ」後方出現子音「ㄴ / ㅁ」時，
   各收尾音本身的發音會變成「ㅇ / ㄴ / ㅁ」。

> 收尾音代表音　　　後方字的頭一個音
>
> 「ㄱ / ㄷ / ㅂ」　 ＋　「ㄴ / ㅁ」
>
> ↓　↓　↓
>
> 「ㅇ / ㄴ / ㅁ」
>
> 【例】　작년　 → ［장년］　　:去年
>
> 　　　 박물관　→ ［방물관］　　:博物館
>
> 　　　 감사합니다 → ［감사함니다］ :謝謝

文法 I 練習—開口說說看 MP3-12

≪STEP1≫

어머니 → 어머니입니다.

① 여자　　② 친구　　③ 바나나　　④ 시계

≪STEP2≫

남자 친구 / 오빠 → A) 남자 친구입니까?　　　　　　네 : YES
　　　　　　　　　B) 네, 남자 친구입니다.　　　　아니요 : NO
　　　　　　　　　아니요, 오빠입니다.

① 학생 / 회사원　　　　　　② 책 / 공책
③ 커피 / 우유　　　　　　　④ 강아지 / 고양이

≪STEP3≫

한국 → A) 어느 나라 사람입니까?　　　　　　어느 : 哪個
　　　　B) 한국 사람입니다.

① 대만　　② 중국　　③ 일본　　④ 미국

生字

어머니 母親	회사원 上班族	나라 國家	영국 英國
여자 女子	책 書	【國家名稱】	프랑스 法國
친구 朋友	공책 筆記本	한국 韓國	독일 德國
바나나 香蕉	커피 咖啡	대만 台灣	러시아 俄羅斯
시계 鐘、錶	우유 牛奶	중국 中國	호주 澳洲
남자 친구 男朋友	강아지 小狗	일본 日本	태국 泰國
오빠 哥哥（女生叫）	고양이 貓咪	미국 美國	필리핀 菲律賓
학생 學生	사람 人	캐나다 加拿大	인도네시아 印尼

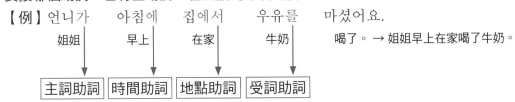

名詞A（收O）	은	
名詞A（收X）	는	名詞B 입니다.

A是B。

　　這是韓語與中文特別不同的文法之一，韓語基本上在每一個名詞後方要加一個專屬的「助詞」，用來說明前面那個名詞在句子裡的角色。韓語裡有好幾個不同種類的助詞。要加某些助詞時，還要看前面名詞最後一個字是否有收尾音，才能決定要接哪個助詞。也有些助詞，在口語時常省略掉。

【例】언니가　　아침에　　집에서　　우유를　　마셨어요.
　　　 姐姐　　　 早上　　　 在家　　　 牛奶　　　 喝了。 → 姐姐早上在家喝了牛奶。

主詞助詞	時間助詞	地點助詞	受詞助詞

　　「A是B」的句型裡，出現的助詞為「은/는」，若前面「名詞A」最後一個字有收尾音，就要接「은」，而無收尾音時則要接「는」。它在韓語句子裡的功能如下：

1) 主題、話題

　　介紹自己、家人，描述事情時最常用。

　　【例】저는 대만 사람입니다. 我是台灣人。　　　　　　　── 저：我

　　　　　오늘은 제 생일입니다. 今天是我的生日。

2) 強調

　　【例】삼계탕 주세요. 我要人參雞湯。（單純的點菜）

　　　　　저는 삼계탕 주세요. 我要人參雞湯。

　　　　　　　　　　　　　（剛才旁邊的人點了拌飯，而你要強調你要點的菜跟他不同）

3) 對比、比較

　　【例】여름은 덥고 겨울은 춥습니다. 夏天熱，冬天則冷。

小叮嚀

　　基本上，助詞為了名詞而存在，因此書寫時，與該名詞之間不要留空格，要全部寫在一起。

　　【例】我是廚師。：저 는 요리사입니다. (X) / 저는 요리사입니다. (O)

文法II練習－開口說說看 `MP3-13`

≪STEP1≫

학생 → 저는 <u>학생</u>입니다.

① 대만 사람　　② 회사원　　③ 대학생　　④ 진미혜 (人名：陳美惠)

≪STEP2≫

아버지 / 회사원 → <u>아버지</u>는 <u>회사원</u>입니다.

저는 ～입니다.
：我是~

① 어머니 / 가정주부　　② 미혜 씨 / 은행원
③ 동생 / 운동선수　　④ 선생님 / 한국 사람

≪STEP3≫

정우 씨 / 한국 사람 → A) <u>정우 씨</u>는 <u>한국 사람</u>입니까 ?
　　　　　　　　　　　　B) 네, <u>한국 사람</u>입니다.

～ 씨
：～先生、小姐

① 마이클 씨 / 미국 사람　　② 이 사람 / 회사 동료
③ 여기 / 식당　　④ 이것 / 책상

生字

【職業】	공무원 公務員	비서 祕書	동생 弟弟、妹妹
고등학생 高中生	점원 店員	경찰 警察	이 사람 這個人
대학생 大學生	요리사 廚師	군인 軍人	회사 동료 同事
회사원 上班族	의사 醫生	기자 記者	여기 這裡
가정주부 家庭主婦	간호사 護士	연예인 藝人	식당 餐廳
은행원 銀行員	변호사 律師	배우 演員	이것 這個
운동선수 運動選手	회계사 會計師	가수 歌手	책상 書桌
선생님 老師	운전기사 司機	모델 模特兒	

名詞（收O） 이	아닙니다.	不是 名詞 。
名詞（收X） 가		

　　本句型為在30頁學過的「 名詞 입니다.（是 名詞 。）」的否定句。它是在原本代表「不是」的單字「아니다」後方，添加代表正式說法的語尾，變成此句型。
아니다＋〜ㅂ니다. → 아닙니다.

　　是 名詞 。 ：　 名詞 입니다.　　　　　　【例】어머니입니다.
→ 不是 名詞 。：　 名詞 이/가 아닙니다.　　【例】어머니가 아닙니다.

　　 A 是 B 。　：　 A 은/는　 B 입니다.　　　　【例】오빠는 학생입니다.
→ A 不是 B 。：　 A 은/는　 B 이/가 아닙니다.【例】오빠는 학생이 아닙니다.

　　注意！此句型前方出現的名詞，後面還要加一個助詞「이/가」才行。若前面名詞最後一個字有收尾音，就要接「이」，而無收尾音時則要接「가」。除了在這個句型裡會用到以外，此助詞通常在韓文中當「主詞助詞」，表示句子裡的主詞是哪個，不過有時會被另一種助詞「은/는」代替。
【例】이름이 무엇입니까？ 你叫什麼名字？
　　　이름은 무엇입니까？ 你叫什麼名字？

小叮嚀　按照下方的發音規則，名詞接助詞「이」和「은」時，發音要格外注意。

※ 當任何收尾音後方出現子音「ㅇ」時，會將其收尾音移過去唸。
　　【例】정말이에요？ 是真的嗎？ / 따라 읽으세요. 請跟著唸。
　　　　　[마리]　　　　　　　　　　　　　　[일그]
　　【例】이것은 의자입니다. 這是椅子。 / 이것은 책이 아닙니다. 這不是書。
　　　　　[거슨]　　　　　　　　　　　　　[거슨] [채기]

文法Ⅲ練習－開口說說看

≪STEP1≫

저 / 회사원 → 저는 회사원이 아닙니다.

저는 ～이/가 아닙니다.
：我不是～。

① 저 / 의사　　　　　② 다영 씨 / 일본 사람
③ 이 사람 / 비서　　　④ 여기 / 회사

≪STEP2≫

이군 씨 / 한국 사람 / 대만 사람 → A) 이군 씨는 한국 사람입니까?
　　　　　　　　　　　　　　　 B) 아니요, 한국 사람이 아닙니다.
　　　　　　　　　　　　　　　 대만 사람입니다.

① 마이클 씨 / 미국 사람 / 캐나다 사람　　② 다영 씨 / 학생 / 회사원
③ 이 사람 / 남자 친구 / 회사 동료　　　　④ 이 분 / 영어 선생님 / 한국어 선생님

≪STEP3≫

이름 / 김다영 → A) 이름이 무엇입니까?
　　　　　　　 B) 김다영입니다.

무엇：什麼
제～：我的～

① 이름 / 이정우　　② 직업 / 기자
③ 취미 / 운동　　　④ 이것 / 제 가방

🔍 **生字**

회사 公司	【語言】	이름 名字	【興趣】
이 분 這位	영어 英語	직업 職業	운동 運動
	한국어 韓語	취미 興趣	영화 감상 看電影
	중국어 中文	가방 包包	음악 감상 聽音樂
	일본어=일어 日語		독서 看書
	외국어 外語		요리 烹飪

大家的韓國語（初級Ⅰ）

第一課

（初次見面1）

이정우 : 안녕하세요?

진미혜 : 안녕하세요? 저는 진미혜입니다.
　　　　이름이 무엇입니까?

이정우 : 제 이름은 이정우입니다.
　　　　만나서 반갑습니다.

진미혜 : 정우 씨는 어느 나라 사람입니까?

이정우 : 저는 한국 사람입니다. 미혜 씨는요?

진미혜 : 저는 대만 사람입니다.

이정우 : 미혜 씨는 학생입니까?

진미혜 : 네, 대학생입니다. 정우 씨는요?

이정우 : 저는 회사원입니다.

❗韓文中的「我」和「你」經常被省略，尤
其是講敬語時，常用「先叫對方的名字或
身分」的方式代替「你」這個字。

❗「你呢？」敬語的說法如下：
　名字 ＋ 은/는 ＋ 요？【例】미혜 씨는요？
　身分 ＋ 은/는 ＋ 요？【例】선생님은요？

李政宇：你好！
陳美惠：你好！我叫陳美惠。你叫什麼名字？
李政宇：我的名字叫李政宇。很高興認識妳。
陳美惠：政宇先生，你是哪國人？
李政宇：我是韓國人。美惠小姐，妳呢？
陳美惠：我是台灣人。
李政宇：美惠小姐妳是學生嗎？
陳美惠：是，我是大學生。政宇先生你呢？
李政宇：我是上班族。

（初次見面2）

토모코 : 안녕하세요？ 저는 토모코입니다.

마이클 : 안녕하세요？ 저는 마이클입니다.
처음 뵙겠습니다.

토모코 : 마이클 씨는 미국 사람입니까？

마이클 : 아니요, 캐나다 사람입니다.
토모코 씨는 어느 나라 사람입니까？

토모코 : 저는 일본 사람입니다.

마이클 : 토모코 씨는 직업이 무엇입니까？ 학생입니까？

토모코 : 아니요, 저는 학생이 아닙니다. 회사원입니다.

마이클 : 아, 그래요？ 저도 회사원입니다.
만나서 반갑습니다.

토모코 : 저도 만나서 반갑습니다.

❗ 아, 그래요？：啊，是嗎？聽完對方的話後的反應，字面上的意思為「啊，是那樣嗎？」表示一點點的驚訝，加上「原來如此」的口氣。

❗ 도：也
【例】미혜 씨도 학생입니까？
美惠小姐也是學生嗎？
저도 학생입니다. 我也是學生。
저도요. 我也是。

友子：你好！我叫友子。
麥可：你好！我叫麥可。初次見面。
友子：麥可你是美國人嗎？
麥可：不，我是加拿大人。友子妳是哪國人？
友子：我是日本人。
麥可：友子妳的職業是什麼？是學生嗎？
友子：不，我不是學生。我是上班族。
麥可：啊，是嗎？我也是上班族。很高興認識妳。
友子：我也很高興認識你。

大家的韓國語（初級Ⅰ）

第一課

【 初次見面 】

▶大家好！

　　　　여러분, 안녕하십니까?

　　　　여러분, 안녕하세요?

▶請自我介紹一下。

　　　　자기소개 해 보세요.

▶我叫○○○。

　　　　저는 ○○○입니다.

　　　　제 이름은 ○○○입니다.

　　　　저는 ○○○라고 합니다. （名字最後一個字無收尾音時）

　　　　저는 ○○○이라고 합니다. （名字最後一個字有收尾音時）

▶表示國籍：

　　　　어느 나라 사람입니까? （你是哪國人？）

　　　　저는 ○○ 사람입니다. （我是○○人。）

　　　　어느 나라에서 왔습니까? （你來自哪國？）

　　　　저는 ○○에서 왔습니다. （我來自○○。）

▶啊，是嗎？

　　　　아, 그래요? （口語）

　　　　네, 그렇습니까? （正式）

▶這是我的名片。

　　　　이건 제 명함입니다.

▶請多多指教。

　　　　잘 부탁드립니다.

　　　　잘 부탁합니다.

聽力測驗 `MP3-17`

1. 請聆聽隨書附贈的MP3中的問題，選出適當的回答。

   1) ① 네, 회사원입니다.　　　② 저는 일본 사람입니다.
      ③ 아니요, 의사입니다.　　④ 이정우입니다.

   2) ① 네, 가수가 아닙니다.　　② 아니요, 가수입니다.
      ③ 네, 가수입니다.　　　　④ 아, 그래요?

2. 請聆聽隨書附贈的MP3，指出下列正確（O）或錯誤（X）。

   1)　　　　　　　2)　　　　　　　3)

   （　　　）　　　　（　　　）　　　　（　　　）

3. 請聆聽隨書附贈的MP3，指出下列正確（O）或錯誤（X）；一個對話，三個題目。

   1) 티파니 씨는 미국 사람입니다. （　　）

   2) 티파니 씨는 요리사입니다. （　　）

   3) 민우 씨는 학생이 아닙니다. （　　）

---

❶ 作業－習作本：第8～11頁

失去自己名字的媽媽們

　　來대만（台灣）沒多久，我發現我시아버지（公公）都叫시어머니（婆婆）「淑鴻」，因為那時候的我完全不會講중국어（中文），我以為「淑鴻」就是여보（老婆）的意思，有一天我跟남편（先生）說：「你왜（為什麼）從來不叫我『淑鴻』？」他卻反問왜要那樣叫我，我心裡有點不開心說：「因為我是你아내（老婆）啊！」他說：「妳是我아내沒錯，但왜要用我媽媽的이름（名字）來叫妳！」

　　我當場傻眼……

　　常看한국 드라마（韓劇）的人也許已經知道，在한국（韓國）大多數結婚而且有아이（孩子）的부부（夫妻），他們要不是叫對方「여보」或「당신」（老公、老婆），就是會冠上아이的名字來稱呼對方，例如「誰的엄마（媽媽）」、「誰的아빠（爸爸）」。如果你直呼對方的이름，長輩們一定會糾正你，說：「結婚了稱呼也要改（他們的意思是남자 친구,여자 친구（男女朋友）的關係，才可以直呼對方的이름）。」這可能是因為한국 사람（韓國人）很注重家庭各成員的角色，也算是한국문화（韓國文化）的特色之一吧！

　　現在時代不同，不少家庭是雙薪家庭，여자（女生）也很獨立，但我부모님（父母）的年代就不同了，여자一結婚就要辭職當가정주부（家庭主婦），這是很普遍又理所當然的事。남자（男生）因為在外頭工作，還是有機會被別人叫他們的이름，但像我어머니（母親）大學一畢業，沒上過班就馬上嫁人，除了동창（以前的同學）外，幾乎很少人知道她的이름了。在家裡시부모님（公婆）與남편甚至她自己的부모님都叫她「誰的媽」，在外面也會把自己介紹成「誰的媽」。例如，隔壁有人搬進來，我媽與隔壁太太互相自我介紹時，他們都會說「你好，我是xx的媽」，他們這樣住隔壁二十年，連對方姓什麼也有可能不知道。若沒有아이呢？那就叫他們「水餃店的太太」、「金醫師的太太」等等吧！

❗韓國的大姓Top 6：
金（김）、李（이）、朴（박）、崔（최）、鄭（정）、姜（강）

第二課

이것은 무엇입니까?

（這是什麼？）

☯重點提示☯

1. 名詞A（收O） 이
   名詞A（收X） 가 名詞B 의 名詞C 입니다.

   A是B的C。

2. 이 / 그 / 저 這 / 那（近距離）/ 那（遠距離）

3. 名詞（收O） 이
   名詞（收X） 가 있습니다. / 없습니다.

   有 名詞 。/ 沒有 名詞 。

4. 名詞（地點、位置） 에 있습니다. 在 地點、位置 。

名詞A（收O） 이

名詞A（收X） 가 名詞B 의 名詞C 입니다. A是B的C。

「我的書」、「你的書」、「誰的書」等要表示「所有」時，通常會將助詞「의」附加在名詞後，表達「的」的意思。但在口語上有時會省略。

미혜의 엄마 美惠的媽媽

미혜의 엄마입니다. 是美惠的媽媽。

저는 미혜의 엄마입니다. 我是美惠的媽媽。

친구의 책 朋友的書

친구의 책입니다. 是朋友的書。

이것은 친구의 책입니다. 這是朋友的書。

如同上方例子最後一句，應用在第一課學過的「A 은/는 B 입니다. (A是B。)」句型，可成立一個新句型。

A 은/는 B 의 C 입니다. A是B的C。

名詞A後方添加的助詞「은/는」也可以改成主詞助詞「이/가」如下。

A 이/가 B 의 C 입니다. A是B的C。

如果，要表達「A是B的東西。」，將C的部分改成「것」就好。

A 은/는 B 의 것입니다. / A 이/가 B 의 것입니다. A是B的東西。

小叮嚀

1. 當「저（我）」後方加「의」時，還可以縮寫成「제」，而此說法口語上更常用。

   【例】我的包包：저의 가방 ＝ 제 가방

2. 提到自己的家人或家，可以用「우리（我們）」代替「제」，且우리後方不需加의。

   【例】我的媽媽：우리 엄마 / 我的家：우리 집

3. 當「저（我）」或「누구（誰）」後方加主詞助詞時，變化亦有例外。

   【例】저＋가 → 제가 / 누구＋가 → 누가

   並且，具有「누가～」的疑問句，在回答時，誰的部分都一定要由主詞助詞接上去。

   【例】A：<u>누가</u> 대학생입니까? 誰是大學生？

   　　　B：<u>제가</u> 대학생입니다. 我是大學生。（「是我」的口氣）

≪STEP1≫

한국 사람 → A) 누가 <u>한국 사람</u>입니까?
　　　　　　 B) 제가 <u>한국 사람</u>입니다.

누구＋가 → 누가
저＋가 → 제가

① 대만 사람　　　　　　② 요리사
③ 서울대학교 학생　　　④ 김다영 씨 / 김다영

≪STEP2≫

친구 / 제 → A) 누가 정우 씨 <u>친구</u>입니까?
　　　　　　 B) 이 사람이 <u>제 친구</u>입니다.

저＋의
→ 저의 → 제

① 회사 동료 / 제　　　② 아내 / 제
③ 누나 / 우리　　　　 ④ 형 / 우리

≪STEP3≫

사람 / 친구 / 누나 → A) 이 <u>사람</u>은 누구의 <u>친구</u>입니까?
　　　　　　　　　　 B) <u>누나</u>의 <u>친구</u>입니다.

사람：人
분：位

① 사람 / 남편 / 다영 씨　　② 사람 / 비서 / 사장님
③ 분 / 어머니 / 정우 씨　　④ 아이 / 딸 / 선생님

生字

서울 **首爾**	엄마 **媽媽**	남편 **丈夫**	고모 **姑姑**
대학교 **大學**	형 **哥哥（男生叫）**	아내 **妻子**	사촌 **堂兄弟姊妹**
【家人】	누나 **姊姊（男生叫）**	아이 **小孩、孩子**	외할아버지 **外公**
할아버지 **爺爺**	오빠 **哥哥（女生叫）**	아들 **兒子**	외할머니 **外婆**
할머니 **奶奶**	언니 **姊姊（女生叫）**	딸 **女兒**	외삼촌 **舅舅**
아버지 **父親**	동생 **弟弟、妹妹**	조카 **姪子**	이모 **阿姨**
어머니 **母親**	남동생 **弟弟**	큰아버지 **大伯**	외사촌 **表兄弟姊妹**
아빠 **爸爸**	여동생 **妹妹**	작은아버지 **叔叔**	친척 **親戚**

大家的韓國語（初級 1）

第二課

이 / 그 / 저 這 / 那（近距離）/ 那（遠距離）

這是指示東西或人時會用到的單字，位於想指示的對象（名詞）前方。

이：等於是中文的「這」，用於離說話人與聽話人都近的對象。

그：等於是中文的「那」，用於離說話人有一定的距離，而與聽話人較近的對象。

저：等於是中文的「那」，用於離說話人與聽話人都遠的對象。

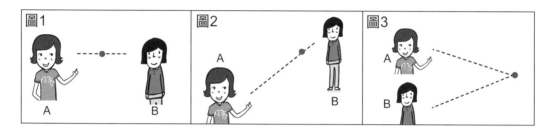

圖1：藍點離A與B都很近。因此不管A或B，都可以用「이」指出藍點。
用「이」問用「이」答。

圖2：藍點離A稍微有距離，而B相對近。
因此A會用「그」指出藍點，而B則會用「이」指出藍點。
用「이」問用「그」答，或用「그」問用「이」答。

圖3：藍點離A與B都遠，因此不管A或B，都可以用「저」指出藍點。
用「저」問用「저」答。

	人（～人 / ～位）	東西（～個）	方向（～邊）
이 這	이 사람 / 이 분	이것	이쪽
그 那（近距離）	그 사람 / 그 분	그것	그쪽
저 那（遠距離）	저 사람 / 저 분	저것	저쪽
어느 哪	어느 사람 / 어느 분 누구 誰	어느 것 무엇 什麼	어느 쪽

《STEP1》

이것 / 그것 / 가방 → A) <u>이것</u>은 무엇입니까?
　　　　　　　　　　B) <u>그것</u>은 <u>가방</u>입니다.

이것은 무엇입니까?
이것이 무엇입니까?
：這是什麼？

① 이것 / 이것 / 안경　　　② 이것 / 그것 / 우산
③ 그것 / 이것 / 볼펜　　　④ 저것 / 저것 / 지유 씨의 핸드폰

《STEP2》

이 연필 / 여동생 → A) <u>이 연필</u>은 누구의 것입니까?
　　　　　　　　　B) <u>여동생</u>의 것입니다.

① 이 노트 / 미혜 씨　　　② 그 열쇠 / 제 친구
③ 저 지갑 / 저　　　　　④ 이것 / 저

《STEP3》

이것 / 책 / 공책 → A) <u>이것</u>도 <u>책</u>입니까?
　　　　　　　　　B) 아니요, <u>공책</u>입니다.

～도 : ～也

① 그것 / 한국어 교재 / 사전　　② 저것 / 잡지 / 신문
③ 이 사람 / 중국 사람 / 일본 사람　④ 이것 / 민우 씨의 것 / 윤지 씨의 것

生字

【包包裡的東西】	지우개 橡皮擦	교과서 教科書	명함 名片
가방 包包	필통 筆盒	교재 教材	가족사진 全家福
안경 眼鏡	핸드폰 手機	사전 字典	손수건 手帕
우산 雨傘	카메라 相機	열쇠 鑰匙	휴지 面紙
양산 陽傘	수첩 手冊	지갑 錢包	잡지 雜誌
볼펜 原子筆	노트＝공책 筆記本	돈 錢	신문 報紙
연필 鉛筆	책 書	신용카드 信用卡	

大家的韓國語（初級1）

第二課

文法 III

名詞（收O） 이	있습니다. / 없습니다.	有 名詞 。 / 沒有 名詞 。
名詞（收X） 가		

　　韓文的「有」，正式的說法為「있습니다」，而「沒有」則為「없습니다」。若要將擁有的對象例如人或物講出來，那個對象後方要添加主詞助詞，但此助詞口語上有時會省略。

【例】A：미혜 씨는 남동생이 있습니까?　　美惠小姐妳有弟弟嗎？
　　　B：네, 있습니다. / 아니요, 없습니다.　　是，有。/ 不，沒有。

上方例子中，用否定方式回答的部分，也可以改成如下：
B：아니요, 남동생이 없습니다.　　不，我沒有弟弟。
　　아니요, 남동생은 없습니다.

　　這兩句唯一的差別為助詞，這會引起口氣上哪些不同呢？加主詞助詞的前句，只是單純的將「沒有弟弟」這個資訊告訴對方。而後句裡的助詞，本身有「對比、比較、強調兩者之間的差異」意思的關係，聽得出來說話者雖然沒有弟弟，但一定有哥哥或姊姊或妹妹。

小叮嚀

　　按照第30頁與下方的發音規則，「있습니다.」實際上的發音為「읻씀니다.」，而「없습니다.」實際上的發音則為「업씀니다.」。

※ 收尾音代表音「ㄱ / ㄷ / ㄹ / ㅂ」後方出現子音「ㄱ / ㄷ / ㅂ / ㅅ / ㅈ」時，原本是「平音」的後方字的頭一個音會發成「硬音」。

　　　　收尾音代表音　　　後方字的頭一個音
　「ㄱ / ㄷ / ㄹ / ㅂ」 ＋ 「ㄱ / ㄷ / ㅂ / ㅅ / ㅈ」 平音
　　　　　　　　　　　　　　 ↓　↓　↓　↓　↓
　　　　　　　　　　　　　「ㄲ / ㄸ / ㅃ / ㅆ / ㅉ」 硬音

【例】학교 → [학꾜] : 學校　　숙제 → [숙쩨] : 作業
　　　식당 → [식땅] : 餐廳　　잡지 → [잡찌] : 雜誌

文法 III 練習－開口說說看 MP3-20

≪STEP1≫

한국 친구 → 한국 친구가 있습니까?

① 고모　　　② 조카　　　③ 여동생　　　④ 우산

≪STEP2≫

오빠 / 언니 → A) 오빠가 있습니까?
　　　　　　　B) 네, 있습니다.
　　　　　　　A) 언니도 있습니까?
　　　　　　　B) 아니요, 언니는 없습니다.

① 아들 / 딸　　　　　　　② 강아지 / 고양이
③ 라디오 / 텔레비전　　　④ 책상 / 의자

≪STEP3≫

이모 / 고모 → A) 이모가 있습니까?
　　　　　　　B) 아니요, 없습니다.
　　　　　　　A) 고모도 없습니까?
　　　　　　　B) 아니요, 고모는 있습니다.

① 연필 / 볼펜　　　　② 잡지 / 신문
③ 구두 / 운동화　　　④ 돈 / 신용카드

生字

【家裡的東西】	컴퓨터 電腦	책상 書桌	시계 鐘、錶
라디오 收音機	노트북 筆電	탁자 桌子	달력 月曆
텔레비전 電視	침대 床	식탁 餐桌	신발 鞋子
에어컨 冷氣	소파 沙發	전화기 電話（機）	구두 皮鞋
냉장고 冰箱	의자 椅子	거울 鏡子	운동화 運動鞋

名詞（地點、位置）에 있습니다.　在 地點、位置 。

韓文的「있습니다」除了「有（表示「所有」）」這個意思以外，還可以表達東西或人在某個地方「存在」。注意！此時代表地點或位置的名詞後方，一定要添加助詞「에」才行。【例】방에 있습니다.　在房間裡。

那如果要表達「不在」呢？就用「있습니다」的相反詞「없습니다」表達。
【例】방에 없습니다.　不在房間裡。

若連主詞也要一起講呢？主詞後方加主詞助詞「이/가」或「은/는」都可以。
A 이/가 B 에 있습니다.　　A 은/는 B 에 있습니다.　　A在B。
【例】누나가 방에 있습니다. 누나는 방에 있습니다.　姊姊在房間裡。
A 이/가 B 에 없습니다.　　A 은/는 B 에 없습니다.　　A不在B。
【例】누나가 방에 없습니다. 누나는 방에 없습니다.　姊姊不在房間裡。

A和B的位置也可以調換。
【例】누나가 방에 있습니다. = 방에 누나가 있습니다.

 小叮嚀

表示地點時會提到的「這裡、那裡、哪裡」，這些說法按照44頁上的原則，分成如下：

	方向	地點
이	이쪽 這邊	여기 這裡
그	그쪽 那邊	거기 那裡
저	저쪽 那邊	저기 那裡
어느	어느 쪽 哪邊	어디 哪裡

※「거기」：除了「聽話者那裡」這個意思以外，像電話上一樣，提到兩個人都不在現場的地點時也可以用。

※「저기」：一定是兩個人都在現場，一起看著遠遠的「那裡」時才會用。

≪STEP1≫

우산 / 저기 → <u>우산</u>은 <u>저기</u>에 있습니다.

① 사무실 / 이쪽　② 연필 / 책상 위　③ 가방 / 책상 아래
④ 돈 / 지갑 안　⑤ 신발 / 문 앞　⑥ 윤지 씨 / 민우 씨 뒤

≪STEP2≫

볼펜 / 여기 → A) <u>볼펜</u>이 어디에 있습니까?　　　　　── 어디：哪裡
　　　　　　　　 B) <u>여기</u>에 있습니다.

① 동생 / 학교　　　　　　　② 미혜 씨 / 제 오른쪽
③ 화장실 / 엘리베이터 옆　　④ 달력 / 창문하고 거울 사이

≪STEP3≫

방 / 무엇 / 침대 / 텔레비전 → A) <u>방</u>에 무엇이 있습니까?　　　～하고
　　　　　　　　　　　　　　　 B) <u>침대</u>하고 <u>텔레비전</u>이 있습니다.　：和～

① 탁자 위 / 무엇 / 빵 / 과자　② 회사 근처 / 무엇 / 식당 / 슈퍼
③ 교실 / 누구 / 선생님 / 학생　④ 사무실 / 누구 / 사장님 / 비서

生字

【位置】	오른쪽 右邊	사무실 辦公室	빵 麵包
위 上面	왼쪽 左邊	학교 學校	과자 餅乾
아래 下面	앞 前面	화장실 廁所	회사 公司
밑 底下	뒤 後面	엘리베이터 電梯	슈퍼 超市
옆 旁邊	안 裡面	문 門	교실 教室
가운데 中間	밖 外面	창문 窗戶	
사이 之間	근처 附近	방 房間	

（在教室）

박시원 : 이것은 무엇입니까?

김다영 : 한국어 교재입니다.

박시원 : 그럼 저것도 한국어 교재입니까?

김다영 : 아니요, 저것은 사전입니다.

박시원 : 사전은 누구의 것입니까?

김다영 : 미혜 씨의 것입니다.

박시원 : 그 가방도 미혜 씨의 것입니까?

김다영 : 아니요, 이 가방은 제 것입니다.

박시원 : 가방 안에는 무엇이 있습니까?

김다영 : 핸드폰하고 지갑이 있습니다.

❶ 中文的話，對話過程中前面提過的第三者，接下來的對話裡可以用「他、她」再提。但是，韓文中的「他：그」、「她：그녀」偏向書面語，因此講口語，尤其是講敬語時，還是用對方的名字或身分代替這些比較好。

❶ 그럼：那麼

朴始源：這是什麼？
金多瑛：是韓語教材。
朴始源：那麼那個也是韓語教材嗎？
金多瑛：不，那是字典。
朴始源：字典是誰的？
金多瑛：是美惠小姐的。
朴始源：那個包包也是她的嗎？
金多瑛：不，這個包包是我的。
朴始源：包包裡有什麼？
金多瑛：有手機和錢包。

（政宇拜訪美惠的家）

이정우 : 미혜 씨 가족사진은 어디에 있습니까?

진미혜 : 저쪽 탁자 위에 있습니다.

（兩人一起看著全家福）

이정우 : 이 분은 누구입니까?

진미혜 : 제 어머니입니다.

이정우 : 그럼 이 사람은 누구입니까?

진미혜 : 제 언니입니다. 언니는 지금 미국에 있습니다.

이정우 : 이 사람도 미혜 씨 언니입니까?

진미혜 : 아니요, 그 사람은 오빠의 여자 친구입니다.

이정우 : 동생은 없습니까?

진미혜 : 아니요, 있습니다. 이 아이가 제 동생입니다.

❶「동생」本來指的是兄弟姊妹當中比自己
  輩分小的人，並不分性別。但是如果要像
  中文一樣分性別的話，「동생」前方加個
  「남：男」或「여：女」即可。
  【例】남동생 弟弟 / 여동생 妹妹

❶ 가족사진：全家福

❶ 지금：現在

李政宇：美惠小姐妳的全家福在哪裡？
陳美惠：在那邊桌子上。
李政宇：這位是誰？
陳美惠：是我母親。
李政宇：那麼，這個人是誰？
陳美惠：是我姊姊。姊姊現在在美國。
李政宇：這個人也是妳的姊姊嗎？
陳美惠：不，那個人是哥哥的女朋友。
李政宇：妳沒有弟弟或妹妹嗎？
陳美惠：不，我有。這個孩子就是我弟弟。

大家的韓國語（初級1）

第二課

【 介紹 】

▶這個人是誰？

　　　　이 사람은 누구입니까？（普通級敬語、正式）

　　　　이 사람은 누구예요？（普通級敬語、口語）

▶是我母親。

　　　　제 어머니입니다.（普通級敬語、正式）

　　　　우리 엄마예요.（普通級敬語、口語）

※ 有關普通級敬語、口語說法→ 第84頁

▶這位是誰？

　　　　이 분은 누구입니까？（普通級敬語、正式）

　　　　이 분은 누구십니까？（高級敬語、正式）

▶是我父親。

　　　　제 아버지입니다.（普通級敬語、正式）

　　　　제 아버지십니다.（高級敬語、正式）

※ 有關高級敬語 → 《大家的韓國語（初級2）》

....

▶開口唱唱韓文歌：三隻熊（韓劇《浪漫滿屋》裡「宋慧喬」唱過的兒歌）

【곰 세 마리】 **MP3-24**

곰 세 마리가 한 집에 있어	三隻熊在一個屋子裡
아빠 곰 엄마 곰 애기 곰	熊爸爸 熊媽媽 熊寶貝
아빠 곰은 뚱뚱해	熊爸爸很胖
엄마 곰은 날씬해	熊媽媽很苗條
애기 곰은 너무 귀여워	熊寶貝好可愛
으쓱 으쓱 잘 한다	肩膀左聳右聳，做得好

聽力測驗 MP3-25

1 請聆聽隨書附贈的MP3，選出適當的回答。

1) ① 이것은 사전입니다　　② 이것도 사전입니다.
　 ③ 그것은 사전입니다.　　④ 저것은 사전입니다.

2) ① 저것은 공책입니다.　　② 그것은 제 것입니다.
　 ③ 네, 이것도 공책입니다.　④ 아니요, 이것은 공책이 아닙니다.

2 依照下列全家福，指出MP3中的內容正確（O）或錯誤（X）。

① （　　）

② （　　）

③ （　　）

④ （　　）

김영준　김민지　김윤지　김근우　길혜영

3 請聆聽隨書附贈的MP3，找出下列的東西該放的地方，將它的號碼寫出來。

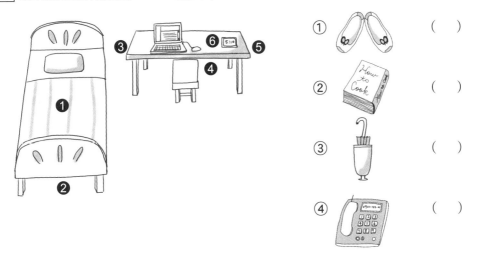

① （　　）

② （　　）

③ （　　）

④ （　　）

❶ 作業－習作本：第12～16頁

韓國男生最喜歡聽到的兩個字

有一齣在대만（台灣）很受歡迎的한국 드라마（韓劇）《장미빛 인생（玫瑰人生）》，戲裡有兩位七十歲左右的할머니（奶奶），為了想幫生病的며느리（媳婦）找工作，看到一家식당（餐廳）正在應徵종업원（服務生），很高興的進去應徵，但사장님（老闆）覺得兩位할머니年紀太大，正想拒絕的時候，其中一位할머니用撒嬌的語氣說：「오빠，我們因為吃太多苦所以看起來比較老一點，實際上我們的나이（年紀）並不大，而且我們很會做事喔～」，被人家叫오빠的사장님高興極了，馬上換態度說：「내일（明天）開始上班OK嗎？」

오빠這兩個字到底有多神祕，讓韓國男人這麼喜歡聽呢？說穿了這兩個字只不過是한국어（韓文）「哥哥」的意思而已，但不知道為何，男人無論나이大小，就喜歡女孩子叫他們오빠，我想可能是這兩個字讓他們覺得有人在跟他撒嬌吧！

在韓國，只要對方比你大一歲以上，就不可以直接叫對方的이름（名字），若對方是和你나이差很多的長輩或工作上認識的人，我們通常會以他們的身分或職位來稱呼他（例如：김 사장님（金老闆））。如果是和你關係很親又나이相近的長輩，雖然跟他們不是親兄姊關係，我們仍會以「哥哥」、「姊姊」來稱呼對方（例如：선배（學長、學姊））。注意！한국어的「哥哥」、「姊姊」各有兩種說法，여자（女生）叫哥哥、姊姊要說「오빠和언니」，而남자（男生）則要說「형和누나」。

我以前在語言中心學중국어（中文）時，班上有一位愛開玩笑的한국 남학생（韓國男同學），故意和來自다른 나라（其他國家）的女孩們說自己的名字叫오빠，好像有一陣子還蠻享受被叫오빠的樣子，後來發現連其他남학생們也開始這樣叫他，他覺得有點噁心才停止。若你也有一天碰到一個한국 남자說自己的이름叫「오빠」時，你可以直接用한국어 回他：「거짓말！（騙人！）」

第三課

오늘이 몇 월 며칠입니까?

(今天是幾月幾日？)

◉重點提示◉

1. 漢字音數字：일,이,삼,사,오,육,칠,팔,구,십

2. 名詞（時間）에 갑니다.　　時間去。

3. 名詞（地點、目的地）에 갑니다.　去目的地。

漢字音數字：일,이,삼,사,오,육,칠,팔,구,십

　　韓文唸數字的方法分為二種，一種是來自漢字的說法（本書標示為「漢字音數字」），另一種是純粹韓文的說法（本書標示為「純韓文數字 → 第100頁」）。

【漢字音數字】：
用於年度、日期、價錢、幾分（時間）、電話號碼、樓層、哪棟幾號等。

1	2	3	4	5	6	7	8	9	10
일	이	삼	사	오	육	칠	팔	구	십
11	12	13	14	…	20	30	40	…	100
십일	십이	십삼	십사		이십	삼십	사십		백
百	백	千	천	萬	만	億	억		

★ 년（年）：唸年度時，數字的部分不能分開唸，中間的零不要唸出來。
　　　　　　【例】2011年 → 이천십일 년 // 幾年 → 몇 년

★ 월（月）：唸月份時，數字後方加「월」這個字即可。但六月和十月是例外。
　　　　　　【例】6月 → 유월 / 10月 → 시월 // 幾月 → 몇 월

★ 일（日）：唸日期時，數字後方加「일」這個字即可。
　　　　　　【例】2014年5月17日 → 이천십사 년 오월 십칠 일 // 幾日 → 며칠

★ 원（韓元）：注意！唸數字10、100、1,000、10,000時，前面不用加「一」，
　　　　　　　直接唸「十、百、千、萬」就好，價錢中間的零也不用唸出來。
　　　　　　　【例】15,000元 → 만오천 원 / 10,500원 → 만오백 원 // 幾元 → 몇 원

★ 분（分）：【例】15分 → 십오 분 // 幾分 → 몇 분　※ 時間說法 → 第98頁

★ 전화번호（電話號碼）：數字都要分開唸，電話號碼裡的零要唸「공」，
　　　　　　　　　　　　韓國人習慣電話號碼中間加符號「-」，然後唸成「에」。
　　　　　　　　　　　　【例】1234-8765 → 일이삼사(에) 팔칠육오 // 幾號 → 몇 번

★ 층（樓）：【例】9樓 → 구 층 // 幾樓 → 몇 층

★ 동（棟）：韓國的大廈公寓通常會取「數字」、「英文字母」或「韓文基本字」
來表示第幾棟。
【例】1동,2동,3동……/ A동, B동, C동……/ 가 동,나 동,다 동……
幾棟 → 몇 동

★ 호（號）：數字的部分不能分開唸，中間的零都不要唸出來。
【例】1004號 → 천사 호 // 幾號 → 몇 호

★ 쪽（頁）：【例】58頁 → 오십팔 쪽 // 幾頁 → 몇 쪽

★ 학년（年級）：【例】大學2年級 → 대학교 이 학년 // 幾年級 → 몇 학년

★ **公制：**

公分（cm）	公尺（m）	公里（km）	公克（g）	公斤（kg）	百分率（%）
센티미터 ＝센티	미터	킬로미터 ＝킬로	그램	킬로그램 ＝킬로	퍼센트 ＝프로

【例】170cm → 백칠십 센티미터＝백칠십 센티　　100m → 백 미터
2km → 이 킬로미터＝이 킬로　　300g → 삼백 그램
50kg → 오십 킬로그램＝오십 킬로　　100% → 백 퍼센트＝백 프로

小叮嚀

　　「몇（幾）」後方接「ㅎ」開頭的單字時，按照下方的發音規則，發音
要格外注意。

※ 收尾音代表音「ㄱ/ㄷ/ㅂ/ㅈ」後方出現子音「ㅎ」時，收尾音跟「ㅎ」
會合起來，最後「ㅎ」會變成各收尾音的激音「ㅋ/ㅌ/ㅍ/ㅊ」。

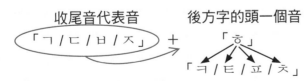

收尾音代表音　　　後方字的頭一個音
「ㄱ/ㄷ/ㅂ/ㅈ」 ＋ 「ㅎ」
　　　　　　　　　「ㅋ/ㅌ/ㅍ/ㅊ」

【例】 약혼 → [야콘]：訂婚　　　　백화점 → [배콰점]：百貨公司
몇 호 → [며토]：幾號（住址）　입학 → [이팍]：入學

－ 057 －

大家的韓國語（初級1）　第三課

※ 唸數字時，因為「連音發音規則（第34頁）」，依照講話的速度，發音可以很不一樣。【例】2月8日 → 慢速度：[이월팔일] / 快速度：[이월파릴]
雖然韓國人在生活裡大多數都會用很快速度唸，但剛開始學韓語的朋友也不用太勉強。為了讀者方便，STEP1至STEP3裡出現的數字，用不同速度錄了兩次（先慢再快）。

≪STEP1≫

몇 월的發音
→[며둴]

2/4 → A) 오늘이 몇 월 며칠입니까?
B) 2월 4일입니다.

① 1/9　② 2/10　③ 3/5　④ 4/26　⑤ 5/18　⑥ 6/6
⑦ 7/1　⑧ 8/31　⑨ 9/27　⑩ 10/10　⑪ 11/26　⑫ 12/11

≪STEP2≫

회사 전화번호 / 1234-5678 → 회사 전화번호는 1234-5678입니다.

① 우리 집 전화번호 / 9876-5432　　② 회사 팩스 번호 / 1350-2468
③ 시원 씨 핸드폰 번호 / 010-8465-3791　　④ 제 핸드폰 번호 / 010-7945-6800

≪STEP3≫

얼마：多少
얼마입니까?：多少錢?

₩ 5,000 → A) 얼마입니까?
B) 5,000원입니다.

① ₩ 35,000　② ₩ 1,400　③ ₩ 10,800　④ ₩ 803,290

生字

오늘 今天	팩스 傳真	【星期幾】	목요일 星期四
전화번호 電話號碼	핸드폰 手機	월요일 星期一	금요일 星期五
번호 號碼		화요일 星期二	토요일 星期六
우리 집 我家		수요일 星期三	일요일 星期日

≪STEP4≫

전화번호 / 몇 번 / 3715-2948

→ A) <u>전화번호</u>가 <u>몇 번</u>입니까?
　　 B) <u>3715-2948</u>입니다.

몇 호 [며토]
몇 학년 [며탕년]

① 핸드폰 번호 / 몇 번 / 010-2847-6012　② 교실 / 몇 층 / 3층
③ 사무실 / 몇 호 / 704호　　　　　　　④ 집 / 몇 동 몇 호 / 3동 1102호
⑤ 키 / 몇 / 165cm　　　　　　　　　　⑥*대학교 몇 학년입니까? / 4학년

≪STEP5≫

5월 5일 / 어린이날 → A) <u>5월 5일</u>이 무슨 날입니까?
　　　　　　　　　　 B) <u>어린이날</u>입니다.

무슨+ 名詞
: 什麼~

① 5월 8일 / 어버이날　　　② 10월 9일 / 한글날
③ 12월 25일 / 크리스마스　④ 음력 8월 15일 / 추석

≪STEP6≫

6월 16일 → A) <u>6월 16일</u>이 무슨 요일입니까?
　　　　　 B) <u>토요일</u>입니다.

무슨 요일
: 星期幾

① 오늘 / 월요일　　　　② 내일 / 화요일
③ 모레 / 수요일　　　　④ 민주 씨 생일 / 목요일

大家的韓國語（初級1）

第三課

生字

키 身高	한글날 韓國字節	양력 國曆	오늘 今天
날 日子	크리스마스 聖誕節	음력 農曆	내일 明天
무슨 날 什麼日子	추석 中秋節	요일 星期	모레 後天
어린이날 兒童節	更多韓國公休日	星期幾 → 左頁	생일 生日
어버이날 父母親節	→第66頁		

名詞（時間）에 갑니다. 時間去。

本句型為助詞「에」與動詞「去」的組合，表示什麼時候去。

「에」是表示「時間」的助詞。基本上，大部分的時間名稱後方，都要加一個專屬它的時間助詞「에」，但也有些例外如下面 小叮嚀。

另外，「에」後方出現的「갑니다」是動詞「去：가다」的變型。在動詞原型的後方，添加代表正式說法的語尾變成此句型。

가다 ＋ ～ㅂ니다. → 갑니다.

時間去。　　　：時間에 갑니다.　　【例】아침에 갑니다. 早上去。

時間去嗎？　　：時間에 갑니까?　　【例】점심에 갑니까? 中午去嗎?

什麼時候去？：언제 갑니까?

若要表達的時間是好幾個單字的組合（例如：星期三下午兩點），要先將句裡所有的時間詞全部講完之後，最後再附加一次的「에」。

【例】我星期三下午兩點去。（✗）수요일에 오후에 두 시에 갑니다.

　　　　　　　　　　　　　（○）수요일 오후 두 시에 갑니다.

小叮嚀

不加「에」的時間詞：언제 / 지금 / 그저께 / 어제 / 오늘 / 내일 / 모레 / 올해
　　　　　　　　 什麼時候　現在　前天　　昨天　今天　明天　後天　今年
【例】現在去嗎？（✗）지금에 갑니까?　　　明天去。（✗）내일에 갑니다.
　　　 （○）지금 갑니까?　　　　　　　（○）내일 갑니다.

※ 當收尾音「ㅁ」後方出現子音「ㄹ」時，「ㄹ」的發音變成「ㄴ」。
　【例】음력 → [음녁]：農曆 / 음료수 → [음뇨수]：飲料
※ 當「ㄴ」這個音在「ㄹ」前面或後面時，都要發成「ㄹ」。
　【例】설날 → [설랄]：春節 / 연락 → [열락]：聯絡

文法II練習－開口說說看 MP3-28

<<STEP1>>

생일 / 3월 4일 → A) 생일이 언제입니까？
　　　　　　　　B) 3월 4일입니다.

① 결혼식 / 6월 12일　　　② 설날 / 음력 1월 1일
③ 시험 / 목요일　　　　　④ 졸업식 / 이번 주 금요일

<<STEP2>>

아침 → A) 친구가 언제 갑니까？
　　　　B) 아침에 갑니다.

언제
：什麼時候

① 점심　　　② 저녁　　　③ 오후 2시　　④ 3월 29일
⑤ 이번 주 수요일　⑥ 이번 주말　⑦ 지금　　⑧ 내일

<<STEP3>>

저녁 / 약속 → 저녁에 약속이 있습니다.

① 일요일 / 동창회　　　　② 다음 주 월요일 / 영어 수업
③ 내일 아침 / 회의　　　　④ 오늘 / 친구의 생일 파티

生字

결혼식 結婚典禮	【時間詞】	오후 下午	이번 달 這個月
시험 考試	새벽 凌晨、清晨	오늘 今天	다음 달 下個月
졸업식 畢業典禮	아침 早上	내일 明天	다다음 달 下下個月
약속 約會	점심 中午	모레 後天	올해 今年
동창회 同學會	저녁 晚上	주말 週末	내년 明年
수업 上課	낮 白天	이번 주 這星期	更多時間詞→第206頁
회의 會議	밤 晚上、夜晚	다음 주 下星期	2시 兩點
파티 派對	오전 上午	다다음 주 下下星期	時間→第98頁

名詞（地點、目的地）에 갑니다. 去目的地。

本句型跟前頁一樣，也是助詞「에」與動詞「去」的組合，但這次卻表示去的地方。

助詞「에」在韓語句子裡的功能有好幾種，除了如前頁表時間的用法以外，還有表「地點」、「目的地」的作用。用法為後者時，通常後方會接「在：있다」、「不在：없다」、「去：가다」、「來：오다」、「坐：앉다」這些動詞。

去目的地。　　：目的地에 갑니다.　　【例】회사에 갑니다. 去公司。
去目的地嗎？ ：目的地에 갑니까?　　【例】학교에 갑니까? 去學校嗎？
去哪裡？　　 ：어디에 갑니까?

若要表達的地點是好幾個單字的組合（例如：地下一樓停車場），要先將句裡所有的地點詞全部講完之後，最後再附加一次的「에」。
【例】我去地下一樓停車場。（✗）지하에 일 층에 주차장에 갑니다.
　　　　　　　　　　　　　（○）지하 일 층 주차장에 갑니다.

也可以和前頁的句型用在一起，成立新句型。如下：
時間에 目的地에 갑니다. 【例】아침에 학교에 갑니다. 早上去學校。
人이/가 時間에 目的地에 갑니다. 【例】동생이 아침에 학교에 갑니다.
　　　　　　　　　　　　　　　　　　　　　　弟弟早上去學校。

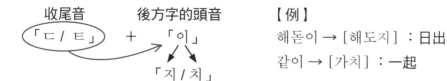

小叮嚀

　　收尾音「ㄷ / ㅌ」後方接下來的字是「이」時，收尾音會影響到後方字的音，「이」會發成「지 / 치」。

收尾音　　　　後方字的頭音　　　【例】
「ㄷ / ㅌ」　＋　「이」　　　　　해돋이 → [해도지]：日出
　　　　　　　　　↓↘　　　　　　같이 → [가치]：一起
　　　　　　　「지 / 치」

文法Ⅲ練習－開口說說看 MP3-29

≪STEP1≫

아침 / 회사 → A) 아침에 어디에 갑니까?
　　　　　　　B) 회사에 갑니다.

편의점
→[퍼니점]

① 저녁 / 극장　② 낮 / 커피숍　③ 지금 / 편의점　④ 내일 / 병원

≪STEP2≫

동생 / 오후 / 학원 → 동생이 오후에 학원에 갑니다.

① 친구 / 점심 / 식당　　　　　　② 엄마 / 오전 / 은행
③ 회사 동료 / 다음 주말 / 제주도　④ 저 / 다음 달 / 일본

≪STEP3≫

우체국 / 아침 / 언니 → A) 언제 우체국에 갑니까?
　　　　　　　　　　　B) 아침에 우체국에 갑니다.
　　　　　　　　　　　A) 누구하고 같이 갑니까?
　　　　　　　　　　　B) 언니하고 같이 갑니다.

같이：一起
→[가치]

① 서점 / 오늘 오후 / 학교 친구　　② 미장원 / 토요일 / 사촌 동생
③ 할아버지댁 / 일요일 낮 / 부모님　④ 백화점 / 내일 / 이모

백화점
→[배콰점]

生字

【地點詞】	서점 書店	커피숍 咖啡廳	주차장 停車場
회사 公司	슈퍼마켓=슈퍼 超市	편의점 便利商店	주유소 加油站
사무실 辦公室	시장 市場	미장원=미용실 美容院	공항 機場
학교 學校	우체국 郵局	극장=영화관 電影院	댁 長輩的家
기숙사 宿舍	병원 醫院	백화점 百貨公司	할아버지댁 爺爺家
학원 補習班	약국 藥局	놀이공원 遊樂園	제주도 濟州島
도서관 圖書館	식당 餐廳	호텔 飯店	일본 日本

（多瑛一出門就遇到始源）

박시원 : 지금 어디에 갑니까?

김다영 : 회사에 갑니다.

박시원 : 회사가 어디에 있습니까?

김다영 : 여의도에 있습니다.

박시원 : 여의도 어디에 있습니까?

김다영 : 63빌딩하고 서울병원 사이에 있습니다.

박시원 : 그럼 사무실은 몇 층입니까?

김다영 : 5층입니다.

박시원 : 회사 전화번호는 몇 번입니까?

김다영 : 2835-1097입니다.

---

❶ 汝矣島：位於韓國首爾漢江上的一個小島。國會議事堂、各大證券公司總部、廣播電視台KBS、MBC的總部都在這裡，可說是韓國政治、金融及媒體中心。

❶ 63大廈：韓劇《我的女孩》裡出現過的金色塔，總共有63層樓。

❶ 注意63빌딩的發音 → [육삼빌딩]

朴始源：妳現在去哪裡？
金多瑛：我去公司。（我去上班。）
朴始源：公司在哪裡？
金多瑛：在汝矣島。
朴始源：在汝矣島哪裡？
金多瑛：在63大廈和首爾醫院之間。
朴始源：那麼辦公室是幾樓？
金多瑛：5樓。
朴始源：公司的電話號碼幾號？
金多瑛：2835-1097。

（兩個同事在聊天）

이정우 : 미혜 씨 주말에 어디에 갑니까?

진미혜 : 롯데월드에 갑니다.

이정우 : 롯데월드에 혼자 갑니까?

진미혜 : 아니요, 친구들하고 같이 갑니다. 토요일이 제 생일입니다.

이정우 : 생일이 11월 13일입니까?

진미혜 : 아니요, 10월 18일입니다. 음력 생일입니다.
　　　　 정우 씨 생일은 언제입니까?

이정우 : 오늘입니다.

진미혜 : 아, 그래요? 생일 축하합니다.

이정우 : 감사합니다. 미혜씨도 생일 축하합니다.

---

❶ 樂天世界：位於首爾市區的遊樂園，整個
樂園三分之二在室內，所以無論天氣如
何，都可以盡情地玩樂。

❶ 혼자：自己、單獨
❶ ～들：～們【例】친구들：朋友們

❶ 생일（生日）＋축하합니다（祝賀、恭喜）
　→ 生日快樂！
❶ 축하합니다的發音 → [추카합니다]

李政宇：美惠小姐妳週末去哪裡？
陳美惠：去樂天世界。
李政宇：妳一個人去樂天世界嗎？
陳美惠：不，和朋友們一起去。星期六是我的生日。
李政宇：妳的生日是11月13日嗎？
陳美惠：不，是10月18日，是農曆生日。
　　　　你的生日是什麼時候？
李政宇：是今天。
陳美惠：啊，是嗎？生日快樂！
李政宇：謝謝。妳也生日快樂！

【 韓國公休日 & 紀念日 】

1월1일：신정 元旦	**放假**	5월15일：스승의날 老師節	
1월1일：설날 (或 구정) （음력） 春節	**放三天假**	6월 6일：현충일 顯忠日（紀念為了國家犧牲的先烈）	**放假**
3월1일：삼일절 三一節（紀念抗日運動）	**放假**	7월17일：제헌절 制憲節（紀念制定憲法）	
4월5일：식목일 植木日（種樹的日子）		8월15일：광복절 光復節（紀念從日本獨立）	**放假**
4월8일：석가탄신일 （음력） 釋迦誕辰日	**放假**	8월15일：추석 （음력） 中秋節	**放三天假**
5월5일：어린이날 兒童節	**放假**	10월3일：개천절 開天節（紀念韓民族的始祖）	**放假**
5월5일：단오 （음력） 端午節		10월9일：한글날 韓國字節（紀念創制韓國字）	**放假**
5월8일：어버이날 父母親節		12월25일：크리스마스 聖誕節	**放假**

▶在一般生活中，比起正式說法，更常用的實用口語說法：

얼마입니까?　　　　→ 얼마예요?
이것이 얼마입니까? → 이거 얼마예요?

어디에 갑니까?　　 → 어디에 가요?
학교에 갑니다.　　 → 학교에 가요.

생일 축하합니다.　 → 생일 축하해요.

※有關口語說法→ 第84頁、86頁

1 請聆聽隨書附贈的MP3，選出聽到的數字。

1) ① 9 　　　② 6 　　　③ 5

2) ① 1 　　　② 2 　　　③ 3

3) ① 5/7 　　② 5/17 　　③ 5/27

4) ① 11/11 　② 11/12 　③ 12/10

5) ① 846-7234 　② 846-7243 　③ 846-7134

6) ① 010-7163-4895 　② 010-7164-3805 　③ 010-7163-4805

7) ① ₩ 10,500 　② ₩ 15,000 　③ ₩ 101,000

8) ① ₩ 382,000 　② ₩ 482,000 　③ ₩ 481,000

2 請聆聽隨書附贈的MP3，依照下列月曆，
將答案寫出來（題目Ⓐ）或指出MP3中的內容正確或錯誤（題目Ⓑ）。

오늘	월	화	수	목	금	토	일
		①	2	3	4	5	6
	7	8	9	10	11	12	13
	14	15	16	17	18	19	20

7 July

1) Ⓐ 시원 씨 생일은 무슨 요일입니까?

　→ ＿＿＿＿＿＿＿＿＿＿＿＿＿＿＿.

　Ⓑ 다영 씨 생일은 다음 달입니다. （ O , X ）

2) Ⓐ 시험이 몇 월 며칠입니까?

　→ ＿＿＿＿＿＿＿＿＿＿＿＿＿＿＿.

　Ⓑ 정우 씨는 영화관에 갑니다. （ O , X ）

❶ 作業－習作本：第17～21頁

生日那天，大家來一碗海帶湯吧！

【 생일 노래 生日歌 】 **MP3-33**

생일 축하합니다　祝你生日快樂
생일 축하합니다　祝你生日快樂
사랑하는 당신의 생일 축하합니다　祝親愛的你生日快樂

　　한국 사람들（韓國人們）在 생일날 아침（生日當天早上）都會喝「미역국（海帶湯）」。那是因為韓國 엄마들（媽媽們）在生產後，都一定會喝미역국，所以身為子女的我們，要邊喝湯邊感謝母親辛苦的將我們生下來。대만 엄마들坐月子時會吃麻油雞，而한국 엄마들則吃一個月的미역국。미역（海帶）可以促進血液循環，讓산모（產婦）體內不好的東西盡快排出體外，對消除水腫也很有幫助。此外，由於미역국裡頭會放入고기（肉）或해산물（海鮮）一起煮，所以也兼顧營養。

　　通常唱생일 노래（生日歌）時，還會照가사（歌詞）唱成「생일 축하합니다」，但唱完之後要跟對方說聲「生日快樂」時，則常會用較口語的說法「생일 축하해요」來講。如果對方是친구（朋友）、아랫사람（晚輩）等可以講「半語」的人，就把代表「敬語」的語尾「요」去掉，只講「생일 축하해」即可。如果對方是像부모님（父母親）、사장님（老闆）等的윗사람（長輩）或身分地位較高的人，就要把「생일」改成「생신（生辰）」才行。

　　注意！重要的시험（考試）或면접（面試）的日子快要到時，依照韓國的習俗，可不要喝 미역국喔！因為미역的表面是滑滑的，喝碗미역국之後，說不定會滑倒落榜。信不信由你，如果想考上，那就得在시험前一天吃엿（麥芽糖），因為這樣所有的分數都會黏在身上，讓考生順利過關。

식당에서 저녁을 먹습니다.

（在餐廳吃晚飯。）

☯重點提示☯

1. 動詞、形容詞（收X） ㅂ니다.　代表敬語、現在式、
   動詞、形容詞（收O） 습니다.　正式說法的語尾

2. 地點 에서　受詞 를　動詞 ㅂ니다.（收X）
   　　　　　受詞 을　動詞 습니다.（收O）

   在 地點 動詞 受詞 。

3. 안　動詞、形容詞（收X） ㅂ니다.　不 動詞、形容詞 。
   　　 動詞、形容詞（收O） 습니다.

4. 名詞 하고 ＝ 名詞（收X） 와　和 名詞
   　　　　　　 名詞（收O） 과

| 動詞、形容詞（收X） | ㅂ니다. |
| 動詞、形容詞（收O） | 습니다 |

代表敬語、現在式、正式說法的語尾

　　韓文跟英文一樣，所有的動詞都有「原型」，要表達不同的語氣或時態時，就得直接用改變動詞方式來表現。只是韓文除了動詞以外，形容詞也有所謂的「原型」，而且不管是動詞或形容詞，它們的「原型」最後一個字都為「다」。因此，原型後方添加語尾或句型時，通常會先將「다」去掉，之後再就原型剩下的部分做變化。

　　上面的「〜ㅂ니다.」、「〜습니다.」為代表正式說法的語尾，放在形容詞或動詞的後方，用於開會、報告、面試等正式的場合。前三個單元裡一直練習的「〜입니다.」、「〜입니까？」或「〜갑니다.」、「〜갑니까？」也是在動詞原型「이다」、「가다」的後方添加這些語尾，讓它變成正式說法的。代表正式說法的語尾，公式如下：

肯定句　　| 動詞、形容詞（收X） | ㅂ니다. |　　【例】마시다 → 마십니다. 喝。
　　　　　| 動詞、形容詞（收O） | 습니다. |　　【例】먹다 → 먹습니다. 吃。

疑問句　　| 動詞、形容詞（收X） | ㅂ니까？ |　　【例】마시다 → 마십니까？ 喝嗎？
　　　　　| 動詞、形容詞（收O） | 습니까？ |　　【例】먹다 → 먹습니까？ 吃嗎？

> **小叮嚀**
>
> 1. 按照第30頁的發音規則，本句型裡收尾音「ㅂ」要唸成「ㅁ」。
>   【例】마십니다. [마심니다] / 먹습니다. [먹씀니다]
>
> 2. 「我吃飯。」這句子裡的「我」為主詞，「吃」為動詞，「飯」為受詞。將這句翻成韓語，語序要改成「我飯吃。」，主詞「我」可被省略，動詞按照本句型的公式變化就行。那受詞「飯」呢？受詞後方就需加**受詞助詞**，受詞助詞分兩種，受詞（名詞）最後一個字沒收尾音時要加「를」，而有收尾音時要加「을」。
>   【例】커피를 마십니다. 喝咖啡。 / 밥을 먹습니다. 吃飯。
>
> 3. 有些動詞的原型，他們的結構為「 名詞 ＋하다」，這系列的動詞可擁有兩種原型如下。
>   【例】요리（料理、烹飪）＋하다 → 요리하다 ＝ 요리를 하다（做菜）

文法 | 練習－開口說說看 MP3-34

≪STEP1≫

학교 / 가다 → 학교에 갑니다.

에：時間 &
目的地助詞

① 집 / 오다　② 밤 / 자다　③ 아침 / 일어나다　④ 일요일 / 쉬다

≪STEP2≫

커피 / 마시다 → 커피를 마십니다.

① 우유 / 마시다　② 영화 / 보다　③ 텔레비전 / 보다
④ 친구 / 만나다　⑤ 가방 / 사다　⑥ 한국어 / 배우다
⑦ 영어 / 가르치다　⑧ 편지 / 쓰다

≪STEP3≫

밥 / 먹다 → 밥을 먹습니다.

아침,점심,저녁
：早餐、午餐、晚餐

① 아침 / 먹다　② 저녁 / 먹다　③ 책 / 읽다
④ 신문 / 읽다　⑤ 라디오 / 듣다　⑥ 노래 / 듣다
⑦ 옷 / 입다　⑧ 손 / 씻다

生字

편지 信	마시다 喝	씻다 洗	청소(를) 하다 打掃
옷 衣服	읽다 閱讀、看（書）	하다 做	빨래(를) 하다 洗衣服
손 手	보다 看（電視等）	식사(를) 하다 用餐	목욕(을) 하다 泡澡
【動詞】	만나다 見面	공부(를) 하다 學習、讀書	말(을) 하다 說、講
가다 去	사다 買	숙제(를) 하다 做功課	이야기(를) 하다 聊天
오다 來	배우다 學習	일(을) 하다 工作	전화(를) 하다 打電話
자다 睡	가르치다 教	출근(을) 하다 上班	노래(를) 하다 唱歌
일어나다 起床	쓰다 寫	퇴근(을) 하다 下班	=노래(를) 부르다
쉬다 休息	듣다 聽	운동(을) 하다 運動	춤(을) 추다 跳舞
먹다 吃	입다 穿（衣服）	요리(를) 하다 做菜	쇼핑(을) 하다 逛街

$$\boxed{\text{地點}} \text{에서} \quad \begin{array}{l} \boxed{\text{受詞}} \text{를} \quad \boxed{\text{動詞}} \text{ㅂ니다.} （收×） \\ \boxed{\text{受詞}} \text{을} \quad \boxed{\text{動詞}} \text{습니다.} （收○） \end{array} \qquad \text{在}\boxed{\text{地點}}\boxed{\text{動詞}}\boxed{\text{受詞}}。$$

　　本句型為助詞「에서」與前頁的「受詞＋動詞」句型的組合，表示在什麼地方做什麼事情。

　　「에서」是表示「地點」的助詞。基本上，表示行動發生的地點名稱後方，都要加一個專屬它的地點助詞「에서」，與大部分的動詞一起使用。

　　【例】커피숍에서 커피를 마십니다. 在咖啡廳喝咖啡。

　　　　　식당에서 밥을 먹습니다. 在餐廳吃飯。

　　注意！本助詞「에서」和在第60頁、62頁學過的助詞「에」，在用法上有哪裡不同？

❶ 에서：在地點名稱後方添加的助詞，都和動作動詞一起使用，表示動作發生的地方，等於中文的「在～」。韓語初級班的學生會學到的大部分的動詞，都可以跟它一起使用。

　　【例】在餐廳吃飯 / 在百貨公司逛街 / 在銀行上班 / 在書店和朋友見面

❶ 에　：在位置名稱或地點名稱後方添加的助詞，只能和固定的那幾個動詞用在一起，表示東西、人的位置或到達地點、目的地。一定要接「에」的動詞為「在：있다」、「不在：없다」、「去：가다」、「來：오다」、「坐：앉다」。

　　【例】筆在書桌上 / 筆不在書桌上 / 媽媽去超市 / 朋友來我家 / 弟弟坐那裡

에서	에
우산은 어디에서 있습니까? （×）	우산은 어디에 있습니까? （○）
오빠는 지금 집에서 없습니다. （×）	오빠는 지금 집에 없습니다. （○）
어디에서 갑니까? （×）	어디에 갑니까? （○）
친구가 내일 우리 집에서 옵니다. （×）	친구가 내일 우리 집에 옵니다. （○）
어디에서 밥을 먹습니까? （○）	어디에 밥을 먹습니까? （×）
지금 방에서 무엇을 합니까? （○）	지금 방에 무엇을 합니까? （×）

文法II練習－開口說說看 MP3-35

<STEP1>

부엌 / 요리하다 → 부엌에서 요리합니다. → 부엌에서 요리를 합니다.

① 식당 / 식사하다　② 은행 / 일하다　③ 도서관 / 공부하다
④ 방 / 숙제하다　⑤ 노래방 / 노래하다　⑥ 집 / 청소하다
⑦ 공원 / 운동하다　⑧ 백화점 / 쇼핑하다

<STEP2>

커피 / 마시다 / 커피숍 → A) 어디에서 커피를 마십니까?
　　　　　　　　　　　　B) 커피숍에서 커피를 마십니다.

① 점심 / 먹다 / 중국집　② 책 / 사다 / 서점　③ 친구 / 만나다 / 영화관
④ 일본어 / 가르치다 / 학원　⑤ 음악 / 듣다 / 사무실　⑥ 손 / 씻다 / 화장실

<STEP3>

분식집 / 떡볶이 / 먹다 → A) 미혜 씨는 지금 무엇을 합니까?
　　　　　　　　　　　　　B) 분식집에서 떡볶이를 먹습니다.

① 레스토랑 / 스테이크 / 먹다　② 집 / 한국 드라마 / 보다
③ 학교 운동장 / 야구 / 하다　④ 방 / 편지 / 쓰다

生字

노래방 KTV	드라마 電視劇	분식집 小吃店	떡볶이 辣炒年糕
공원 公園	【餐廳＆料理】	스테이크 牛排、肉排	김밥 韓式壽司
음악 音樂	식당 餐廳	스파게티 義大利麵	우동 烏龍麵
손 手	레스토랑 西餐廳	피자 披薩	회 生魚片
편지 信	중국집 中國餐廳	돌솥비빔밥 石鍋拌飯	자장면 炸醬麵
운동장 運動場	한식집 韓式料理店	삼계탕 人參雞湯	짬뽕 炒碼麵
야구(를) 하다 打棒球	일식집 日式料理店	불고기 銅盤烤肉	

$$안\quad\boxed{\begin{array}{l}動詞、形容詞（收✗）\end{array}}ㅂ니다.$$
$$\boxed{\begin{array}{l}動詞、形容詞（收○）\end{array}}습니다.$$

不 $\boxed{動詞、形容詞}$ 。

　　本句型為在第70頁學過的「〜ㅂ니다/습니다.」的否定句。韓語中，動詞或形容詞的否定方式大體上可分成兩種，這算其中比較簡單的方式，因此口語上較常用。使用時，只要在要否定的動詞或形容詞前方，加一個「안」即可，要記得書寫時「안」前後都必須留個空格。

【例】우유를 마십니다. 喝牛奶。 → 우유를 안 마십니다. 不喝牛奶。

　　　저녁을 먹습니다. 吃晚飯。 → 저녁을 안 먹습니다. 不吃晚飯。

　　將一般動詞做否定變化，像上方例子一樣簡單，但「$\boxed{名詞}$＋하다」系列的動詞得格外注意。否定「$\boxed{名詞}$＋하다」系列的動詞時，不能將「안」直接擺在它的前面，而是要先讓原型裡的$\boxed{名詞}$和「하다」分開，然後將「안」放在它們之間。這時候獨立出來的名詞後方，還可以加個受詞助詞。

【例】운동합니다. 運動。 → 안 운동합니다. （✗）

　　　　　　　　　　　→ 운동을 안 합니다. （○）不運動。

小叮嚀

　　不是每個以「하다」結束的動詞，都是「$\boxed{名詞}$＋하다」的結構。例如，韓語的「喜歡」，這個動詞的原型為「좋아하다」，因為「하다」前方的「좋아」不是名詞，這個組合就不能拆散，因此做否定變化時，得將「안」擺在整個原型的前面才行。

【例】운동을 좋아합니다. 喜歡運動。

　　　→ 운동을 좋아 안 합니다. （✗）

　　　→ 운동을 안 좋아합니다. （○）不喜歡運動。

※ 當收尾音「ㅎ」後方出現子音「ㅇ」時，「ㅎ」會消失、變成不發音。

　　【例】좋아합니다. → [조아합니다] ：喜歡

　　　　　싫어합니다. → [시러합니다] ：不喜歡、討厭

文法III練習－開口說說看 MP3-36

≪STEP1≫

월요일 / 화요일 → A) 월요일에 갑니까?
　　　　　　　　　　B) 아니요, 월요일에 안 갑니다. 화요일에 갑니다.

① 평일 / 주말　　　　　　　② 이번 주 / 다음 주 ＿＿＿＿＿　오늘, 내일, 올해
③ 오늘 / 내일　　　　　　　④ 올해 / 내년 　　　　　　→ 不加「에」

≪STEP2≫

차 / 물 / 마시다 → A) 지금 차를 마십니까?
　　　　　　　　　　B) 아니요, 차를 안 마십니다. 물을 마십니다.

① 라면 / 도시락 / 먹다　　　② 옷 / 신발 / 사다
③ 영어 / 프랑스어 / 배우다　④ 회사 동료 / 고등학교 동창 / 만나다

≪STEP3≫

운동하다 / 텔레비전을 보다 → A) 시원 씨는 지금 운동합니까?
　　　　　　　　　　　　　　　B) 아니요, 운동을 안 합니다. 텔레비전을 봅니다.

① 식사하다 / 음악을 듣다　　② 숙제하다 / 편지를 쓰다
③ 공부하다 / 만화책을 읽다　④ 노래하다 / 춤을 추다

生字

평일 平日	【飲料 & 酒】	커피 咖啡	사이다 汽水
라면 泡麵、拉麵	물 水	밀크티 奶茶	술 酒
도시락 便當	생수 礦泉水	우유 牛奶	맥주 啤酒
프랑스어 法語	차 茶	코코아 可可亞	소주 燒酒
동창 同學（畢業之後）	녹차 綠茶	주스 果汁	와인 葡萄酒
음악 音樂	홍차 紅茶	음료수 飲料	
만화책 漫畫書	유자차 柚子茶	콜라 可樂	

$$\boxed{名詞}\text{하고} = \begin{array}{l}\boxed{名詞（收X）}\text{와} \\ \boxed{名詞（收O）}\text{과}\end{array} \quad 和\boxed{名詞}$$

　　這是相當於中文「和」、「跟」、「與」意思的助詞，用於名詞和名詞之間的連結，列舉兩個以上的人、事物。左邊的「하고」算比較口語，一般生活上常用，不用管前面的名詞是否有收尾音，只要在名詞後方直接接上去就行。右邊的「와／과」則是除了講話時以外，寫作時也適合用的助詞，前方名詞的最後一個字沒收尾音時要加「와」，而有收尾音時要接「과」。

【例】슈퍼에서 야채하고 과일을 삽니다.　　在超市買蔬菜和水果。

　　　교실에 선생님하고 학생이 있습니다.　教室裡有老師和學生。

　　　슈퍼에서 야채와 과일을 삽니다.　　在超市買蔬菜和水果。

　　　교실에 선생님과 학생이 있습니다.　教室裡有老師和學生。

　　有時還會跟「같이：一起」搭配在一起。

【例】친구하고 같이 학교에 갑니다.　和朋友一起去學校。

　　　언니와 같이 학교에 갑니다.　　和姊姊一起去學校。

　　　형과 같이 학교에 갑니다.　　　和哥哥一起去學校。

　　另外，在第70頁學過的正式說法的疑問句語尾「～니까？」，如果將這個句型連續使用兩次，可以表達中文的「$\boxed{句子}$？還是$\boxed{句子}$？」。

【例】아침에 밥을 먹습니까? 빵을 먹습니까?　$\boxed{你早上吃飯}$？還是$\boxed{吃麵包}$？

　　　지금 회사에 있습니까? 집에 있습니까?　$\boxed{你現在在公司}$？還是$\boxed{在家}$？

　　注意！上方的疑問句不能用「네」、「아니요」來回答。

【例】A：이것은 물입니까? 차입니까?　$\boxed{這是水}$？還是$\boxed{茶}$？

　　　B：네, 차입니다. (X)／차입니다. (O)

文法Ⅳ練習－開口說說看 MP3-37

≪STEP1≫

편의점 / 과자 & 음료수 → A) 편의점에서 무엇을 삽니까?
B) 과자와 음료수를 삽니다.

① 시장 / 과일 & 생선 　　　② 슈퍼마켓 / 김치 & 라면
③ 서점 / 잡지 & 소설책 　　　④ 음반 가게 / 슈퍼주니어 앨범 & 콘서트DVD

≪STEP2≫

바나나 / 사과 & 딸기 / 과일 → A) 바나나를 좋아합니까? ━━ 만 : 只
B) 아니요, 저는 사과와 딸기만 좋아합니다.
다른 과일은 안 좋아합니다. ━━ 다른
: 其他、別的

① 오이 / 당근 & 양배추 / 야채　② 돼지고기 / 소고기 & 닭고기 / 고기
③ 야구 / 테니스 & 수영 / 운동　④ 클래식 / 가요 & 팝송 / 음악

≪STEP3≫

팝송 / 가요 → A) 팝송을 좋아합니까? 가요를 좋아합니까?
B) 가요를 좋아합니다.

① 고기 / 생선　　② 소설 / 만화　　③ 야구 / 축구　　④ 액션 영화 / 공포 영화

生字

과자 餅乾	슈퍼주니어 Super Junior	야채 蔬菜、青菜	클래식 古典音樂
과일 水果	（韓國偶像團體）	돼지 豬	가요 流行歌
생선 （海鮮）魚	앨범 專輯	소 牛	팝송 西洋歌
김치 韓國泡菜 / 辛奇	콘서트 演唱會	닭 雞	축구 足球
잡지 雜誌	딸기 草莓	고기 肉	액션 영화 動作片
소설책 小說書	당근 紅蘿蔔	테니스 網球	공포 영화 恐怖片
음반 가게 唱片行	양배추 高麗菜	수영 游泳	

（兩個同事在聊天）

김다영 : 시원 씨, 취미가 무엇입니까?

박시원 : 운동입니다.

김다영 : 무슨 운동을 좋아합니까?

박시원 : 테니스를 좋아합니다.
다영 씨도 테니스를 좋아합니까?

김다영 : 아니요, 저는 수영만 좋아합니다.
다른 운동은 안 좋아합니다.

박시원 : 그럼 다영 씨 취미는 무엇입니까?

김다영 : 제 취미는 음악 감상입니다.

박시원 : 무슨 음악을 자주 듣습니까?

김다영 : 가요를 자주 듣습니다.

❗ 취미 : 興趣
　음악 감상＝음악 듣기：【名詞】聽音樂

❗ 자주 : 常常

❗ 更多的興趣 → 第80頁

金多瑛：始源先生，你的興趣是什麼？
朴始源：是運動。
金多瑛：你喜歡什麼運動？
朴始源：我喜歡網球。多瑛小姐也喜歡網球嗎？
金多瑛：不，我只喜歡游泳，不喜歡其他運動。
朴始源：那麼，妳的興趣是什麼？
金多瑛：我的興趣是聽音樂。
朴始源：妳常聽什麼音樂？
金多瑛：我常聽流行歌。

（電話中）

이정우： 미혜 씨, 지금 무엇을 합니까?

진미혜： 도서관에서 책을 읽습니다.

이정우： 무슨 책을 읽습니까?

진미혜： 소설책을 읽습니다.
　　　　　정우 씨는요? 지금 무엇을 합니까?

이정우： 식당에서 저녁을 먹습니다.

진미혜： 무엇을 먹습니까?
　　　　　한식을 먹습니까? 중식을 먹습니까?

이정우： 한식을 먹습니다. 김치찌개를 먹습니다.

진미혜： 맛있습니까?

이정우： 네, 아주 맛있습니다.

❗한식＝한국 음식：韓國料理、韓國菜
　　중식＝중국 음식：中國料理、中國菜
　　일식＝일본 음식：日本料理、日本菜

❗맛있다：【形容詞；原型】好吃
　→ 맛있습니다.（正式的說法）
❗아주：【副詞】很

李政宇：美惠小姐，妳現在做什麼？
陳美惠：我在圖書館看書。
李政宇：看什麼書？
陳美惠：看小說。政宇先生你呢？現在做什麼？
李政宇：我在餐廳吃晚飯。
陳美惠：吃什麼？吃韓國菜？還是中國菜？
李政宇：我吃韓國菜。吃韓國泡菜鍋（辛奇鍋）。
陳美惠：好吃嗎？
李政宇：是，很好吃。

【 興趣 】

▶各種興趣

【動詞】		【名詞】
음악을 듣다	→	음악 듣기 = 음악 감상 聽音樂
영화를 보다	→	영화 보기 = 영화 감상 看電影
책을 읽다	→	책 읽기 = 독서 看書
운동하다	→	운동하기 = 운동 運動
등산하다	→	등산하기 = 등산 登山、爬山
요리하다	→	요리하기 = 요리 烹飪
여행하다	→	여행하기 = 여행 旅行
피아노를 치다	→	피아노 치기 彈鋼琴
사진을 찍다	→	사진 찍기 照相
그림을 그리다	→	그림 그리기 畫畫
우표를 모으다	→	우표 모으기 = 우표 수집 收集郵票

▶我的興趣是 名詞 。：제 취미는 名詞 입니다.

▶我喜歡 名詞 。 ：저는 名詞 을/를 좋아합니다.

▶音樂種類

　　　가요 流行歌 / 댄스가요 快歌 / 발라드 抒情歌 / 트로트 老歌（類似演歌）
　　　팝송 西洋歌 / 재즈 爵士 / 클래식 古典音樂

▶電影種類

　　　액션 영화 動作片 / 멜로 영화 = 로맨틱 영화 愛情片 / 공포 영화 恐怖片
　　　코미디 영화 喜劇 / SF영화 科幻片

▶運動種類

　　　名詞 하다 : 야구 棒球 / 축구 足球 / 농구 籃球 / 수영 游泳 / 태권도 跆拳道
　　　名詞 치다 : 테니스 網球 / 배드민턴 羽毛球 / 골프 高爾夫球 / 당구 撞球
　　　名詞 타다 : 스키 滑雪 / 스케이트 溜冰（冰刀）

1 請聆聽隨書附贈的MP3，連連看。

1) 정우 씨   2) 다영 씨   3) 민주 씨   4) 시원 씨

2 請聆聽隨書附贈的MP3，聽寫填空。

1) 아침에는 공원에서 _____ .

2) 오전에는 은행에 _____ .

3) 점심에는 도시락을 _____ .

4) 오후에는 백화점에서 _____ .

5) 저녁에는 학원에서 한국어를 _____ .

6) 밤에는 집에서 _____ .

3 請聆聽隨書附贈的MP3，指出下列句子正確（O）或錯誤（X）。

1) 다영 씨는 내일 출근합니다. （　　）

2) 정우 씨는 가족과 일본에 갑니다. （　　）

3) 미혜 씨는 바나나를 안 좋아합니다. （　　）

❶ 作業－習作本：第22～26頁

我不敢上台灣的美容院

　　不同國家的人有不同的審美觀，以前我在어학당（語言中心）學중국어（中文）時，매일（每天）都會看到很多외국 학생（外國學生）進進出出，閒來無聊時，我們一群人會坐在도서관 앞（圖書館前），猜猜從도서관出來的학생是어느 나라 사람（哪國人）。對西方人來說，亞洲人都長得差不多，但我們比較可以分得出한국 사람（韓國人）、일본 사람 （日本人）與대만 사람（台灣人）的不同，尤其從女生的打扮，讓我們更容易分辨。

　　한국 여자（韓國女生）的화장（化妝）比較自然一點，尤其是眼妝的部分，所以少見한국 여자平常上很濃的마스카라（睫毛膏）與戴인조 속눈썹（假睫毛），但일본 여자卻很重視，喜歡像娃娃一樣的翹속눈썹，所以他們愛戴인조 속눈썹而且會上很濃的마스카라。這兩國的女生對헤어스타일（髮型）的喜好也不一樣。大部分的한국 여자只喜歡髮尾稍微修薄一點，不會從頭髮的中段就開始打薄，屬於自然一點的헤어스타일，而且一般染髮색깔（顏色）也比較深。但일본 여자喜歡把頭髮層次打高，染上金色與淺褐色，所以兩國的女生還滿容易分辨的。대만 여자的話，素顏的人比較多，而헤어스타일的樣式比較接近일본的造型。所以，大部分台灣的미장원（美容院）都是剪日式髮型，對한국 여자來說比較難接受。因此，除非중국어講得很流利可以和헤어 디자이너（髮型設計師）溝通外，許多한국 여자不太敢去대만 미장원弄頭髮。像我膽子很小，都是等回한국才去미장원剪頭髮。

　　不過，대만 미장원也有一個很特別又很棒的優點，那就是可以只洗頭髮，不一定要剪髮，而且洗頭小姐還會幫你按摩，가격（價錢）又便宜。因為한국 사람在觀念上，只有커트（剪）、파마（燙）、염색（染），或是결혼식（結婚典禮）等有重要的모임（聚會）要做造型時，才會上미장원，所以每次한국 친구（韓國朋友）來台灣玩，我一定會帶他們去미장원體驗一下。第一次坐著給人家洗頭與按摩，他們都覺得很新鮮有趣。

주말에 보통 뭐 해요?

（你週末通常都做什麼？）

☯重點提示☯

1. 名詞（收X）예요.
   名詞（收O）이에요.　　　是 名詞 。（口語說法）

2. 動、形 아요/어요/해요
   代表敬語、現在式、口語說法的語尾

3. 動、形 지 않다　　不 動詞、形容詞

4. 動詞 고 싶다 ⟷ 動詞 기 싫다
   想 動詞 ⟷ 不想 動詞

名詞（收X）예요.

名詞（收O）이에요.

是 名詞 。（口語說法）

　　韓語的敬語可分成「正式的說法」與「口語說法」。第一至第四課我們所學的，都是基本的正式說法，建議在開會、面試等正式的場合或需要跟韓國客戶聯絡時，使用正式說法。而跟私下認識的韓國朋友溝通，或買東西等生活化的場景裡，建議使用從本課起要講解的口語說法。

　　上方的句型為「名詞입니다.（第30頁）」的口語說法。正式的說法，疑問句與肯定句使用不同的句型，但口語說法不管是疑問句或肯定句，句型卻是一樣的，只靠語調來區別。因此「疑問句往上揚，肯定句往下墜」，一定要唸得清楚，以免產生誤會。

	正式	口語	
疑問句	名詞입니까？	→ 名詞（收X）예요？	【例】의사예요？
		→ 名詞（收O）이에요？	【例】선생님이에요？
肯定句	名詞입니다.	→ 名詞（收X）예요.	【例】의사예요.
		→ 名詞（收O）이에요.	【例】선생님이에요.
否定句	名詞이/가 아닙니다.	→ 名詞이/가 아니에요.	【例】의사가 아니에요.
			선생님이 아니에요.

小叮嚀

1. 「이것：這個」的口語說法 →「이거」/「이것이」的口語說法 →「이게」
「무엇：什麼」的口語說法 →「뭐」
【例】이것이 무엇입니까？（正式）→ 이게 뭐예요？ ＝ 이거 뭐예요？（口語）

2. 比「하고：和」更口語的說法 →「（收X）랑/（收O）이랑」
【例】친구랑 같이 가요. 和朋友一起去。/ 형이랑 같이 가요. 和哥哥一起去。

※ 更多簡稱、口語說法 → 第94頁

文法 I 練習-開口說說看 MP3-41

《STEP1》

이름 / 박시원 → A) <u>이름</u>이 뭐예요?
　　　　　　　 B) <u>박시원</u>이에요.

이것 + 이 → 이게
그것 + 이 → 그게

① 직업 / 공무원　② 취미 / 운동　③ 이것 / 모자　④ 그것 / 잡지

《STEP2》

어느 나라 사람입니까? → <u>어느 나라 사람이에요?</u>

① 저는 회사원입니다.　　　　　② 마이클 씨는 미국 사람입니다.
③ 여기는 우리 학교입니다.　　　④ 제 취미는 요리입니다.
⑤ 생일이 언제입니까?　　　　　⑥ 오늘이 무슨 요일입니까?
⑦ 전화번호가 몇 번입니까?　　　⑧ 이 가방은 누구의 것입니까?

누구의 것
→ 누구 거

《STEP3》

저는 한국 사람이 아닙니다. → <u>저는 한국 사람이 아니에요.</u>

① 저는 학생이 아닙니다.　　　　② 제 이름은 이정우가 아닙니다.
③ 이 사람은 남자 친구가 아닙니다.④ 저 사람도 중국 사람이 아닙니까?
⑤ 오늘은 금요일이 아닙니다.　　⑥ 이것은 제 우산이 아닙니다.

이것은 → 이건

《STEP4》

티파니 씨 / 프랑스 사람 → A) <u>티파니 씨</u>는 <u>프랑스 사람</u>이에요?
　　　　　　　　　　　　 B) 예, <u>프랑스 사람</u>이에요.
　　　　　　　　　　　　　　 아니요, <u>프랑스 사람</u>이 아니에요.

네 = 예

① 민주 씨 / 가정주부　　　　　② 이것 / 한국어 사전
③ 여기랑 저기 / 교실　　　　　④ 이 책이랑 노트 / 민주 씨의 것

動、形 아요 / 어요 / 해요　　代表敬語、現在式、口語說法的語尾

　　「是：이다」的口語說法，如前頁「文法 I」，那其他動詞或形容詞的變化又如何呢？公式如下：

動、形 ＋해요

　　動詞、形容詞的原型以「하다」結束時，要將「하다」改成「해요」。

【例】일하다 → 일해요 ＝ 일을 해요 工作

動、形 ＋아요

　　動詞、形容詞原型裡共同具有的「다」拿掉之後，最後一個字的母音為「ㅏ，ㅗ（屬於陽音）」時，要用「아요」接上去。

★ 母音「ㅏ」& 有收尾音　　【例】앉다 → 앉아요 坐

★ 母音「ㅏ」& 沒有收尾音　　【例】가다 → 가아요 → 가요 去

★ 母音「ㅗ」& 沒有收尾音　　【例】오다 → 오아요 → 와요 來

動、形 ＋어요

　　動詞、形容詞原型裡共同具有的「다」拿掉之後，最後一個字的母音為「ㅓ，ㅜ，ㅣ，ㅡ（屬於陰音）」時，要用「어요」接上去。

★ 母音「ㅓ」& 有收尾音　　【例】먹다 → 먹어요 吃

★ 母音「ㅣ」& 有收尾音　　【例】있다 → 있어요 有、在

★ 母音「ㅣ」& 沒有收尾音　　【例】마시다 → 마시어요 → 마셔요 喝

★ 母音「ㅜ」& 沒有收尾音　　【例】주다 → 주어요 → 줘요 給、送

　　若將「다」拿掉之後，最後一個字的母音為「ㅡ」，並且沒收尾音時，要看「ㅡ」前方母音的狀態，再決定要加「아요」還是「어요」，並且「ㅡ」本身會消失。

「ㅡ不規則」的變化

★ 母音「ㅡ」& 沒有收尾音　　【例】아프다 → 아프＋아요　→ 아파요 痛、不舒服

　　　　　　　　　　　　　　【例】예쁘다 → 예쁘＋어요　→ 예뻐요 漂亮

　　　　　　　　　　　　　　【例】쓰다　→　쓰＋어요　→ 써요 寫

≪STEP1≫

일하다 → 일해요 → 일을 해요

① 공부하다   ② 운동하다   ③ 식사하다   ④ 청소하다   ⑤ 쇼핑하다

≪STEP2≫

앉다 → 앉아요

① 살다   ② 가다   ③ 사다
④ 만나다   ⑤ 자다   ⑥ 오다

≪STEP3≫

먹다 → 먹어요

① 입다   ② 있다   ③ 만들다
④ 주다   ⑤ 배우다   ⑥ 마시다

≪STEP4≫

아프다 → 아파요

① 바쁘다   ② 나쁘다   ③ 예쁘다   ④ 기쁘다   ⑤ 슬프다   ⑥ 쓰다

≪STEP5≫

어디에 갑니까? → 어디에 가요?

① 커피숍에서 친구를 만납니다.   ② 언제 집에 옵니까?
③ 점심에 도시락을 먹습니다.   ④ 아침마다 커피를 마십니다.
⑤ 학원에서 영어를 배웁니다.   ⑥ 머리가 너무 아픕니다.
⑦ 동생은 방에서 편지를 씁니다.   ⑧ 주말에 보통 무엇을 합니까?

~마다：每~

보통：通常
무엇 → 뭐
무엇을 → 뭘

大家的韓國語（初級1） 第五課

生字

앉다 坐	아프다 痛、不舒服	기쁘다 高興
살다 住	바쁘다 忙	슬프다 悲傷、悲哀
주다 給、送	나쁘다 壞、不好	너무 太~了
만들다 作、製造	예쁘다 漂亮	머리 頭

$$\boxed{\text{動、形}} \text{지 않다} \quad \text{不} \boxed{\text{動詞、形容詞}}$$

　　韓語中，否定一般動詞或形容詞的方式大體上可分成二種，第一種方式就是在第74頁學過的「안～」，另一種就是下方的「～지 않다」。

$\boxed{\text{動、形}}$지 않다

　　要否定的動詞或形容詞的原型最後一個字「다」拿掉之後，再接「지 않다」即可。不過，「지 않다」本身也是原型，因此要講正式的說法時，必須將它改成「지 않습니다」，若要講口語說法，則要改成「지 않아요」。

【例】마시다（原型）喝

　　　　　→ 안 마십니다.（正式）不喝。 ＝ 안 마셔요.（口語）不喝。

　　　　　→ 마시지 않습니다. 　　　　＝ 마시지 않아요.

　　일하다（原型）工作

　　　　　→ 일을 안 합니다.（正式）不工作。＝ 일을 안 해요.（口語）不工作。

　　　　┌ 일하지 않습니다. 　　　　　＝ 일하지 않아요.

　　　　└ 일을 하지 않습니다. 　　　　＝ 일을 하지 않아요.

　　書寫時，「지」與該動詞或形容詞之間不要留空格，而「지」和「않다」之間則要留空格。【例】커피를 마시지 않습니다. ＝ 커피를 마시지 않아요. 不喝咖啡。

小叮嚀

1. 當收尾音「ㅎ」後方出現子音「ㅇ」時，「ㅎ」會消失、變成不發音。

　【例】좋아요. → [조아요]：好啊！（有人提出意見時可用這句回答）

　　　싫어요. → [시러요]：不要。（想拒絕別人或不想做某件事時可說）

　　　커피를 마시지 않아요. → [커피를 마시지 아나요]：不喝咖啡。

2. 注意！至於「이다」和「있다」，直接用相反詞來否定即可。

　【例】이다 ⟷ 아니다：저는 학생이에요. 　⟷ 저는 학생이 아니에요.

　　　있다 ⟷ 없다 　：저는 우산이 있어요. ⟷ 저는 우산이 없어요.

文法III練習－開口說說看 MP3-43

≪STEP1≫

가다 → 가지 않습니다. → 가지 않아요.

① 만나다　　② 먹다　　　③ 가르치다
④ 사귀다　　⑤ 공부하다　⑥ 좋아하다

≪STEP2≫

지금 술을 마시다 → A) 지금 술을 마셔요?
　　　　　　　　　　B) 아니요, 안 마셔요.
　　　　　　　　　　　아니요, 마시지 않아요.

① 오늘도 학교에 가다　② 내일 친구를 만나다　③ 어버이날에 쉬다
④ 담배를 피우다　　　⑤ 주말에 집안일을 하다　⑥ 토요일에도 출근하다

≪STEP3≫

머리가 아프다 → A) 머리가 아파요?
　　　　　　　　B) 아니요, 안 아파요.
　　　　　　　　　아니요, 아프지 않아요.

① 요즘 많이 바쁘다　　② 기분이 나쁘다　　③ 여자 친구가 예쁘다
④ 이 영화 많이 슬프다　⑤ 이거 비싸다　　　⑥ 한국 친구가 많다

生字

사귀다 交（朋友）	술 酒	집안일 家事	많다 很多
、（跟男女朋友）交往	어버이날 父母親節	요즘 最近	기분 心情
헤어지다（和朋友）分開	담배 香菸	많이 很	좋다 好
、（跟男女朋友）分手	피우다 抽（菸）	비싸다 貴	나쁘다 壞、不好

動詞 고 싶다 ⟷ 動詞 기 싫다　　想 動詞 ⟷ 不想 動詞

　　此句型用來表達說話者對某件事情是否希望，想做的事情用「～고 싶다」表達，而不想做的事情就用「～기 싫다」表達。這兩個句型都是接在動詞後方，因此要先將動詞的原型最後一個字「다」拿掉，再接上去才行。

動詞 고 싶다：想（要） 動詞
【例】케이크를 먹다（原型）吃蛋糕 → 케이크를 먹고 싶습니다.（正式）想吃蛋糕。
　　　　　　　　　　　　　　＝ 케이크를 먹고 싶어요.（口語）

動詞 고 싶지 않다：不想 動詞 （用前頁否定方式）
【例】케이크를 먹다（原型）吃蛋糕 → 케이크를 먹고 싶지 않습니다.
　　　　　　　　　　　　　（正式）不想吃蛋糕。
　　　　　　　　　　　　＝ 케이크를 먹고 싶지 않아요.（口語）

動詞 기 싫다：不想 動詞 （語氣較強，強調「不要、討厭」的態度）
【例】케이크를 먹다（原型）吃蛋糕 → 케이크를 먹기 싫습니다.（正式）不想吃蛋糕。
　　　　　　　　　　　　　　＝ 케이크를 먹기 싫어요.（口語）

小叮嚀

1. 此句型也可以用來問對方想不想做某件事情。
　　【例】케이크를 먹고 싶습니까 ? / 케이크를 먹고 싶어요 ? 你想吃蛋糕嗎 ?

2. 口語上，受詞助詞，尤其是吃的東西後方接的受詞助詞，往往被省略。
　　【例】케이크 먹고 싶어요 ? 你想吃蛋糕嗎 ?

3. 若不是自己或對方的願望，而是第三者（他 / 她）的願望，那就要用「～고 싶어하다」、「～고 싶어하지 않다」、「～기 싫어하다」表達。
　　【例】친구는 수영을 하고 싶어해요. 朋友想游泳。
　　　　　친구는 수영을 하고 싶어하지 않아요. 朋友不想游泳。
　　　　　친구는 수영을 하기 싫어해요. 朋友討厭游泳。

文法Ⅳ練習－開口說說看 [MP3-44]

≪STEP1≫

차 / 마시다 / 녹차 → A) 무슨 차를 마시고 싶어요?
B) 녹차를 마시고 싶어요.

① 운동 / 배우다 / 태권도　② 영화 / 보다 / 코미디 영화
③ 선물 / 받다 / 화장품　④ 과일 / 사다 / 사과랑 배

≪STEP2≫

주말에 / 노래방에 가다 → A) 주말에 뭐 하고 싶어요?
B) 노래방에 가고 싶어요.

～날 / ～때
→ 不加「에」

① 생일날 / 친구들이랑 같이 식사하다　② 여름 방학 때 / 바다에 놀러 가다
③ 이번 휴가 때 / 집에서 쉬다　④ 설 연휴 때 / 해외여행을 가다

≪STEP3≫

산에 가다 → 산에 가고 싶지 않아요. → 산에 가기 싫어요.

① 거기에 가다　② 의사가 되다　③ 일찍 결혼하다
④ 오늘은 외출하다　⑤ 아무 것도 하다　⑥ 아무 것도 먹다

아무 것＋否定句
：什麼都不～

生字

태권도 跆拳道	때 ～的時候	휴가（上班族的）休假	일찍 提前、早
코미디 영화 喜劇	【季節】	바다 海、海邊	늦게 遲、晚
선물 禮物	봄 春天	놀러 가다 去玩	결혼하다 結婚
받다 收到、得到	여름 夏天	설 연휴 春節連假	약혼하다 訂婚
화장품 化妝品	가을 秋天	해외여행 國外旅行	이혼하다 離婚
배 梨子	겨울 冬天	산 山	외출하다 外出、出門
생일날 生日當天	방학（學生的）放假	되다 成為、當（職業）	아무 것 任何事情、東西

大家的韓國語（初級1）

第五課

（兩個同事在聊天）

박시원 : 다영 씨, 주말에 보통 뭐 해요?

김다영 : 저는 등산을 좋아해요. 그래서 주말에는 보통 등산을 가요.

박시원 : 다른 운동도 해요?

김다영 : 아니요, 다른 운동은 하지 않아요. 시원 씨는 주말에 뭐 해요?

박시원 : 저는 일요일마다 태국 요리를 배워요.

김다영 : 어머, 그래요? 저도 태국 요리 배우고 싶어요.

박시원 : 그럼 이번 주 일요일에 같이 배워요.
　　　　 어때요?

김다영 : 좋아요.
　　　　 그런데 요리 수업이 오전이에요?
　　　　 오후예요?

박시원 : 오전이에요.

❗ 그래서 :【連接詞】所以
　　그런데 :【連接詞】不過

❗ 어머 :【感嘆詞】帶來有點驚訝的口氣，女生比較會有的表達方式，通常翻譯成中文的「哦、咦、媽呀、天啊」。

❗「～아요/어요/해요」除了一般陳述事情或表示疑問以外，還可以表達建議。
　【例】우리 같이 식사해요.
　　　　 我們一起吃飯吧。

❗ 어때요? : 怎麼樣？如何？

朴始源：多瑛小姐，妳週末通常都做什麼？
金多瑛：我喜歡爬山。所以週末通常都去爬山。
朴始源：也會做別的運動嗎？
金多瑛：不，別的運動我不做。
　　　　 始源先生你週末做什麼？
朴始源：我每星期日學習泰國料理。
金多瑛：咦，是嗎？我也想學泰國料理。
朴始源：那麼這個星期天一起學習吧。怎麼樣？
金多瑛：好啊。不過，烹飪課是上午？還是下午？
朴始源：是上午。

（兩個同事在聊天）

이정우 : 미혜 씨 이번 연휴 때 뭐 하고 싶어요?

진미혜 : 저는 친구들이랑 해외여행을 가고 싶어요.

이정우 : 해외여행이요? 어느 나라에 가고 싶어요?

진미혜 : 일본에 가고 싶어요.
　　　　 일본에서 옷이랑 화장품을 많이 사고 싶어요.
　　　　 아, 그리고 일본 음식도 많이 먹고 싶어요.
　　　　 정우 씨는 휴가 때 뭐 하고 싶어요?

이정우 : 음...글쎄요.

진미혜 : 시원 씨는 우리랑 같이 여행 가고 싶어해요.
　　　　 정우 씨도 같이 갈래요?

이정우 : 아니요, 여행은 가고 싶지 않아요.
　　　　 저는 그냥 집에서 쉬고 싶어요.

---

❶ 많이 :【副詞】很、很多

❶ 그리고 :【連接詞】還有、然後

❶ 음...글쎄요 : 被問到不清楚的事情時，常
　　這樣回答。「음」要唸長一點。

❶ 같이 갈래요? : 要不要一起去？

❶ 그냥 : 只是、就這樣

李政宇：美惠小姐，妳這次連假時想做什麼？
陳美惠：我想和朋友們去國外旅行。
李政宇：國外旅行？妳想去哪個國家？
陳美惠：我想去日本。想在日本買很多衣服和
　　　　化妝品。啊，還有想吃很多日本料理。
　　　　政宇先生，你休假時想做什麼？
李政宇：嗯…這個嘛。
陳美惠：始源先生他想跟我們一起去旅行。
　　　　你也要不要一起去？
李政宇：不，我不想去旅行。我只是想在家休息。

【 簡稱：口語說法 】

我的/你的	我/你＋助詞「은/는」	我/你＋受詞助詞
저의 → 제 나의 → 내 너의 → 네	저는 → 전 나는 → 난 너는 → 넌	저를 → 절 나를 → 날 너를 → 널

這個/那個（近距離）/那個（遠距離）	這個/那個/那個＋主詞助詞
이것 → 이거 그것 → 그거 저것 → 저거	이것이 → 이게 그것이 → 그게 저것이 → 저게

這個/那個/那個＋助詞「은/는」	這個/那個/那個＋受詞助詞
이것은 → 이건 그것은 → 그건 저것은 → 저건	이것을 → 이걸 그것을 → 그걸 저것을 → 저걸

誰的 ～的東西 不是～的東西	누구의 것 → 누구 거 ～의 것 → ～거 ～의 것이 아니다 → ～게 아니다	什麼 什麼＋受詞助詞	무엇 → 뭐 무엇을 → 뭘

▶日常生活用語

알아요? 你知道嗎？	알아요. 我知道。
몰라요? 你不知道嗎？	몰라요. 我不知道。
맞아요? 對嗎？	맞아요. 對。/ 沒錯。
틀려요? 不對嗎？	틀려요. 不對。
정말이에요? 是真的嗎？	정말이에요. 是真的。
＝ 진짜예요?	＝ 진짜예요.

1 請聆聽隨書附贈的MP3，選出正確的圖案。

1) ① ② ③ ④

2) ① ② ③ ④

3) ① ②  ③  ④

2 請聆聽隨書附贈的MP3，聽寫填空。

1) 주말에 보통 ☐☐☐ 해요?

2) 지금 어디에 ☐☐☐☐ ?

3) 한국 친구가 내일 대만에 ☐☐☐☐ .

4) 저는 아침마다 커피를 ☐☐☐☐ .

5) 머리가 너무 ☐☐☐ .

6) 무슨 노래를 ☐☐☐☐☐☐ ?

3 請聆聽隨書附贈的MP3，指出下列句子正確（O）或錯誤（X）。

1) 다영 씨는 저녁에 영화를 봐요. （　）

2) 정우 씨는 서점에서 잡지랑 책을 사요. （　）

❗ 作業－習作本：第33～37頁

大家的韓國語（初級1）

第五課

韓國美食前三名

在韓國，美食排名前三名，分別如下：

삼계탕（人參雞湯）

此料理是將찹쌀（糯米）、인삼（人參）、대추（紅棗）、밤（栗子）和황기（黃耆）等養生的材料塞入닭（雞）的體內，煲一、二小時才完成的한국 전통 요리（韓國傳統料理）。한국 사람（韓國人）在炎熱的夏天特別愛以삼계탕補身體，邊流汗邊喝熱呼呼又營養的雞湯，精神會特別好。可惜在대만（台灣）不管在식당（餐廳）或自己在집（家）裡煮，都無法做出道地的韓國口味。可能主要的原因在於닭的品種不同。한국用的比較小，一人份就是一隻닭，不油，고기（肉）也很嫩。但在대만，一般買到的닭都太大了，做起來不但湯頭變得油膩，고기的口感也不一樣。所以，去한국，無論如何一定要喝一碗道地的삼계탕。

갈비（韓式烤肉）

這種烤肉是將고기用碳火烤熟，沾上쌈장（韓式豆瓣醬），並搭配마늘（蒜頭），用상추（類似萵苣的生菜）包著一起吃。맛（味道）真的是一級棒，說此料理是한국的美食代表之一也當之無愧。一般來說，갈비分成소 갈비（烤牛肉）或돼지 갈비（烤豬肉），這二種又分成 생갈비（原味的烤肉）和양념 갈비（醃過的烤肉）二種吃法。如果吃생갈비，也可以沾一種用 소금（鹽巴）和참기름（芝麻油）所調和的醬汁，這種吃法可以享受고기本身的美味。至於양념 갈비，烤起來也非常香，吃一口就可以體驗到「入口即化」的絕妙好滋味。

떡볶이（辣炒年糕）

此料理是將圓型長條狀的떡（年糕）和어묵（魚板）加고추장（辣椒醬）一起拌炒的韓國小吃。在韓國，一半以上的路邊攤都在賣這道菜，很受여자（女生）和학생（學生）的歡迎。這種떡，不但不會黏牙，而且久煮不爛，彈性很好，吃起來很有嚼勁。因為在대만吃不到道地的辣炒年糕，所以強力推薦！此外，通常賣떡볶이的地方也會賣순대（血腸）、김밥（韓式壽司）、오뎅（黑輪）、和雞肉串等꼬치（一串串的各式食物），也非常好吃。愛吃美食的朋友，千萬不能錯過한국 길거리 음식（韓國路邊攤的食物）喔！

사과 한 개에 1,000원이에요.

（一顆蘋果一千元。）

☯重點提示☯

1. 時間說法：
   純韓文數字 시 漢字音數字 분　　□點□分

2. 純韓文數字：
   하나,둘,셋,넷,다섯,여섯,일곱,여덟,아홉,열

3. 하루에 몇 시간 動詞 ?　一天 動詞 幾個小時？

時間說法： 純韓文數字 시 漢字音數字 분 　□點□分

用韓語讀時間時，幾點的部分由純韓文數字表達，幾分的部分則由漢字音數字表達。

□點　　□分

純韓文數字 시	漢字音數字 분
第100頁	第56頁

1點	2點	3點	4點	5點	6點	7點
한 시	두 시	세 시	네 시	다섯 시	여섯 시	일곱 시

8點	9點	10點	11點	12點	幾點	幾分
여덟 시	아홉 시	열 시	열한 시	열두 시	몇 시	몇 분

【例】2點15分 → 두 시 십오 분
　　　4點30分 → 네 시 삼십 분
　　　　　= 4點半 → 네 시 반
　　　6點55分 → 여섯 시 오십오 분
　　　　　= 7點差5分 → 일곱 시 오 분 전
　　　8點50分 → 여덟 시 오십 분
　　　　　= 9點差10分 → 아홉 시 십 분 전
　　　9點整 → 아홉 시 = 아홉 시 정각

★ 時間詞 부터 時間詞 까지
接在時間詞後方的助詞，表示事情開始和結束的時間，等於是中文的「從～到～」。

【例】 월요일 부터 토요일 까지 從星期一到星期六
　　　 아침 부터 저녁 까지 從早上到晚上
　　　 9시 부터 12시 까지 從九點到十二點

文法 I 練習－開口說說看 `MP3-48`

≪STEP1≫

1:05 → A) 지금 몇 시예요?
　　　　B) 한 시 오 분이에요.

⑨，⑩，⑪
各有兩種說法，
因此mp3中唸兩次

① 2:53　② 3:04　③ 4:35　④ 5:26　⑤ 6:57
⑥ 7:48　⑦ 8:39　⑧ 9:41　⑨ 10:50　⑩ 11:55　⑪ 12:00

≪STEP2≫

자다 / 밤 11시 → A) 보통 몇 시에 자요?
　　　　　　　　B) 밤 11시에 자요.

① 일어나다 / 아침 7시　　　　② 출근하다 / 아침 8시 30분
③ 퇴근하다 / 저녁 6시　　　　④ 집에 오다 / 저녁 9시 반

시작해요的發音
→[시자캐요]

≪STEP3≫

영화 / 시작하다 / 3시 20분 → A) 영화가 몇 시에 시작해요?
　　　　　　　　　　　　　　B) 3시 20분에 시작해요.

① 수업 / 시작하다 / 10시 10분　② 수업 / 끝나다 / 12시 40분
③ 은행 / 문을 열다 / 9시　　　　④ 은행 / 문을 닫다 / 4시

≪STEP4≫

아침 9시～저녁 6시 / 회사에서 일하다
　　　　　→ 아침 9시부터 저녁 6시까지 회사에서 일해요.

① 새벽 5시～6시 / 공원에서 운동을 하다
② 오후 1시 반～3시 반 / 학원에서 컴퓨터를 배우다
③ 오전 10시～오후4시 / 편의점에서 아르바이트를 하다
④ 월요일～금요일 / 학교에 가다

 生字

수업 上課	시작하다 開始	문을 열다 開門、開始營業	아르바이트(를) 하다
	끝나다 結束	문을 닫다 關門、打烊	打工

純韓文數字：하나,둘,셋,넷,다섯,여섯,일곱,여덟,아홉,열

韓文唸數字的方法分為二種，一種是我們在第56頁學過的「漢字音數字」，另一種是本頁要介紹的「純韓文數字」。

【純韓文數字】：用於幾點（時間）、年紀、次數、數量等。

1	2	3	4	5	6	7	8	9	10
하나 (한)	둘 (두)	셋 (세)	넷 (네)	다섯	여섯	일곱	여덟	아홉	열
11	…	20	30	40	50	60	70	80	90
열하나 (열한)	…	스물 (스무)	서른	마흔	쉰	예순	일흔	여든	아흔

★ 注意！數字1,2,3,4,20有二種說法如上，當這些數字後方直接接單位、量詞時，必須要使用括號裡的說法。

【例】20歲 → 스무 살 / 21歲 → 스물한 살

量詞	中文翻譯	例子
살	歲	열아홉 살 十九歲
번	次	한 번 一次
시간	小時、鐘頭	두 시간 兩個小時
명	名、（幾個）人	학생 두 명 兩個學生
사람	名、（幾個）人	세 사람 三個人
분	位 （「명、사람」的敬語）	선생님 다섯 분 五位老師
개	個、顆	빵 한 개 一個麵包 사과 열 개 十顆蘋果
마리	隻（動物）、條（魚）	강아지 다섯 마리 五隻小狗 생선 두 마리 兩條魚
잔	杯	커피 한 잔 一杯咖啡

컵	杯	물 네 컵 四杯水
장	張	종이 일곱 장 七張紙
권	本	책 아홉 권 九本書
자루	枝	볼펜 열두 자루 十二枝原子筆
벌	件	옷 여덟 벌 八件衣服
병	瓶	콜라 세 병 三瓶可樂
대	台	컴퓨터 여섯 대 六台電腦
쌍	雙、對、副	젓가락 한 쌍 一雙筷子
켤레	雙（鞋子、襪子等）	신발 다섯 켤레 五雙鞋子
그릇	碗	밥 세 그릇 三碗飯
박스	箱	라면 스무 박스 二十箱泡麵
상자	盒、箱	배 두 상자 兩箱梨子
근	（台）斤 1근 ＝ 600g	돼지고기 네 근 四斤豬肉
봉지	袋、包	과자 열 봉지 十包餅乾
송이	朵	장미 백 송이 一百朵玫瑰

※下面量詞則要接「漢字音數字」。

인분	人份	불고기 일 인분 一人份銅盤烤肉

★ 몇 量詞：幾量詞
  【例】몇 살이에요? 你幾歲？ / 가족이 몇 명이에요? 你家人有幾個？
★ 東西＋數量＋量詞 주세요.：請給我 數量＋量詞＋東西 。
  【例】사과 한 개 주세요. 請給我一顆蘋果。 / 我要一顆蘋果。
★ 이 東西 얼마예요?：這 量詞＋東西 多少錢？
  【例】이 카메라 얼마예요? 這台相機多少錢？
  量詞後方的에
  ：單位助詞
★ 이 東西 한 量詞 에 價錢 원이에요.：這 東西 ，一 量詞 價錢 元。
  【例】이 펜 한 자루에 1,000원이에요. 這款筆，一枝一千元。

文法II練習－開口說說看 _{MP3-49}

≪STEP1≫

동생 → 동생이 몇 명이에요?

몇 명 → [면명]

① 가족　　② 한국 친구　　③ 학생　　④ 직원 (職員、員工)

≪STEP2≫

3명 / 아버지, 어머니, 저 → A) 가족이 몇 명이에요?

　　　　　　　　　　　　　B) 세 명이에요.

모두
：總共、一共

　　　　　　　　　아버지하고 어머니, 저 해서 모두 세 명이에요.

① 4명 / 아버지, 어머니, 언니, 저　　② 5명 / 부모님, 오빠, 언니, 저
③ 6명 / 부모님, 형, 저, 여동생 둘　　④ 4명 / 저, 아내, 아들 하나, 딸 하나

≪STEP3≫

조카 / 1 → A) 조카는 몇 살이에요?

　　　　　　B) 한 살이에요.

① 아들 / 2　　② 딸 / 3　　③ 여동생 / 16　　④ 남자 친구 / 20

≪STEP4≫

18 → 저는 올해 열여덟 살이에요.

올해：今年

① 20　　② 21　　③ 30　　④ 32　　⑤ 44　　⑥ 57

發音規則

※ 當收尾代表音「ㄷ」後方出現子音「ㅁ」開頭的字時，「ㄷ」的發音變成
「ㄴ」。

【例】몇 명 → [면명]：幾個人 / 몇 마리 → [면마리]：幾隻

<<STEP5>>

학생 / 명 / 1 → A) <u>학생</u>이 몇 <u>명</u> 있어요?
　　　　　　　　 B) <u>한 명</u> 있어요.

① 사과 / 개 / 7 　　② 의자 / 개 / 3 　　③ 책 / 권 / 5
④ 콜라 / 병 / 8 　　⑤ 영화표 / 장 / 6 　③ 에어컨 / 대 / 2
⑦ 양말 / 켤레 / 10 　⑧ 젓가락 / 쌍 / 9 　⑨ 강아지 / 마리 / 4

<<STEP6>>

샌드위치 5개 → <u>샌드위치 다섯 개</u> 주세요.

① 우유 1컵 　　　② 커피 2잔 　　　③ 생선 3마리
④ 돼지고기 4근 　⑤ 라면 5박스 　　⑥ 귤 6상자
⑦ 볼펜 7자루 　　⑦ 우표 8장 　　　⑨ 배 9개

<<STEP7>>

사과 / 1개 / 1,000 → A) 이 <u>사과</u> 얼마예요?
　　　　　　　　　　 B) <u>한 개</u>에 <u>천</u> 원이에요.

① 노트 / 1권 / 800 　　　② 장미 / 1송이 / 1,500
③ 귀고리 / 1쌍 / 10,000 　④ 소주 / 3병 / 3,000
⑤ 연필 / 12자루 / 6,000 　⑥ 우표 / 20장 / 4,500

生字

배 梨子　　　　에어컨 冷氣　　　샌드위치 三明治　　우표 郵票
콜라 可樂　　　양말 襪子　　　　생선 (海鮮) 魚　　장미 玫瑰
영화 電影　　　젓가락 筷子　　　라면 泡麵　　　　귀고리 耳環
표 票　　　　　숟가락 湯匙　　　귤 橘子　　　　　소주 燒酒

하루에 몇 시간 動詞 ?　一天 動詞 幾個小時？

　　韓語中，有些助詞在句子裡的功能不只一個，「에」也是其中一個。目前的階段，只要知道它四個用法即可。

1. 表示位置：和「있다／없다」搭配使用。（→第48頁）오빠는 방에 있어요.

2. 表示時間：在時間詞後方接上去。（→第60頁）아침에 가요.

3. 表示目的地：在地點詞後方接上去。（→第62頁）학교에 가요.

4. 表示單位：通常和數量或時間詞搭配使用。（→第101頁）사과 한 개에 1,000원이에요.

　　上方句型裡的「하루」等於是中文的「一天」，助詞「에」算它第四個用法表示單位，「몇」為「幾」，「시간」為「小時、鐘頭」，所以整句的意思是「問對方一天裡面做某件事情做幾個小時」。而且，「하루」可以改成其他時間詞，「시간」也可以改成其他量詞。如下：

【例】하루에　　│ 몇 시간 │ 자요?　　　　　　　你一天睡幾個小時？
　　　일주일에 │ 몇 시간 │ 한국 드라마를 봐요?　你一個星期看韓劇幾個小時？
　　　한 달에　│ 몇 번　 │ 데이트해요?　　　　　你一個月約會幾次？
　　　일 년에　│ 몇 번　 │ 여행해요?　　　　　　你一年旅行幾次？

　　也可以把此句型改成肯定句，用來介紹自己的作息。

【例】저는 하루에 7시간 정도 자요. 我一天睡七個小時左右。

★ │ A：얼마나 자주 動詞 ? 你多常 動詞 ?
　 │ B：항상 / 자주 / 가끔 / 거의 안 / 전혀 안 ＋ 動詞 。
　 │ 　 總是、經常 / 常常 / 偶爾 / 幾乎不 / 完全不
　 │ 　 매일 / 매주 / 매달 / 매년 ＋ 動詞 。
　 │ 　 每日 / 每周 / 每個月 / 每年

【例】A：얼마나 자주 운동을 해요? 你多常運動？
　　　B：일주일에 한 번 해요. / 가끔 해요. / 매주 해요. 一個星期一次。/ 偶爾。/ 每周。

文法Ⅲ練習－開口說說看 MP3-51

≪STEP1≫

하루 / 시간 / 텔레비전을 보다 / 3 → A) 하루에 몇 시간 텔레비전을 봐요?

B) 세 시간 정도 봐요.

정도 : 左右

① 하루 / 시간 / 일을 하다 / 8　　　　② 하루 / 시간 / 컴퓨터게임을 하다 / 1

③ 일주일 / 번 / 남자 친구를 만나다 / 3　④ 한 달 / 번 / 영화를 보다 / 2

≪STEP2≫

운동을 하다 / 일주일에 2번 → A) 얼마나 자주 운동을 해요?

B) 일주일에 두 번 정도 해요.

① 이를 닦다 / 하루에 3번　　　② 쇼핑을 하다 / 한 달에 1번

③ PC방에 가다 / 육 개월에 1번　④ 해외여행을 가다 / 일 년에 1번

≪STEP3≫

매일 커피를 마시다 → 저는 매일 커피를 마셔요.

새 + 名詞

: 新～

① 매일 아침에 신문을 보다　　　② 매주 새 옷을 사다

③ 매주 일요일에 교회에 가다　　④ 매달 동대문 시장에서 쇼핑을 하다

⑤ 자주 술을 마시다　　　　　　⑥ 가끔 담배를 피우다

⑦ 운전을 거의 안 하다　　　　　⑧ 운동을 전혀 안 하다

매주 일요일에
=일요일마다

生字

컴퓨터게임을 하다	하루 一天	更多時間詞→206頁	술 酒
玩電腦遊戲	이틀 兩天	새 옷 新衣服	담배 香菸
이 牙齒	한 달 一個月	교회 教會	담배를 피우다 抽菸
이를 닦다 刷牙	=일 개월	동대문 시장 東大門市場	운전을 하다 開車
PC방 網咖	일 년 一年		

（兩個同事在聊天）

박시원 : 다영 씨, 우리 오늘 같이 저녁 식사해요.

김다영 : 미안해요. 오늘은 남동생하고 약속이 있어요.

박시원 : 남동생이요? 다영 씨 남동생이 있어요?

김다영 : 네, 1명 있어요.

박시원 : 몇 살이에요?

김다영 : 20살이에요. 지금 대학교 1학년이에요.

박시원 : 아, 그래요?
　　　　 그럼, 다영 씨는 가족이 모두 몇 명이에요?

김다영 : 부모님하고 오빠, 저, 남동생 해서
　　　　 모두 5명이에요. 시원 씨는요?
　　　　 시원 씨도 형제가 있어요?

박시원 : 아니요, 저는 외아들이에요.

---

❶ ～해서 모두～ : ～加起來總共～
【例】 사과하고 배, 바나나 <u>해서 모두</u>
　　　 만 원이에요.
　　　 蘋果、梨子、香蕉加起來總共一萬元。

❶ 형제：兄弟，有時可代表兄弟姊妹
　　외아들：獨生子
　　외동딸：獨生女

朴始源：多瑛小姐，我們今天一起吃晚餐吧。
金多瑛：對不起，我今天和弟弟有約。
朴始源：弟弟？多瑛小姐，妳有弟弟嗎？
金多瑛：是，有一個。
朴始源：他幾歲？
金多瑛：二十歲。現在大學一年級。
朴始源：啊，是嗎？那麼妳家人共有幾個？
金多瑛：父母親，哥哥，我，弟弟，加起來總共有
　　　　五個。始源先生，你呢？你也有兄弟姊妹嗎？
朴始源：不，我是獨生子。

（電話上）

이정우 : 미혜 씨, 지금 어디에 있어요?

진미혜 : 극장에 있어요. 친구하고 같이 영화표를 사요.

이정우 : 요즘 영화표 한 장에 얼마예요? 비싸요?

진미혜 : 아니요, 비싸지 않아요. 한 장에 9,000원이에요.

이정우 : 미혜 씨는 영화를 얼마나 자주 봐요?

진미혜 : 가끔 봐요. 한 달에 한 번 정도 봐요.

이정우 : 그런데, 오늘은 수업 없어요?

진미혜 : 오후에 있어요.

이정우 : 몇 시부터 몇 시까지예요?

진미혜 : 3시부터 4시 40분까지예요.

❗ 요즘 : 最近
❗ 비싸다 : 貴

❗ 얼마나 자주 영화를 봐요?
　＝영화를 얼마나 자주 봐요?

❗ 그런데 :【連接詞】
　1. 不過、但是
　2. （換話題時）等於英文的by the way

李政宇：美惠小姐，妳現在在哪裡？
陳美惠：我在電影院。和朋友一起買電影票。
李政宇：最近電影票一張多少錢？貴嗎？
陳美惠：不，不貴。一張九千元。
李政宇：美惠小姐妳多常看電影？
陳美惠：偶爾看。一個月一次左右。
李政宇：不過，妳今天沒有課嗎？
陳美惠：有，在下午。
李政宇：幾點到幾點？
陳美惠：三點到四點四十分。

【 了解對方 】

▶問家人與年紀

　　가족이 몇 명이에요? = 가족이 어떻게 돼요? 你家人有幾個?

　　몇 살이에요? = 나이가 어떻게 돼요? 你幾歲?（普通級敬語）

　　연세가 어떻게 되세요? 您貴庚?（高級敬語）

▶家裡的排行

　　저는 첫째 예요/이에요. 我是 老大。

막내
→[망내]

첫째 / 둘째 / 셋째 / 장남 = 큰아들 / 장녀 = 큰딸 / 막내 / 외아들 / 외동딸
老大　老二　老三　長男 = 大兒子　長女 = 大女兒　老么　獨生子　獨生女

▶十二生肖（띠）

　　A : 무슨 띠예요? 你屬什麼?

　　B : 쥐 띠예요. 我屬 鼠。

쥐 / 소 / 호랑이 / 토끼 / 용 / 뱀 / 말 / 양 / 원숭이 / 닭 / 개 / 돼지
鼠　牛　虎　　兔　龍　蛇　馬　羊　猴　　雞　狗　豬

▶星座（별자리）

　　A : 무슨 별자리예요? 你是什麼星座?

　　B : 양 자리예요. 我是 牡羊 座。

양 / 황소 / 쌍둥이 / 게 / 사자 / 처녀 / 천칭 / 전갈 / 궁수 / 염소 / 물병 / 물고기
牡羊　金牛　雙子　巨蟹　獅子　處女　天秤　天蠍　射手　魔羯　水瓶　雙魚

▶血型（혈액형）

　　A : 혈액형이 뭐예요? 你的血型是什麼?

　　B : A 형이에요. 我是 A 型。

혈액형
→[혀래컹]

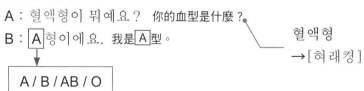

A / B / AB / O

1 請聆聽隨書附贈的MP3，聽寫數字。

1) 저는 보통 아침 [ ]시에 일어나요.

2) 아침 [ ]시 [ ]분부터 오후 [ ]시 [ ]분까지 회사에서 일해요.

3) 저녁은 [ ]시에 먹어요.

4) 매일 [ ]시간 정도 텔레비전을 봐요.

5) 컴퓨터 게임도 [ ]시간 정도 해요.

6) 그리고 밤 [ ]시에 자요.

그리고
: 【連接詞】然後

2 請聆聽隨書附贈的MP3，選出正確的時間。

1) ① 3:25   ② 3:19   ③ 4:15   ④ 4:29

2) ① 12:08   ② 12:30   ③ 12:00   ④ 12:18

3) ① 6:05   ② 6:55   ③ 5:55   ④ 5:05

3 請聆聽隨書附贈的MP3，選出符合圖案的的答案。

1)

Ⓐ Ⓑ Ⓒ Ⓓ

2)
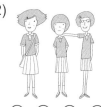
Ⓐ Ⓑ Ⓒ Ⓓ

3)
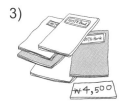
Ⓐ Ⓑ Ⓒ Ⓓ

4 請聆聽隨書附贈的MP3，指出下列句子正確（O）或錯誤（X）。

1) 시원 씨는 매일 수영을 해요. （　　）

2) 미혜 씨는 가끔 영화를 봐요. （　　）

❶ 作業－習作本：第38～41頁

在韓國，問人家年紀是有道理的

我以前在미국（美國）時，幾個외국 친구（外國朋友）問我為何한국 사람（韓國人）那麼喜歡問別人的나이（年紀），才剛認識就馬上問對方나이的行為，西方人覺得非常失禮。我想，世界上如果有「어느 나라 사람（哪國人）最愛問나이？」的調查，한국 사람應該會很輕鬆的得第一名。但是，我們這麼做是有原因的！

한국어（韓語）隨對方的나이、신분（身分）與지위（地位），說法也要不同，清楚對方的나이才能決定恰當的說法。因此，對剛認識的人，我們會先猜對方的나이，再決定要講「高級敬語」或「普通級敬語」，還是用「半語」也可以，這就是我們한국 사람的一種習慣。不過，無論哪個國家，여자（女生）對나이都比較敏感，尤其是過了서른 살（三十歲）之後，就不太願意主動講自己몇 살（幾歲），但講한국어，還是清楚對方나이大小比較方便，因此就算對方不直接告訴你，我們還是會用委婉的方法追問如下：

甲：나이가 어떻게 돼요？（請問，妳今年幾歲啊？）
乙：不告訴你，비밀이에요.（是祕密！）
甲：不好意思，看성격（個性）這麼溫柔，妳應該양띠（屬羊），맞죠（對吧）？
乙：（聽到讚美，心花怒放）哈哈，아니에요, 쥐띠에요.（不是啦，我屬鼠。）
甲：（心裡開始算她的年紀，쥐띠，那今年스물일곱（二十七）或서른아홉
　　（三十九）。스물일곱？不可能，那就서른아홉，真看不出來她年紀比我
　　大，還好我剛剛沒講半語，那以後我用普通級的敬語跟她應對好啦！）

另外，한국的신분증（身分證）號碼總共有十三個號碼，例如「840805–2xxxxxx」。後面七位數字是政府任選給我們的，跟台灣一樣，남자（男生）是從1字頭開始，而여자的話是從2開始。那前面六個數字呢？就是自己的출생년월일（出生年月日），擁有這個신분증 번호（身分證號碼）的人是1984년8월5일出生的。因為這個原因，有些한국 남자一認識新朋友，就會互相拿出신분증來比較나이，再決定怎麼稱呼對方，以及適當的說詞。

친구에게 생일 선물을 줘요.

（送朋友生日禮物。）

☯重點提示☯

1. 動詞 고 있다　　正在 動詞

2. 人、動物 에게　東西（收X）를
　　　　　　　　　東西（收O）을　주다

　給 人、動物 東西

3. 動詞（收X）세요. / 動詞（收O）으세요.　請 動詞。
　動詞 지 마세요.　　請不要 動詞。

4.【表示程度的副詞】
　아주 많이 / 너무 / 아주 / 많이 / 조금 / 전혀 안
　　非常　　太～了　很　　很　一點點　一點都不

動詞 고 있다   正在 動詞

　　此句型表示某種動作正在進行中，等於是中文的「正在～」，有時為了強調「此時此刻」的口氣，還會將「지금：現在」擺在前面一起使用。這是接在動詞後方的句型，因此要先將動詞原型的最後一個字「다」去掉，之後再接上去才行。

動詞 고 있습니까? / 있습니다.：正式說法

【例】A) 지금 무엇을 하고 있습니까?　你現在正在做什麼？

　　　B) 밥을 먹고 있습니다.　我正在吃飯。

動詞 고 있어요? / 있어요.：口語說法

【例】A) 지금 뭐 하고 있어요?　你現在正在做什麼？

　　　B) 차를 마시고 있어요.　我正在喝茶。

動詞 고 있지 않습니다. / 않아요.：否定

【例】A) 지금 운동하고 있어요?　你正在做運動嗎？

　　　B) 아니요, 운동하고 있지 않습니다. （正式）不，我不是在做運動。

　　　아니요, 운동하고 있지 않아요. （口語）不，我不是在做運動。

小叮嚀

　　此句型如果和「～부터：從～」搭配使用，也可以表達「從過去某段時間開始，做到現在還在繼續進行」的事情。

【例】저는 한 달 전부터 한국어를 배우고 있어요.

　　　我從一個月前開始學習韓文。

　　　작년부터 편의점에서 아르바이트를 하고 있어요.

　　　從去年開始在便利商店打工。

※ 有關「過去」的時間詞：

작년	지난달	지난주	그저께	어제	일 년 전	한 달 전	일주일 전
去年	上個月	上星期	前天	昨天	一年前	一個月前	一星期前

≪STEP1≫

숙제를 하다 → A) 지금 뭐 하고 있어요?

B) 숙제를 하고 있어요.

① 운전을 하다　② 친구를 기다리다　③ 편지를 쓰다　④ 저녁을 준비하다

≪STEP2≫

영화 / 보다 / 한국 영화 → A) 지금 무슨 영화를 보고 있어요?

B) 한국 영화를 보고 있어요.

① 차 / 마시다 / 유자차　　　　② 운동 / 배우다 / 테니스
③ 음악 / 듣다 / 팝송　　　　　④ 음식 / 만들다 / 삼계탕

≪STEP3≫

남편 / 책을 읽다 / 신문 → A) 남편이 책을 읽고 있어요?

B) 아니요, 책을 읽고 있지 않아요. 신문을 읽고 있어요.

① 아내 / 청소를 하다 / 빨래를 하다　② 아이들 / 놀다 / 자다
③ 가족들 / 미국에 살다 / 영국　　　④ 정우 씨 / 은행에 다니다 / 여행사

≪STEP4≫

어제 / 우체국에서 일하다 → 저는 어제부터 우체국에서 일하고 있어요.

① 지난주 / 다이어트를 하다　　　② 지난달 / 한국 여자랑 사귀다

生字

운전(을) 하다 開車	테니스 網球	만들다 製作	다니다 上（學、班）
기다리다 等、等待	팝송 西洋歌	놀다 玩	여행사 旅行社
준비하다 準備	음식 食物、料理、菜	살다 住	다이어트(를) 하다 減肥

大家的韓國語（初級1） 第七課

$$\boxed{\text{人、動物}}\text{에게} \quad \begin{array}{c} \boxed{\text{東西（收X）}}\text{를} \\ \boxed{\text{東西（收O）}}\text{을} \end{array} \quad \text{주다} \quad 給\boxed{\text{人、動物}}\boxed{\text{東西}}$$

　　這此句型為助詞「에게」與受詞助詞「을/를」，動詞「주다：送、給」的組合，表示將什麼東西送或拿給某個人或動物。

　　助詞「에게」表示「承受動作的對象」，接在人或動物名稱的後方，等於是中文的「給、向」。口語一點的話，也可以用「한테」來代替「에게」。

【例】친구에게 선물을 줘요. 給朋友禮物。
　　　친구한테 선물을 줘요. 給朋友禮物。
　　　고양이에게 우유를 줘요. 給貓牛奶。

> ※ 動詞「주다：送、給」的變化
> 　正式說法：줍니까? / 줍니다.
> 　口語說法：줘요? / 줘요.

　　也可以用旁邊的句型表達誰送誰。 $\boxed{A}$이/가 $\boxed{B}$에게 $\boxed{C}$을/를 주다：$\boxed{A}$給$\boxed{B}$$\boxed{C}$
【例】$\boxed{\text{친구}}$가 $\boxed{\text{저}}$에게 $\boxed{\text{선물}}$을 줘요. $\boxed{朋友}$$\boxed{給}$$\boxed{我}$ $\boxed{禮物}$。→ 朋友送我禮物。
　　　$\boxed{\text{제}}$가 $\boxed{\text{친구}}$에게 $\boxed{\text{선물}}$을 줘요. $\boxed{我}$$\boxed{給}$$\boxed{朋友}$ $\boxed{禮物}$。→ 我送朋友禮物。

　　此句型的動詞「주다」也可以改成其他動詞，表示對別人有所動作。
【例】친구에게 편지를 써요. 寫信給朋友。
　　　친구에게 이메일을 보내요. 寄email給朋友。
　　　친구에게 영어를 가르쳐요. 教朋友英文。

小叮嚀

1. 「人、動物」與「東西」的順序可以顛倒。
　　【例】친구에게 선물을 줘요. = 선물을 친구에게 줘요.

2. 若此句型「承受動作的對象」為非人或動物（例如：植物、機關），不能用「에게/한테」，而要由「에」接續。
　　【例】給花澆水（澆花）。：꽃에게 물을 줘요.（X）/ 꽃에 물을 줘요.（O）
　　　　　打電話到家。　　 ：집에게 전화를 해요.（X）/ 집에 전화를 해요.（O）

文法II練習－開口說說看 MP3-56

≪STEP1≫

우산 / 저 / 친구 → A) 누가 누구에게 <u>우산</u>을 줘요?
B) <u>제가</u> <u>친구</u>에게 <u>우산</u>을 줘요.

① 장미꽃 / 저 / 여자 친구
② 생일 선물 / 회사 동료 / 저
③ 용돈 / 아버지 / 아들
④ 월급 / 사장님 / 직원들

≪STEP2≫

친구 / 편지를 쓰다 → <u>친구</u>에게 <u>편지를 써요</u>.
<u>친구</u>한테 <u>편지를 써요</u>.

① 동생 / 이메일을 보내다
② 아내 / 반지를 사 주다
③ 가족 / 전화를 하다
④ 고등학교 동창들 / 연락을 하다

～때 :
～的時候

≪STEP3≫

크리스마스 때 / 여자 친구 / 귀고리
→ A) <u>크리스마스 때</u> <u>여자 친구</u>에게 뭘 선물하고 싶어요?
B) <u>귀고리</u>를 선물하고 싶어요.

① 졸업식 때 / 동생 / MP3
② 밸런타인데이 때 / 남자 친구 / 초콜릿
③ 화이트데이 때 / 여자 친구 / 사탕
④ 결혼기념일에 / 남편 / 넥타이

生字

장미꽃 玫瑰花	보내다 寄、送	～에게 사 주다 買給～	밸런타인데이 情人節
용돈 零用錢	【飾品】	연락(을) 하다 聯絡	초콜릿 巧克力
직원 職員、員工	반지 戒指	선물(을) 하다 送禮	화이트데이 白色情人節
월급 薪水	귀고리 耳環＝귀걸이	＝선물을 주다	사탕 糖果
이메일 電子郵件	목걸이 項鍊	졸업식 畢業典禮	결혼기념일 結婚紀念日
문자（手機）簡訊	팔찌 手鍊、手環	MP3發音 → 엠피쓰리	넥타이 領帶

動詞（收X）세요. / 動詞（收O）으세요.　請動詞。

動詞지 마세요.　請不要動詞。

　　這兩個句型都屬於高級敬語的口語說法。第一個句型表示語氣平緩溫和的勸告或命令，等於中文的「請～」。先將動詞原型裡的「다」去掉之後，看剩下的部分最後一個字是否有收尾音，再決定要加哪個語尾。

動詞（收X）세요.　【例】주다 → 주세요. 請給我。

動詞（收O）으세요.　【例】앉다 → 앉으세요. 請坐。

　　第二個句型就是第一個句型的否定句，用來要求對方不要做某事，相當於中文的「請不要～、請勿～」。不用管是否有收尾音，將動詞的原型最後一個字「다」去掉之後，直接添加此句型即可。

動詞지 마세요.　【例】가다 → 가지 마세요. 請不要去。/ 請不要走。

　　　　　　　　　【例】먹다 → 먹지 마세요. 請不要吃。

　　注意！韓語中，有些動詞不適合用於高級敬語，尤其是它們要接上方第一句型時，必須要改成**專屬高級敬語的動詞**。通常這些專屬高級敬語的動詞，原型最後兩個字為「시다」，而要接第一句型時要將「시다」直接改成「세요」。

【例】吃：먹다 → 드시다 ：먼저 드세요. 請您先吃。/ 請您先用。

　　　睡：자다 → 주무시다 ：먼저 주무세요. 請您先睡。

먼저
：首先、先

1. 基本上，這些句型與動詞一起用，但是有些形容詞可以例外的搭配使用。

　　【例】아프다 → 아프지 마세요. 您不要再生病。/ 請您保重。

2. 「～세요. / 으세요.」此句型也可以用來祝福人家。

【例】행복하세요. 祝您幸福。	주말 잘 보내세요. 週末愉快。
건강하세요. 祝您健康。	새해 복 많이 받으세요. 新年快樂。

文法III練習－開口說說看 MP3-57

≪STEP1≫

먼저 가다 → 먼저 가세요.

잠시＝잠깐
：一會兒、暫時

① 이거 주다　　② 매일 운동하다　③ 잠시만 기다리다　④ 우산을 가져가다
⑤ 열심히 일하다　⑥ 열심히 공부하다　⑦ 많이 드시다　　⑧ 안녕히 주무시다

≪STEP2≫

여기에 앉다 → 여기에 앉으세요.

① 이 책을 읽다　② 신발을 벗다　③ 먼저 손을 씻다　④ 창문을 닫다

≪STEP3≫

술을 많이 마시다 → 술을 많이 마시지 마세요.

① 늦다　② 이거 만지다　③ 여기에 주차하다　④ 수업 시간에 떠들다

≪STEP4≫

음식을 먹다 → A) 여기에서는 음식을 먹지 마세요.
　　　　　　 B) 네, 알겠습니다.

알겠습니다
：我知道了、我明白了

① 담배를 피우다　② 사진을 찍다　③ 핸드폰을 사용하다　④ 뛰다

生字

먼저 首先、先	가져가다 帶去、拿去	손 手	수업 시간 上課時間
이거 주세요.	열심히 用心、認真	창문 窗戶	떠들다 吵鬧、大聲聊天
（買東西、點菜時）	안녕히 주무세요.	닫다 關（門、窗戶等）	사진 相片
請給我這個。	（對長輩）晚安。	늦다 遲、晚	사진(을) 찍다 照相
잠시만 기다리세요.	신발 鞋子	만지다 摸、接觸、碰	사용하다 使用
請稍等。	벗다 脫	주차(를) 하다 停車	뛰다 跑

大家的韓國語（初級1）

第七課

【表示程度的副詞】

아주 많이 / 너무 / 아주 / 많이 / 조금 / 전혀 안 ＋ 形容詞
　非常　　太～了　　很　　　很　　一點點　一點都不

　　韓語中，「副詞」的功能為輔助形容詞或動詞，因此副詞通常擺在於形容詞或動詞的前方。

　　在 動詞 前方出現的副詞通常表示「發生或做某件事情的頻率」，就如在第104頁學過的那些「常常、偶爾」等的說法。

　　而在 形容詞 前方出現的副詞則表示「某種狀況、狀態的程度」，就是描述那個形容詞是「多麼」怎樣。

100	非常　　　：아주 많이
0 ▼	太～了　　：너무
	很　　　　：아주 / 많이
	一點點　　：조금
	一點都不　：전혀 안 ＝ 하나도 안

【例】아주 많이 비싸요. 非常貴。
【例】너무 비싸요. 太貴了。
【例】아주 비싸요. / 많이 비싸요. 很貴。
【例】조금 비싸요. 有點貴。
【例】전혀 안 비싸요. 一點都不貴。
　　　하나도 안 비싸요.

★ 有關形容詞

1. 形容詞前方出現的名詞通常接主詞助詞。

　【例】가방이 비싸요. 包包（很）貴。

2. 若需要對比、比較的語氣，可以用「은/는」助詞代替主詞助詞。

　【例】이 가방은 비싸요. 這包包（很）貴。（和其他包包比起來相對貴的語氣）

3. 擁有受詞為動詞的特色，因此形容詞前方的名詞絕對不能接受詞助詞。

　【例】天氣（很）好。：날씨를 좋아요. (X) / 날씨가 좋아요. (O)

4. 「ㅂ不規則」的變化：

　形容詞原型最後一個字為「다」，當它前面字的收尾音為「ㅂ」時，那個形容詞的現在式口語說法，八成都不是按照第86頁的公式變化，而是例外變化。

　【例】冷：춥다 → 춥+다 → 추＋워요 → 추워요

춥다（冷）/ 덥다（熱）/ 어렵다（難）/ 쉽다（容易）/ 아름답다（美）/ 귀엽다（可愛）반갑다（高興）/ 가깝다（近）/ 무겁다（重）/ 가볍다（輕）/ 맵다（辣）/ 싱겁다（淡）뜨겁다（燙、熱）/ 차갑다（冰、冷）/ 더럽다（髒）/ 시끄럽다（吵）

文法IV練習－開口說說看 MP3-58

≪STEP1≫

옷 / 비싸다 → 옷이 비싸요.

맛없어요**發音**
→[마덥써요]

① 옷 / 싸다　　　② 비빔밥 / 맛있다　　③ 비빔밥 / 맛없다
④ 영화 / 재미있다　⑤ 영화 / 재미없다　　⑥ 가방 / 크다
⑦ 가방 / 작다　　⑧ 사과 / 많다　　　⑨ 사과 / 적다
⑩ 회사 / 멀다　　⑪ 교실 / 조용하다　　⑫ 날씨 / 따뜻하다

따뜻해요
→[따뜨태요]

≪STEP2≫

날씨 / 춥다 → 날씨가 추워요.

① 날씨 / 덥다　　　② 시험 / 어렵다　　③ 시험 / 쉽다
④ 가방 / 무겁다　　⑤ 가방 / 가볍다　　⑥ 강아지 / 귀엽다
⑦ 경치 / 아름답다　⑧ 떡볶이 / 맵다　　⑨ 방 / 더럽다

≪STEP3≫

치마 / 길다 / 조금 → A) 치마가 길어요?
　　　　　　　　　B) 네, 조금 길어요.

넓다, 좁다, 짧다
→**按照第86頁的
公式正常變化**

① 키 / 크다 / 많이　　　　② 교실 / 넓다 / 아주
③ 63빌딩 / 높다 / 아주 많이　④ 커피 / 뜨겁다 / 너무

生字

비싸다 貴	크다 大、（個子）高	날씨 天氣	길다 長
싸다 便宜	작다 小、（個子）矮	따뜻하다 溫暖	짧다 短
맛있다 好吃	많다 多	시원하다 涼爽、涼快	넓다 寬、寬大
맛없다 不好吃	적다 少	깨끗하다 乾淨	좁다 窄、窄小
재미있다 有趣、好看	멀다 遠	경치 風景、景致	높다（大樓、東西）高
재미없다 無趣、不好看	조용하다 安靜	치마 裙子	낮다（大樓、東西）低

（在市場）

주인 아주머니 : 어서 오세요.

손님 　　　 : 여기 김치 팔아요?

주인 아주머니 : 네, 팔아요. 1kg에 **5,500**원이에요.

손님 　　　 : 이 김치 많이 매워요?

주인 아주머니 : 아니요, 조금만 매워요. 아주 맛있어요.

손님 　　　 : 음...그럼 **3kg** 주세요. 얼마예요?

주인 아주머니 : **16,500**원이에요.

손님 　　　 : 너무 비싸요. 좀 싸게 해 주세요. 네?

주인 아주머니 : 그래요. 그럼 **15,000**원만 주세요.

손님 　　　 : 돈 여기 있어요.（拿到東西之後）안녕히 계세요.

주인 아주머니 : 네, 감사합니다. 또 오세요.

❗ 팔다：賣 ⟷ 사다：買
❗ kg：【公制】公斤 킬로그램＝킬로

❗ 좀：「조금（一點點、稍微）」的簡稱，
　拜託別人時也常用來讓語氣更客氣一點。

> ❗ 請算我便宜一點。
> 　싸게 해 주세요.＝깎아 주세요.
> ❗ 不行，請不要殺價。
> 　안 돼요. 깎지 마세요.

老闆娘：歡迎光臨。
客人　：這裡有賣韓國泡菜（辛奇）嗎？
老闆娘：是，有賣。一公斤五千五百元。
客人　：這韓國泡菜（辛奇）很辣嗎？
老闆娘：不，只有一點點辣。很好吃。
客人　：嗯…那麼請給我三公斤。多少錢？
老闆娘：一萬六千五百元。
客人　：太貴了。請算我便宜一點，好不好？
老闆娘：好啊。那麼給我一萬五千元就好。
客人　：錢在這裡。再見！
老闆娘：謝謝。下次再來。

（兩個人在百貨公司偶然遇到）

김다영 : 어, 시원 씨, 이 시간에 백화점에서 뭐 하고 있어요?

박시원 : 내일이 여자 친구 생일이에요. 그래서 선물을 고르고 있어요.

김다영 : 여자 친구에게 무슨 선물을 주고 싶어요?

박시원 : 제 여자 친구는 원피스를 자주 입어요.
그래서 원피스 한 벌을 선물하고 싶어요.

김다영 : 그래요? 음... （注意看周圍展示的衣服）
그럼 이 원피스를 선물하세요.

박시원 : 치마가 너무 짧아요.

김다영 : 저 원피스는요?

박시원 : 조금 촌스러워요.

김다영 : 이 분홍색 원피스도 마음에 안 들어요?

박시원 : 네, 그건 너무 비싸요.

❗ 고르다 : 挑
❗ 원피스 : 洋裝
❗ 촌스럽다 : 【形容詞；原型】老氣，土
→ 촌스러워요. （現在式口語說法）
❗ 분홍색 : 粉紅色

❗ 마음에 들다 : 喜歡
마음에 안 들다 : 不喜歡
❗ 그건 : 「그것은」的簡稱

金多瑛：欸，始源，這個時間你在百貨公司幹嘛？
朴始源：明天是女朋友的生日。所以我在挑禮物。
金多瑛：你想送女朋友什麼禮物？
朴始源：我女朋友常穿洋裝。所以我想送一件洋裝。
金多瑛：是嗎？嗯⋯那麼送她這件洋裝吧。
朴始源：裙子太短了啦。
金多瑛：那件洋裝呢？
朴始源：有點老氣。
金多瑛：這件粉紅色的洋裝也不喜歡嗎？
朴始源：是啊，那件太貴了。

大家的韓國語（初級1）

第七課

▶我喜歡 韓劇 。

　　　　　한국 드라마 를 좋아해요. (動詞原型：좋아하다)
　　　　　한국 드라마 가 좋아요. (形容詞原型：좋다)

▶我不喜歡 貓 。/ 我討厭 貓 。

　　　　　고양이 를 싫어해요. (動詞原型：싫어하다)
　　　　　고양이 가 싫어요. (形容詞原型：싫다)

　　　　　　　　　　　　　　 名詞 + 受詞助詞 + 動詞 。
　　　　　　　　　　　　　　 名詞 + 主詞助詞 + 形容詞 。

▶日常生活用語

　　　　잠시만요. = 잠깐만요. 請等一下。
　　　　잠시만 기다리세요. = 잠깐만 기다리세요. 請稍等。
　　　　저 기다리지 마세요. 請不要等我。

　　　　배고파요. = 배가 고파요. 肚子餓。
　　　　배불러요. = 배가 불러요. 吃得很飽。/ 吃飽了。
　　　　먼저 드세요. 請您先吃。
　　　　이거 드세요. 請您吃這個。
　　　　많이 드세요. 請多吃一點。
　　　　맛있게 드세요. 請美味的吃吧。/ 用餐愉快。

　　　　하지 마세요. 請不要做。/ 別這樣。
　　　　걱정하지 마세요. 請不要擔心。
　　　　오해하지 마세요. 請不要誤會。
　　　　잊지 마세요. 請不要忘記。

　　　　┌───┐
　　　　│ 가지 마세요. 請不要去。/ 請不要走。（高級敬語、口語說法） │
　　　　│ 가지 말아요. 請不要去。/ 請不要走。（普通級敬語、口語說法） │
　　　　│ 가지 마. 不要去。/ 別走。（半語、口語說法） │
　　　　└───┘

1 請聆聽隨書附贈的MP3，選出正確的圖案。

1) ① 　　②

2) ① 　　②

3) ① 　　②

4) ① 　　②

2 請聆聽隨書附贈的MP3，連連看。

정우 씨 •	• 정우 씨 •	
다영 씨 •	• 다영 씨 •	
시원 씨 •	• 시원 씨 •	

3 請聆聽隨書附贈的MP3，指出下列句子正確（〇）或錯誤（X）。

1) 미혜 씨는 남자 옆에 앉습니다. （　）

2) 지훈 씨는 사진을 찍습니다. （　）

3) 다영 씨는 혼자 드라마를 보고 있습니다. （　）

  시원 씨는 음악을 듣고 있습니다. （　）

4) 현빈 씨는 지금 담배를 피웁니다. （　）

  현빈 씨와 동건 씨는 지금 같이 있습니다. （　）

❶ 作業－習作本：第42～46頁

每個月14日都是紀念日（上）

　　韓國年輕연인（情侶）（例如：고등학생（高中生）、대학생（大學生），尤其是第一次談戀愛的人），除了過西洋情人節外，還會把매월 십사 일（每個月十四日）訂為特別的日子，互相交換선물（禮物）表達愛意，好好地慶祝一番。

1월14일：　다이어리데이　Diary Day（筆記本情人節）

　　將다이어리（可以寫行事曆、日記的本子）送給親友，祝福對方過著充實又快樂的一年。

2월14일：　밸런타인데이　Valentine's Day（西洋情人節）

3월14일：　화이트데이　White Day（白色情人節）

　　2월14일是女生送초콜릿（巧克力）給男友或心儀對象，3월14일則是男生用사탕（糖果）來回禮的日子。平常因성격（個性）內向不敢主動追求이성 친구（異性朋友）的人，可以趁著這個機會拿出勇氣고백（表白）。

4월14일：　블랙데이　Black Day（黑色情人節）

　　在밸런타인데이和화이트데이，沒有收到任何초콜릿或사탕的「可憐」單身朋友們，這天早上會喝블랙커피（無糖黑咖啡）、穿검정 옷（黑色衣服），去중국집（中國餐廳）吃자장면（炸醬麵），以검정색（黑色）來表現孤單到心都變黑的苦悶心情。

5월14일：　로즈데이　Rose Day（玫瑰情人節）

　　在韓國，五月是장미꽃（玫瑰花）開得最漂亮的時候。這天要送情人장미，如果時間許可，跟親愛的人到郊外꽃구경（賞花）也很不錯。

6월14일：　키스데이　Kiss Day（親親情人節）

　　對韓國연인而言，100일（交往第一百天）有很大的意義，一定會互相交換선물大肆地慶祝一番。假設2월14일女生表白、3월14일男生接受開始交往，那6월14일算是他們的100일，這段時間因為害羞只牽過手的연인，可以進一步挑戰키스（接吻）看看！

7월14일：　실버데이　Silver Day（銀色情人節）

　　這是買커플링（情侶戒）來戴的日子。通常年輕學生們才會慶祝這些日子，依照他們的經濟能力只能買은반지（銀戒），所以訂為「Silver Day」，但如果經濟能力許可的話，當然금반지（金戒指）也可以，更歡迎다이아 반지（鑽戒指）！

※每個月14日都是紀念日（下）→第138頁

第八課

우리 영화 보러 갈까요?

（我們要不要去看電影呢？）

☯重點提示☯

1. 　地點　에　　動詞（收X，收「ㄹ」）　러　　가다
　　　　　　　　動詞（收O）　으러
　　去　地點　動詞

2. 　動詞（收X）　ㄹ
　　動詞（收O）　을　　　　까요?　　要不要　動詞　?
　　動詞（收「ㄹ」）

3. 　動詞（收X）　ㄹ
　　動詞（收O）　을　　　　게요.　　我要　動詞　。/ 我會　動詞　。
　　動詞（收「ㄹ」）

4. 【連接詞尾】

　　動詞、形容詞　고～　　　①又、且 ②還有 ③而 ④然後

$$\boxed{地點} 에 \quad \begin{array}{c} \boxed{動詞（收X，收「ㄹ」）} 러 \\ \boxed{動詞（收O）} 으러 \end{array} \quad 가다 \quad 去\boxed{地點}\boxed{動詞}$$

此句型表示為了做某件事情去某個地方。

「러/으러」為表示「動作的意圖或目的」的語尾，通常會和動詞「가다：去 / 오다：來」搭配使用。先將動詞原型裡的「다」去掉之後，看剩下的部分最後一個字收尾音的情況，再決定要加哪個語尾。

★ 沒有收尾音 → 러 가다 【例】일하다 → 일하러 가요. 我去工作。
★ 收尾音為「ㄹ」→ 러 가다 【例】놀다 → 놀러 가요. 我去玩。
★ 其他收尾音 → 으러 가다 【例】밥을 먹다 → 밥을 먹으러 가요. 我去吃飯。

因為此句型最後一個動詞為「가다」，因此前方出現的地點名稱，一定要用「에」這個目的地助詞來接才行。（請參考第72頁）

【例】회사에 일하러 가요. 我去公司工作。

　　친구 집에 놀러 가요. 我去朋友家玩。

　　식당에 밥을 먹으러 가요. 我去餐廳吃飯。

此句型的「가다」，也可以改成「오다」。　자주：常常

【例】저는 이 식당에 자주 식사하러 와요. 我常來這家餐廳吃飯。

若句子前面加個「우리：我們」，還可以表達建議。

【例】우리 저녁 먹으러 가요. 我們去吃晚飯吧。

此句型最後的動詞「가다」或「오다」後方，還可以繼續接別的句型。

【例】콘서트를 보러 가고 싶어요. 我想去看演唱會。

　　내일 백화점에 쇼핑하러 가지 마세요. 明天請不要去百貨公司逛街。

　　대만에 놀러 오세요. 請您來台灣玩。

≪STEP1≫

명동 / 친구를 만나다 → A) 명동에 왜 가요?　　　　　왜 : 為什麼
　　　　　　　　　　　　B) 친구를 만나러 가요.

① 백화점 / 구두를 사다　　　　② 도서관 / 책을 빌리다
③ 한국어 선생님 댁 / 김치를 만들다　④ 식당 / 밥을 먹다

≪STEP2≫

시장 / 과일을 사다 → A) 어디에 가요?
　　　　　　　　　　　B) 시장에 과일을 사러 가요.

① 극장 / 영화를 보다　　　　② 우체국 / 편지를 부치다
③ 옆집 / 놀다　　　　　　　④ 은행 / 돈을 찾다

≪STEP3≫

공원 / 산책하다 → 우리 공원에 산책하러 가요.

① 스타벅스 / 커피를 마시다　② 약국 / 감기약을 사다
③ 미장원 / 머리를 하다　　　④ 에버랜드 / 놀다

大家的韓國語（初級 1）

第八課

生字

명동 明洞：韓國首爾年輕人逛街的好地方	옆집 鄰居、隔壁	【在美容院】	에버랜드 愛寶樂園
빌리다 借、租	찾다 尋找、找、領取	머리(를) 하다 做頭髮	：位於首爾郊外的遊樂園，除了遊樂設備以外，還有廣大的花園、動物園、戶外游泳池、雪橇場。
반납하다 還（書等）	돈을 찾다 領錢	머리(를) 자르다 剪頭髮	
김치를 만들다 做韓國泡菜（辛奇）	산책(을) 하다 散步	파마(를) 하다 燙頭髮	
부치다 （郵）寄	스타벅스 星巴克	염색(을) 하다 染頭髮	
	감기약 感冒藥		

$$\left.\begin{array}{l}\boxed{動詞（收X）}\ ㄹ \\ \boxed{動詞（收O）}\ 을 \\ \boxed{動詞（收「ㄹ」）}\end{array}\right\}\ 까요?\qquad 要不要\boxed{動詞}?$$

基本上，此句型用於建議或請教對方的意見，約對方，或決定約會細節時常用。

此句型的主詞為「우리：我們」，或即使主詞被省略，但整個情況上猜得到這是有關兩個人（說話者與聽話者）的事情也無妨。此句型表示問對方要不要跟說話者一起做某件事情。而且，說話者用此句型問對方，含意是說話者很希望聽話者答應跟他一起做這件事情。不然，就是希望對方拿出一些有關兩個人要共同進行事情的建議。**等於是中文的「（我們）要不要～？」、「（我們）要～呢？」。**

★ 沒有收尾音 → ㄹ 까요?　【例】만나<del>다</del> → 우리 내일 만날까요? 我們要不要明天見面？

★ 其他收尾音 → 을 까요?　【例】앉다 → 여기에 앉을까요? （我們）要不要坐這裡呢？

★ 收尾音為「ㄹ」 → 까요?　【例】만들다 → 같이 만들까요? 要不要一起做（製作）？

這時候聽話者通常用「좋아요. 好啊。」、「그래요. 好啊。」來接收說話者的意見，或用「미안해요. 對不起。」拒絕。也可以用「～아/어/해요. ～吧。」提出自己的意見。

【例】A：우리 내일 만날까요?　｜　A：뭐 먹을까요? （我們）要吃什麼呢？
　　　B：좋아요.　　　　　　 ｜　B：비빔밥 먹어요. 吃拌飯吧。

除了上述句型之外，「～ㄹ래요/을래요？」句型也可以表示建議或請教對方意見。但此句型若沒有表示「우리」這個字，就不見得跟說話者有關，只是單純的問對方「（你）要不要～？」、「（你）要～呢？」。回答時，可用「좋아요.」、「그래요.」、「미안해요.」，或「～래요/을래요.：我要～」。

★ 沒有收尾音 → ㄹ 래요?　【例】우리 내일 만날까요? ≒ 우리 내일 만날래요?

★ 其他收尾音 → 을 래요?　【例】여기에 앉을까요? ≒ 여기에 앉을래요?

★ 收尾音為「ㄹ」 → 래요?　【例】같이 만들까요? ≒ 같이 만들래요?

【例】A：우리 내일 만날래요?　｜　A：뭐 먹을래요? （你）要吃什麼？
　　　B：좋아요.　　　　　　 ｜　B：비빔밥 먹을래요. （我）要吃拌飯。

≪STEP1≫

우리 내일 아침에 같이 운동하다 → A) <u>우리 내일 아침에 같이 운동할까요?</u>
B) 좋아요.

① 우리 오늘 저녁에 같이 식사하다 ② 9시에 출발하다
③ 여기에 앉다 ④ 여기에서 사진을 찍다

≪STEP2≫

무슨 영화를 보다 / 이 영화 → A) <u>무슨 영화를 볼까요?</u>
B) <u>이 영화를 봐요.</u>

① 점심에 뭐 먹다 / 자장면
② 뭐 시키다 / 맥주하고 안주
③ 몇 시에 어디에서 만나다 / 5시에 학교 앞
④ 생일 파티에 누구를 초대하다 / 선생님하고 친구들

≪STEP3≫

쇼핑하러 가다 → A) 우리 <u>쇼핑하러 갈까요?</u> → 우리 <u>쇼핑하러 갈래요?</u>
B) 네, 그래요.

① 커피 마시러 가다 ② 영화 보러 가다
③ 동물원 구경하러 가다 ④ 이번 주말에 에버랜드에 놀러 가다

大家的韓國語（初級1）

第八課

生字

출발하다 出發	파티 派對	【動物】	호랑이 老虎
도착하다 到達	초대하다 邀請	개 狗	사자 獅子
시키다 點（菜）	동물원 動物園	강아지 小狗	곰 熊
맥주 啤酒	구경하다 參觀、逛	고양이 貓	기린 長頸鹿
안주 下酒菜		토끼 兔子	코끼리 大象

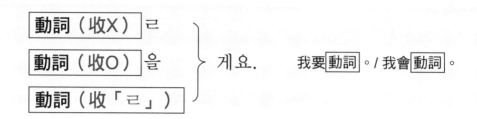

此句型表示說話者的意志、打算。主詞一定為「저：我」，只能用於肯定句，不能改成疑問句。等於是中文的「我要～」或「我會～」。韓語中，表達自己的打算、未來的句型有好幾種，而此句型通常用於針對多多少少會牽涉到聽話者的事情，含意是希望對方諒解或支持說話者這樣的行為或決定。

★ 沒有收尾音 → ㄹ 게요. 【例】가다 → 제가 갈게요. 我要去。/ 由我來去吧。

★ 其他收尾音 → 을 게요. 【例】먹다 → 제가 먹을게요. 我要吃。/ 由我來吃吧。

★ 收尾音為「ㄹ」→ 게요. 【例】만들다 → 제가 만들게요. 我要做。/ 由我來做吧。

上方這三個例子裡的句子帶來的語氣，都是「我想我做這件事應該不會造成你的麻煩，我這樣的行為應該不會讓你不高興，所以就讓我做吧」。我們在前頁學過「～ㄹ래요/을래요」當肯定句時，也可以代表「我要～」。這兩個句型，在語氣上有什麼差別呢？

例如，今天三個人一起聚餐，老闆送四塊排骨，每個人吃一塊，最後剩了一塊。

情況1) 那道菜很好吃，大家都很想吃最後那塊的時候，有可能比較自私的人跳出來說：「제가 먹을래요.」

情況2) 那道菜不好吃或大家都太飽了，互相把盤子推來推去的時候，有人可能覺得「算了，由我來吃吧」就會說：「제가 먹을게요.」

「～ㄹ래요/을래요」比較不在意別人的感受，直接表達自己想做的事情，而「～ㄹ/을게요」則帶來有考慮過對方感受的語氣。因此，跟長輩講話時，最好不要用「～ㄹ래요/을래요」，以免聽起來沒禮貌。

「～ㄹ/을게요.」此句型的正式說法為「～겠습니다.」。

【例】제가 갈게요. → 제가 가겠습니다. / 제가 먹을게요. → 제가 먹겠습니다.

文法III練習－開口說說看 <small>MP3-64</small>

≪STEP1≫

가다 → 저 먼저 <u>갈게요</u>.

저 먼저 갈게요.
：我先走了。

① 먹다　　② 주문하다　③ 퇴근하다　④ 내리다
⑤ 나가다　⑥ 들어가다　⑦ 올라가다　⑧ 내려가다

≪STEP2≫

내일 전화하다 → 제가 <u>내일 전화할게요</u>.

① 또 연락하다　　　　　　② 이따가 회사 앞에서 기다리다
③ 식당을 예약하다　　　　④ 표를 예매하다
⑤ 돈을 빌려 주다　　　　⑥ 도와주다

≪STEP3≫

저 먼저 집에 가다 → <u>저 먼저 집에 가겠습니다</u>.

꼭：一定
앞으로：以後

① 저도 같이 가다　　　　　　　　② 다영 씨 결혼식에 꼭 참석하다
③ 다음 주에 정우 씨 사무실을 방문하다　④ 저도 시원 씨를 도와주러 가다
⑤ 내일부터 한국어를 열심히 공부하다　　⑥ 앞으로 아침마다 운동을 하다

大家的韓國語（初級1）

第八課

生字

먼저 首先、先	들어가다 進去	돌아오다 回來	표 票
주문(을) 하다	들어오다 進來	또 又、再	예매(를) 하다
點（菜）叫（使）시키다	올라가다 上去	연락(을) 하다 聯絡	預購、訂（電影票等）
타다 搭乘、坐（車）	올라오다 上來	이따가	빌려 주다 借給
내리다 下車	내려가다 下去	等一下、過一會兒	도와주다 幫忙、幫助
나가다 出去	내려오다 下來	예약(을) 하다	참석하다 出席、參加
나오다 出來	돌아가다 回去	預約、訂（餐廳等）	방문하다 拜訪

【連接詞尾】

$$\boxed{\text{動詞、形容詞}}\text{고}\sim \quad ①又、且 ②還有 ③而 ④然後$$

韓語中，有一個詞性叫做「連接詞」，用來連接「句子與句子」的關係，例如前面學過的「그리고：還有、而且、然後」、「그래서：所以」、「그런데：不過」。但是，若要將兩個較短的句子並在一起合成一個句子，或要連接詞彙與詞彙時，就不能用這些連接詞了。因為連接詞是前面的句子結束之後（出現句點或問號）才能接上去的。此情況就需要「連接詞尾」，此頁先講解連接詞尾其中一個「고」。

> 兩個句子 → 句子1。 + 그리고 + 句子2。
> 　　　　　【例】이 과자는 싸요. 그리고 맛있어요. 這餅乾很便宜。而且很好吃。
>
> 一個句子 → 句子1最後的動詞或形容詞的原型：～다 + 고 + 句子2。
> 　　　　　【例】이 과자는 싸고 맛있어요. 這餅乾很便宜且很好吃。

連接詞尾「고」的用法，可分成四種。如下：

1) 又、且
　【例】正面＋正面：이 과자는 싸고 맛있어요. 這餅乾又便宜又好吃。
　　　　負面＋負面：이 과자는 비싸고 맛없어요. 這餅乾又貴又不好吃。

2) 還有
　通常連接詞尾前後出現的名詞都會添加助詞「도」。
　【例】주말에 집에서 청소도 하고 빨래도 해요. 週末在家裡打掃也有洗衣服。

3) 而（對比、比較）
　通常連接詞尾前後出現的名詞都會添加助詞「은/는」。
　【例】아버지는 회사원이고 어머니는 주부예요. 父親是上班族，而母親則是家庭主婦。
　　　　저는 책을 읽고 동생은 텔레비전을 봐요. 我看書，而弟弟則看電視。

4) 然後
　【例】보통 저녁을 먹고 공원에 산책하러 가요. 我通常吃晚飯，然後去公園散步。

※ 注意！書寫時「고」跟前方的字之間不要留空格。

≪STEP1≫

이 스파게티 / 싸다 / 맛있다 → 이 스파게티는 싸고 맛있어요.

① 그 식당 음식 / 비싸다 / 맛없다　　② 한국어 / 쉽다 / 재미있다
③ 이 책 / 어렵다 / 재미없다　　　　④ 우리 교실 / 넓다 / 깨끗하다
⑤ 여자 주인공 / 예쁘다 / 날씬하다　⑥ 남자 주인공 / 키가 크다 / 멋있다

≪STEP2≫

주말에 집에서 청소를 하다 / 빨래를 하다
　　　　　　　　　→ 주말에 집에서 청소도 하고 빨래도 해요.

① 주말에 숙제를 하다 / 영화를 보러 가다
② 한국에서 쇼핑을 하다 / 삼계탕을 먹고 싶다

≪STEP3≫

저는 대학생이다 / 동생은 고등학생이다
　　　　　　　　→ 저는 대학생이고 동생은 고등학생이에요.

① 여기는 사무실이다 / 저기는 화장실이다
② 미혜 씨는 공부를 하다 / 정우 씨는 컴퓨터게임을 하다
③ 설탕은 달다 / 소금은 짜다

≪STEP4≫

퇴근하다 / 친구를 만나러 가다 → 퇴근하고 친구를 만나러 가요.

① 밥을 먹다 / 이를 꼭 닦으세요.
② 영화를 보다 / 저녁 먹으러 갈까요?

生字

여자 주인공 女主角	키가 크다 個子很高	달다 甜	이를 닦다 刷牙
날씬하다 (身材) 苗條	멋있다 帥	소금 鹽	= 양치하다
남자 주인공 男主角	설탕 糖	짜다 鹹	= 양치질(을) 하다

（快要下班的兩個人）

김다영 : 시원 씨 오늘 저녁에 시간 있어요? 저랑 같이 영화 보러 갈래요?

박시원 : 미안해요. 오늘은 바빠요.

김다영 : 그럼 내일 보러 갈까요?

박시원 : 내일은 약속이 있어요.

김다영 : 그럼 언제가 괜찮아요?

박시원 : 음…다음 주 일요일 어때요?

김다영 : 좋아요. 몇 시에 만날까요?

박시원 : 2시 어때요?

김다영 : 2시 좋아요. 잠깐만요. 수첩에 적을게요.
　　　　（邊寫邊說）
　　　　5월 18일 일요일 오후 2시…우리 그날 영화도 보고 쇼핑도 해요.

박시원 : 좋은 생각이에요.

❗ 수첩 : 手冊
❗ 적다 : 紀錄、（抄）寫 ≒ 쓰다
❗ 그날 : 那天

❗ 괜찮다 : ①沒關係 ②方便

❗ 좋은 생각이에요. 好主意！、好點子！
좋다【形容詞原型】好
→ 좋은 + 名詞 : 好的 + 名詞
생각 : 想法
이다【原型】是 → 이에요【口語說法】

金多瑛：始源先生，你今天晚上有空嗎？
　　　　要不要跟我一起去看電影？
朴始源：對不起，我今天很忙。
金多瑛：那麼要不要明天去看？
朴始源：我明天有約。
金多瑛：那麼什麼時候方便呢？
朴始源：嗯…下星期天怎麼樣？
金多瑛：好啊。要幾點見面呢？
朴始源：2點如何？
金多瑛：2點好啊。等等。我要寫在手冊上。
　　　　5月18日星期天下午2點…我們那天看
　　　　電影還有逛逛街吧。
朴始源：好主意！

（愛看韓劇的兩個人偶然遇到）

이정우 : 미혜 씨, 요즘 무슨 드라마 봐요?

진미혜 : 저는 요즘 '시크릿가든'을 열심히 보고 있어요.
내용도 재미있고 남자 주인공도 아주 멋있어요.

이정우 : 그 드라마 저도 보고 있어요. 정말 너무 재미있어요.

진미혜 : 그럼 우리 오늘 저녁에 그 드라마 같이 볼까요?
정우 씨 우리 집에 드라마 보러 올래요?

이정우 : 네, 좋아요. 제가 음료수랑 과자 사 갈게요.

진미혜 : 정말요? 그럼 저는 저녁을 준비할게요.

이정우 : 제가 몇 시쯤 미혜 씨 집에 갈까요?

진미혜 : 6시쯤 오세요.
우리 식사 먼저 하고 드라마를 봐요.

이정우 : 알았어요.

大家的韓國語（初級1）第八課

❗ 내용：內容
❗ 사 가다：【動詞原型】買過去

❗ 정말요? ＝정말이에요?：是真的嗎?

❗ 쯤：左右、大約；「정도」的口語說法

❗ 먼저 動詞A고 動詞B。：先 動詞A 再 動詞B。

❗ 알았어요.：我知道了。

李政宇：美惠小姐，妳最近看什麼連續劇？
陳美惠：我最近很認真的看「秘密花園」。
內容很有趣，還有男主角也很帥。
李政宇：我也在看那齣。真的太好看了。
陳美惠：那麼我們今天晚上要不要一起看那齣連續劇
呢？政宇先生，你要不要來我家看連續劇？
李政宇：好啊。我會買飲料和餅乾過去。
陳美惠：真的嗎？那麼我會準備晚餐。
李政宇：我大概什麼時候要去妳家呢？
陳美惠：6點左右來吧。我們先用餐再看連續劇。
李政宇：我知道了。

▶請客的說法

　　　밥을 사다【原型】請他人吃飯

　　　저녁을 사다【原型】請他人吃晚飯

　　　오늘은 제가 밥 살게요. 今天我請你吃飯。

　　　오늘 저녁은 제가 살게요. 今天晚餐我來請客。

　　　다영 씨는 다음에 사세요. 多瑛小姐下次再請我吧。

　　　오늘은 제가 살게요. 今天由我來買單。/ 今天我來請客。

　　　오늘은 제가 낼게요. 今天由我來付錢。/ 今天我來請客。

　　　오늘은 제가 대접할게요. 今天由我來招待。

　　　오늘은 제가 한턱낼게요. 今天由我來作東（請你一頓飯）。

　　　오늘은 제가 쏠게요. 今天由我來作東。（「作東」的流行語，年輕人比較會用）

　　　※우리 더치페이 해요. = 우리 각자 내요. 我們各付各的吧。

▶「ㄷ不規則」的變化

有些動詞（듣다：聽 / 걷다：走（路）/ 묻다：問），

當收尾音「ㄷ」後方接子音「ㅇ」開頭的句型時，收尾音「ㄷ」要變成「ㄹ」。

【例】듣다 → 듣 + 아/어/해요. → 들 + 어요. → 들어요. 「聽」的現在式口語說法

　　　　→ 듣 + 세요/으세요. → 들 + 으세요. → 들으세요. 請聽。

　　　　→ 듣 + 러/으러 가요. → 들 + 으러 가요. → 들으러 가요. 去聽。

　　　　→ 듣 + ㄹ/을까요? → 들 + 을까요? → 들을까요? 要不要聽？

　　　　→ 듣 + ㄹ/을래요? → 들 + 을래요? → 들을래요? 要不要聽？

　　　　→ 듣 + ㄹ/을게요. → 들 + 을게요. → 들을게요. 我要聽。/ 我會聽。

※ 正常變化動詞：받다（接收、收到）/ 닫다（關）/ 믿다（相信）

　　【例】받다 → 받아요. → 받으세요. → 받으러 가요.

　　　　　→ 받을까요? → 받을래요? → 받을게요.

聽力測驗　MP3-68

1 請聆聽隨書附贈的MP3中的問題，選出恰當的回答。

1)

① 학교 앞에서 만날까요? 　② 학교에 갈게요.

③ 학교에 공부하러 가요. 　④ 학교에 갈래요.

2)

① 오렌지 주스를 마실게요. 　② 오렌지 주스 좋아요.

③ 오렌지 주스를 마시러 가요. 　④ 오렌지 주스 어때요?

3)

① 언제 출발해요? 　② 그래요.

③ 미안해요, 오늘은 바빠요. 　④ 8시 어때요?

2 請聆聽隨書附贈的MP3，填空看看。

1) 미혜 씨는 [　　　　] 정우 씨는 회사원이에요.

2) 효리 씨는 [　　　　] 호동 씨는 뚱뚱해요.

3) 저는 빵을 [　　　　] 친구는 케이크를 먹고 있어요.

4) 우리 밥을 [　　　　] 음료수를 사러 가요.　　※ 음료수：飲料

3 請聆聽隨書附贈的MP3，指出下列句子正確（O）或錯誤（X）。

1) 다영 씨는 집에서 저녁을 먹습니다. （　　）

　　다영 씨는 저녁을 먼저 먹고 드라마를 봅니다. （　　）

2) 두 사람은 내일 극장에 갑니다. （　　）

　　두 사람은 내일 3시 반에 극장 앞에서 만납니다. （　　）

❗ 作業－習作本：第47～51頁

每個月14日都是紀念日（下）

8월14일： 그린데이 Green Day（綠色情人節）

　　炎熱的여름（夏天），牽著情人的손（手）走在綠油油的山路，呼吸新鮮的공기（空氣），做森林浴피서（避暑）的日子。若沒有伴呢？那就只能買瓶소주（燒酒）（韓國大部分的소주容器都是녹색 병（綠色的瓶子））來喝，安慰自己囉！這天也叫「뮤직데이 Music Day」，和男女朋友在나이트 클럽（夜店）等有음악（音樂）的地方跳舞或互相送음악CD。

9월14일： 포토데이 Photo Day（甜蜜合照情人節）

　　和男女友拍下兩個人快樂的時光，留美好的추억（回憶）。在這天，很多남자（男生）會被여자 친구（女友）逼著把兩人的사진（照片）放在지갑（錢包）或수첩（手冊）裡。

10월14일： 와인데이 Wine Day（浪漫紅酒情人節）

　　在한국，十月底是단풍（楓葉）最美的계절（季節）。在這麼羅曼蒂克的時刻，找個분위기（氣氛）很好的레스토랑（西餐廳），和연인（情人）一起享用美好的一餐，喝杯와인（紅酒），度過浪漫的一天也是不錯的主意。

11월14일： 무비데이 Movie Day（雙雙對對電影情人節）

　　這天也叫「오렌지데이Orange Day」，是男女朋友牽著손、邊看영화（電影）邊喝오렌지 주스（柳橙汁）的日子。這天有些영화관（電影院）會提供免費오렌지 주스給관객（觀眾）喝。不過，오렌지 주스和영화到底有什麼關係可以這樣「綁」在一起呢？感覺是有點勉強做出來的節日……

12월14일： 허그데이 Hug Day（深情擁抱情人節）

　　這天是和男女友感恩擁抱一下，圓滿結束過去一年的日子。這天也叫「머니데이Money Day」，意思是為了慶祝交往一年，男子為여자 친구大方花大돈（錢）的日子。

※11월11일： 빼빼로데이 Pepero Day（巧克力棒情人節）

　　빼빼로是長相和일본 과자（日本餅乾）「Pocky」差不多的과자 이름（名字）。因為那個과자長得像숫자（數字）1，把숫자1一直重複寫的11월11일就變成吃빼빼로的日子。最開始是，有一些여학생들（女學生們）希望祝福친구（朋友）長得像빼빼로一樣又高又瘦，所以互相贈送友人，後來演變成不管是친구還是연인，大家都喜歡過這個日子。在這天，很多商店和路邊攤會賣各種不同모양（樣子）、길이（長度）、맛（味道）的빼빼로。

第九課

세수를 한 후에 이를 닦았어요.

（洗臉之後刷了牙。）

☯重點提示☯

1. 動、形 았어요 / 었어요 / 했어요

    代表敬語、過去式、口語說法的語尾

2. 動詞（收X） ㄹ
    動詞（收O） 을 } 거예요　代表敬語、未來式、
    動詞（收「ㄹ」）   口語說法的語尾

3. 名詞　　　　　　　　　名詞
    動詞 기 } 전에 ～之前　動詞（收X） ㄴ } 후에 ～之後
    　　　　　　　　　　　動詞（收O） 은

4. 【連接詞尾】

    動詞、形容詞 지만～　　　（雖然）～，但是～

動、形 았어요 / 었어요 / 했어요　代表敬語、過去式、口語說法的語尾

　　韓文是非常重視時態的語言，尤其講到過去發生的事情，一定要將動詞改成「過去式」表現出時態才行。本書第一課到第八課所提到的句型及說法都屬於「現在式」，而本課要講解「過去式」與「未來式」。本頁先介紹動詞和形容詞的「過去式」。公式如下：

動、形 ＋해요 → 動、形 ＋했어요（過去式、口語）→ 動、形 ＋했습니다（過去式、正式）
【例】일하다 工作 → 일해요 → 일했어요→ 일했습니다
　　　　　　　　→ 일을 해요 → 일을 했어요→ 일을 했습니다

動、形 ＋아요 → 動、形 ＋았어요（過去式、口語）→ 動、形 ＋았습니다（過去式、正式）
★ 母音「ㅏ」＆ 有收尾音　【例】앉다 坐 → 앉아요 → 앉았어요 → 앉았습니다
★ 母音「ㅏ」＆ 沒有收尾音　【例】가다 去 → 가요 → 갔어요 → 갔습니다
★ 母音「ㅗ」＆ 沒有收尾音　【例】오다 來 → 와요 → 왔어요 → 왔습니다

動、形 ＋어요 → 動、形 ＋었어요（過去式、口語）→ 動、形 ＋었습니다（過去式、正式）
★ 母音「ㅓ」＆ 有收尾音　【例】먹다 吃 → 먹어요 → 먹었어요 → 먹었습니다
★ 母音「ㅣ」＆ 有收尾音　【例】있다 有、在 → 있어요 → 있었어요 → 있었습니다
★ 母音「ㅣ」＆ 沒有收尾音　【例】마시다 喝 → 마셔요 → 마셨어요 → 마셨습니다
★ 母音「ㅜ」＆ 沒有收尾音　【例】배우다 學習 → 배워요 → 배웠어요 → 배웠습니다

★ 「으不規則」的變化
　　母音「ㅡ」＆ 沒有收尾音　【例】아프다 痛 → 아파요 → 아팠어요→ 아팠습니다
　　　　　　　　　　　　　　　　【例】예쁘다 漂亮 → 예뻐요 → 예뻤어요→ 예뻤습니다
　　　　　　　　　　　　　　　　【例】쓰다 寫 → 써요 → 썼어요 → 썼습니다

※ 名詞 이다 → 名詞（收X）예요 　 → 名詞（收X）였어요 → 名詞 ＋였습니다
　　　　　　　 名詞（收O）이에요 　 名詞（收O）이었어요 名詞 ＋이었습니다
【例】언니는 요리사예요. 姊姊是廚師。→ 언니는 요리사였어요. 姊姊曾經是廚師。

≪STEP1≫

일하다 → 일해요 → 일했어요

① 공부하다 ② 운동하다 ③ 식사하다 ④ 가다 ⑤ 사다
⑥ 오다 ⑦ 놀다 ⑧ 먹다 ⑨ 읽다 ⑩ 마시다
⑪ 주다 ⑫ 쓰다 ⑬ 비싸다 ⑭ 맛있다 ⑮ 재미없다
⑯ 크다 ⑰ 아프다 ⑱ 예쁘다 ⑲ 듣다 ⑳ 걷다
㉑ 춥다 ㉒ 덥다 ㉓ 아름답다 ㉔ 어렵다

⑲～㉔：變化例外
→請見第150頁

≪STEP2≫

회사에서 일하다 → A) 어제 뭐 했어요?
　　　　　　　　　　B) 회사에서 일했어요.

① 남자 친구랑 데이트하다 ② 집안일을 하다 ③ 노래방에 가다
④ 친구를 만나다 ⑤ 영화를 보다 ⑥ 집에서 쉬다
⑦ 피아노를 배우다 ⑧ 미국 친구에게 한국어를 가르치다
⑨ 친구에게 편지를 쓰다 ⑩ 음악을 듣다

≪STEP3≫

민주 씨 생일이 어제이다 → 민주 씨 생일이 어제였어요.

① 예전 여자 친구도 간호사이다 ② 우리 삼촌은 예전에 야구 선수이다
③ 저번 주 수요일이 14일이다 ④ 이곳은 예전에 공원이다

生字

데이트(를) 하다 約會	간호사 護士	어제 昨天	저번 달 上個月
집안일(을) 하다 做家事	예전에 以前	그저께 前天	=지난달
피아노 鋼琴	이곳 這裡	저번 주 上星期	작년 去年
예전 여자 친구 前女友		=지난주	재작년 前年

大家的韓國語（初級1）

第九課

$$
\left.\begin{array}{l}
\boxed{動詞（收X）} \ ㄹ \\
\boxed{動詞（收O）} \ 을 \\
\boxed{動詞（收「ㄹ」）}
\end{array}\right\} 거예요
$$

代表敬語、未來式、
口語說法的語尾

　　本頁要講解的是動詞的「未來式」。雖然有時像「明天、這個週末」等比較近的未來，會用「現在式」的時態表達，但是，原則上表示未來要做的事情，就會將動詞的原型改成「未來式」，等於是中文的「（將）要～」。

★ 沒有收尾音 → ㄹ 거예요
　【例】가다 → 내일 제주도에 갈 거예요. 我明天要去濟州島。

★ 其他收尾音 → 을 거예요
　【例】읽다 → 내일 도서관에서 무슨 책을 읽을 거예요? 你明天要在圖書館看什麼書？

★ 收尾音為「ㄹ」 → 거예요
　【例】살다 → 다음 달부터 학교 근처에서 살 거예요. 我從下個月開始要住在學校附近。

★ 「ㄷ不規則」的變化
　【例】듣다：聽 → 듣 + ㄹ/을 거예요 → 들 + 을 거예요 → 들을 거예요
　　　　걷다：走 → 걷 + ㄹ/을 거예요 → 걸 + 을 거예요 → 걸을 거예요
　　　　묻다：問 → 묻 + ㄹ/을 거예요 → 물 + 을 거예요 → 물을 거예요

小叮嚀

1. 在第八課學過的句型「～ㄹ/을게요」也能表示未來，但此句型的主詞一定為「我」，並且只能用於肯定句，同時也強調「為對方著想」或「在意別人感受」的語氣。而「～ㄹ/을 거예요」則跟聽話者無關，句型的主詞也沒有限制，肯定句、疑問句都可以使用。

【例1】（不好意思）我先走了。
　　　　저 먼저 갈게요. (O) / 저 먼저 갈 거예요. (X)

【例2】A：你明天要做什麼？
　　　　내일 뭐 할게요? (X) / 내일 뭐 할 거예요? (O)

　　　　B：我明天要見朋友。
　　　　친구를 만날게요. (X) / 친구를 만날 거예요. (O)

2. 形容詞或「이다」接此句型時，代表推測、預測，請參考第160頁。

文法II練習－開口說說看 MP3-70

STEP1

가다 → <u>갈 거예요</u>

① 사다　　② 오다　　③ 마시다　　④ 배우다　　⑤ 쉬다
⑥ 쓰다　　⑦ 일하다　　⑧ 쇼핑하다　　⑨ 먹다　　⑩ 읽다
⑪ 입다　　⑫ 놀다　　⑬ 만들다　　⑭ 살다　　⑮ 듣다

STEP2

내일 누구를 만나다 / 중학교 동창 → A) <u>내일 누구를 만날 거예요?</u>
　　　　　　　　　　　　　　　　　　 B) <u>중학교 동창을 만날 거예요.</u>

① 백화점에서 뭐 사다 / 화장품　　② 남자 친구랑 언제 결혼하다 / 내년 봄
③ 주말에 뭐 하다 / 영화를 보다　　④ 내일 뭐 입다 / 이 옷
⑤ 어디에 앉다 / 여기에　　　　　　⑥ 저녁에 무슨 음식을 만들다 / 김치찌개

STEP3

동생이 결혼하다 → 어제 <u>동생이 결혼했어요</u>.
　　　　　　　 → 오늘 <u>동생이 결혼해요</u>.
　　　　　　　 → 내일 <u>동생이 결혼할 거예요</u>.

① 병원에 가다　　　　　　② 도서관에 책을 읽으러 가다
③ 시원 씨가 우리 집에 오다　　④ 된장찌개를 먹다
⑤ 친구에게 선물을 주다　　⑥ 김치를 만들다

生字

중학교 동창 國中同學	봄 春天	내일 明天	다음 달 下個月
김치찌개 韓國泡菜鍋	여름 夏天	모레 後天	다다음 달 下下個月
（辛奇鍋）	가을 秋天	다음 주 下星期	내년 明年
된장찌개 味噌鍋	겨울 冬天	다다음 주 下下星期	내후년 後年

－ 143 －

上面為「表示做事情的順序」的句型。公式如下：

～之前

名詞 전에 　【例】출근 전에 운동을 해요. 上班之前運動。
動詞 기 전에 【例】숙제를 하기 전에 저녁을 먹어요. 做功課之前吃晚餐。
　　　　　　　　저녁을 먹기 전에 숙제를 해요. 吃晚餐之前做功課。

～之後

名詞 후에 　　　　　【例】퇴근 후에 운동을 해요. 下班之後運動。
動詞（收X）ㄴ 후에 【例】숙제를 한 후에 저녁을 먹어요. 做功課之後吃晚餐。
動詞（收O）은 후에 【例】저녁을 먹은 후에 숙제를 해요. 吃晚餐之後做功課。
※「ㄷ不規則」的變化 → 請參考第150頁

동안

　　強調「期間」的名詞，通常加在表示期間的單字（例如：幾小時、幾天、幾個月）的後面，但不必刻意翻譯成中文。
【例】저는 출근 전에 1시간 동안 운동을 해요. 我上班前做一小時的運動。
　　　저는 퇴근 후에 한국어를 2시간 동안 배워요. 我下班後學兩小時的韓文。

小叮嚀

　　在第八課學過的連接詞尾「고」的用法，其中之一就是「然後」，雖然語氣上「～ㄴ/은 후에」較強調「之後」的意思，但這兩個句型還是可以互相交換使用。
【例】숙제를 한 후에 저녁을 먹어요. ＝ 숙제를 하고 저녁을 먹어요.
　　　做功課之後吃晚餐。　　　　　　　　做功課，然後吃晚餐。

文法III練習－開口說說看 MP3-71

≪STEP1≫

조금 / 차를 마셨어요 → 조금 전에 차를 마셨어요.

— 조금 전 : 剛才

① 1시간 / 예약했어요　　② 이틀 / 그 영화를 봤어요
③ 며칠 / 월급을 받았어요　　④ 얼마 / 새 핸드폰을 샀어요

≪STEP2≫

자다 / 일기를 써요 → 자기 전에 일기를 써요.

① 결혼하다 / 백화점에서 일했어요　② 밥을 먹다 / 손을 씻으세요
③ 화장을 하다 / 옷을 갈아입으세요　④ 식사하다 / 컴퓨터게임을 1시간 동안 했어요

≪STEP3≫

1년 / 결혼할 거예요 → 1년 후에 결혼할 거예요.

① 2시간 / 다시 올게요　　② 10분 / 약을 드세요
③ 식사 / 디저트를 먹어요　　④ 졸업 / 한국 회사에서 일하고 싶어요

≪STEP4≫

텔레비전을 보다 / 숙제를 했어요 → 텔레비전을 본 후에 숙제를 했어요.

① 청소를 하다 / 저녁을 준비할 거예요
② 수업이 끝나다 / 3시간 동안 아르바이트를 해요
③ 점심을 먹다 / 회의를 했어요
④ 보통 이를 닦다 / 세수를 해요

生字

이틀 兩天	며칠 전에 幾天前	일기 日記	디저트 甜點
更多「日的累積」	얼마 전에 不久前	화장(을) 하다 化妝	회의(를) 하다 開會
→第208頁	월급 薪水、月薪	갈아입다 換穿（衣服）	세수하다 洗臉

右欄直書：大家的韓國語（初級1）　第九課

【連接詞尾】

> ### 動詞、形容詞 지만～　　（雖然）～，但是～

「지만」是一種連接詞尾，可使用於句子前後文的內容表示對立、相反時，等於是中文的「（雖然）～，但是～」。

兩個句子 → 句子1 。＋ 그렇지만 ＋ 句子2 。
【例】이 옷은 예뻐요. 그렇지만 너무 비싸요.
＝ 이 옷은 예뻐요. 하지만 너무 비싸요.
這件衣服很漂亮。但是太貴了。

一個句子 → 句子1最後的動詞或形容詞的原型：～다 ＋ 지만 ＋ 句子2 。
【例】이 옷은 예쁘지만 너무 비싸요.
這件衣服很漂亮，但是太貴了。

小叮嚀

1. 在第八課學過的連接詞尾「고」，當它有「又、且」意思的時候，連接詞尾前後的內容語氣要一致。也就是說，若前面表示正面的意思，後面也要正面的內容；若前面表示負面，後面也要負面才行。

【例】正面＋正面：이 책은 쉽고 재미있어요. 這本書又簡單又有趣。
負面＋負面：이 책은 어렵고 재미없어요. 這本書又難又無趣。

而「지만」前後的內容則要相違逆才行。

【例】正面＋負面：한국어는 재미있지만 어려워요. 韓文很有趣，但是很難。
負面＋正面：한국어는 어렵지만 재미있어요. 韓文很難，但是很有趣。

2.「고」的話，若連接詞尾前後的時態一致，則只要將整句的最後一個動詞或形容詞的時態表現出來即可。而「지만」不管連接詞尾前後的時態是否一致，「지만」前面的時態一定要表現出來。

【例】어제 스파게티도 먹고 피자도 먹었어요. 昨天吃義大利麵，也吃了比薩。
어제 스파게티는 먹었지만 피자는 안 먹었어요.
昨天吃了義大利麵，但沒吃比薩。

≪STEP1≫

이 가방 / 예쁘다 / 비싸다 → A) 이 가방 어때요?
　　　　　　　　　　　　　　B) 예쁘지만 비싸요.

① 떡볶이 맛 / 맵다 / 맛있다　　② 아르바이트 / 조금 힘들다 / 재미있다
③ 새 학교 / 조금 멀다 / 괜찮다　④ 오늘 날씨 / 좋다 / 바람이 조금 불다

≪STEP2≫

정우 씨는 키가 작다 / 농구를 잘하다 → 정우 씨는 키가 작지만 농구를 잘해요.

① 언니는 날씬하다 / 동생은 뚱뚱하다　② 그 식당은 맛있다 / 음식 값이 너무 비싸다
③ 지금 대만은 덥다 / 호주는 춥다　　　④ 휴가 때 여행을 가고 싶다 / 돈이 없다

≪STEP3≫

아까 밥을 먹다 / 또 배가 고파요 → 아까 밥을 먹었지만 또 배가 고파요.

① 친구에게 전화하다 / 통화 중이었어요
② 얼마 전에 새 핸드폰을 사다 / 잃어버렸어요
③ 어제는 비가 오다 / 오늘은 비가 안 와요
④ 어제는 기분이 나쁘다 / 오늘은 기분이 아주 좋아요.
⑤ 저번 시험은 어렵다 / 이번 시험은 쉬웠어요.

生字

맛 味道	바람이 불다	뚱뚱하다 胖	잃어버리다 弄丟、丟了
힘들다 辛苦	刮風、有風	값 價錢	비가 오다 下雨
멀다 遠	잘하다 做得好、很會	호주 澳洲	저번 上次
괜찮다 還可以、還不錯	날씬하다 瘦、身材苗條	통화 중 通話中	이번 這次

（兩個同事在聊天）

김다영 : 시원 씨, 지난 주말에 뭐 했어요?

박시원 : 가족들하고 설악산에 단풍 구경을 갔어요.

김다영 : 재미있었어요?

박시원 : 네, 아주 재미있었어요. 날씨도 좋고 단풍도 아주 아름다웠어요.
　　　　다영 씨는요? 주말 잘 보냈어요?

김다영 : 저는 하루 종일 집안일을 하고 저녁에 자장면을 시켜 먹었어요.

박시원 : 자장면 어땠어요? 맛있었어요?

김다영 : 네, 조금 느끼했지만 맛있었어요.
　　　　시원 씨 이번 주말에는 뭐 할 거예요?
　　　　무슨 특별한 계획 있어요?

박시원 : 이번 주말에는 도서관에 책을 읽으러 갈 거예요.
　　　　다영 씨도 같이 갈래요?

김다영 : 미안해요.
　　　　저도 같이 가고 싶지만 주말에 약속이 있어요.

❗ 설악산：雪嶽山，位於韓國的東部，
　　　　　以楓葉聞名的一座山。

❗ 단풍 구경：【名詞】賞楓葉

❗ 잘：【副詞】好好的
　 잘 보내다：【動詞原型】過得很好

❗ 하루 종일：一整天

❗ 시켜 먹다：叫外送來吃

❗ 어땠어요？：「어때요？」的過去式

❗ 느끼하다：油膩

❗ 특별한 계획：特別的計畫

金多瑛：始源先生，你上個週末做了什麼？
朴始源：我和家人去雪嶽山賞楓葉。
金多瑛：好玩嗎？
朴始源：是啊，很好玩。天氣好，楓葉也很美。
　　　　多瑛小姐妳呢？週末過得好嗎？
金多瑛：我一整天做家事，晚上叫外送的炸醬麵來吃。
朴始源：炸醬麵怎麼樣？好吃嗎？
金多瑛：是啊，雖然有點油膩，但很好吃。 始源先生，
　　　　你這個週末要做什麼？有什麼特別的計畫嗎？
朴始源：這個週末我要去圖書館看書。妳要不要一起去？
金多瑛：對不起。雖然我也想去，但是週末有約。

（兩個同事在聊天）

이정우 : 미혜 씨는 피부가 참 좋아요.

진미혜 : 호호호. 아니에요.

이정우 : 비결이 뭐예요?

진미혜 : 음...저는 매일 운동을 하고 물을 많이 마셔요.

이정우 : 운동은 언제 하고 물은 얼마나 마셔요?

진미혜 : 보통 아침에 출근하기 전에 한 시간 동안 운동을 해요.
　　　　운동한 후 물을 두 컵 정도 마시고 아침 식사를 한 후에도 한 컵 더 마셔요.
　　　　출근한 후 사무실에서도 계속 물을 마셔요.
　　　　그리고 저녁을 먹기 전에 먼저 물 한 컵을 마셔요.

이정우 : 그럼 자기 전에도 물을 마셔요?

진미혜 : 아니요, 자기 전에는 물을 마시지 않아요.
　　　　자기 전에는 보통 세수를 한 후 마스크 팩을 해요.

❗ 피부 : 皮膚

❗ 참 : 【副詞】真 ≒ 정말 / 진짜

❗ 아니에요 : ①不是
　　　　　　 ②（客套話）哪裡哪裡

❗ 비결 : 祕訣

❗ 마스크 팩 : 面膜
　　 마스크 팩(을) 하다 : 敷面膜

❗ 動詞A 기 전에 먼저 動詞B .
　 : 動詞A 之前先 動詞B 。

李政宇：美惠小姐，妳的皮膚真好。

陳美惠：哈哈哈，哪裡哪裡。

李政宇：秘訣是什麼？

陳美惠：嗯…我每天運動，喝很多水。

李政宇：什麼時候運動，喝多少水呢？

陳美惠：通常早上上班前運動一小時。運動之後喝
　　　　兩杯左右的水，吃早餐之後再喝一杯。
　　　　上班之後在辦公室也繼續喝水。然後吃晚
　　　　飯前先喝杯水。

李政宇：那麼睡前也會喝水嗎？

陳美惠：不，睡前不喝水。睡前通常洗臉之後敷面膜。

▶日常生活用語

特別的日子 잘 보내세요.　　祝你有愉快的 特別的日子 ！　　　　　잘：好好的

特別的日子 잘 보내셨어요?　你 特別的日子 過得好嗎?（高級敬語、口語）

　　　　　잘 보냈어요?　　　　　　　　　　　　　　（普通級敬語、口語）

주말	/	방학	/	휴가	/	추석	/	설 연휴	/	크리스마스
週末		（學生的）放假		（上班族的）休假		中秋節		春節假期		聖誕節

주말 잘 보내세요. / 주말 잘 보내셨어요? / 주말 잘 보냈어요?

　　　週末愉快!　　　　　週末過得好嗎?

여행 잘 다녀오세요. / 여행 잘 다녀오셨어요? / 여행 잘 다녀왔어요?

　　　祝你一路順風!　　　（這次的）旅遊順利嗎?

잘 먹겠습니다. / 잘 먹을게요. 我會好好的吃。＝ 我要開動了。

잘 먹었습니다. / 잘 먹었어요. 我吃得很好。＝ 我吃飽了，謝謝。

잘 자요.　晚安!（普通級敬語、口語）　　　잘 가요.　再見!（普通級敬語、口語）

잘 자.　　晚安!（半語）　　　　　　　　　잘 가.　　再見!（半語）

▶ 「ㄷ不規則」的變化 (듣다：聽 / 걷다：走（路）/ 묻다：問)

【例】듣다 → 들어요 聽 → 들었어요 聽了 → 들을 거예요 要聽 → 들은 후에 聽了之後

　　　걷다 → 걸어요 走 → 걸었어요 走了 → 걸을 거예요 要走 → 걸은 후에 走了之後

　　　묻다 → 물어요 問 → 물었어요 問了 → 물을 거예요 要問 → 물은 후에 問了之後

▶ 「ㅂ不規則」的變化 (춥다：冷 / 맵다：辣 / 어렵다：難……)

【例】춥다 → 추워요 冷 → 추웠어요 冷（過去）→ 추울 거예요 會冷

　　　맵다 → 매워요 辣 → 매웠어요 辣（過去）→ 매울 거예요 會辣

　　　어렵다 → 어려워요 難 → 어려웠어요 難（過去）→ 어려울 거예요 會難

聽力測驗　MP3-75

1 請聆聽隨書附贈的MP3，選出正確的圖案。

1) ① 　② 　③

2) ① 　② 　③

2 請聆聽隨書附贈的MP3，依照做事情的順序給圖案號碼。

1) ① 　② 　③ 　④

（　）　（　）　（　）　（　）

2) ① 　② 　③ 　④

（　）　（　）　（　）　（　）

3) ① 　② 　③ 　④

（　）　（　）　（　）　（　）

3 請聆聽隨書附贈的MP3，指出下列句子正確（O）或錯誤（X）。

1) 다영 씨는 주말에 명동에 갈 거예요. （　）

　　떡볶이는 안 매웠어요. （　）

2) 시원 씨는 내일 정우 씨와 같이 한국어 공부를 할 거예요. （　）

　　미혜 씨는 내일 정우 씨 집에 갈 거예요. （　）

❶ 作業－習作本：第58～63頁

參加結婚典禮包「白」包

可以深刻感受到台灣跟韓國문화 차이（文化差異）的地方在哪裡呢？就是결혼식（結婚典禮）。在韓國辦결혼식，有些人會在호텔（飯店）或교회（教堂）舉行，但最普遍的還是在예식장（禮式場）。예식장是專門辦결혼식而建造的건물（大樓），外觀通常有歐式城堡的浪漫感覺，每層樓都有一、二間可以辦결혼식的地方。例如，每層有兩間禮堂，總共有오 층（五樓）的예식장，這棟건물同一個時段就可以容納열 쌍（十對）新人。而且因為場地很搶手，所以必須要準時시작하다（開始），準時끝나다（結束）。

在台灣，多半是請一桌一桌的合菜，新人光請客的식비（餐費）就要花一大筆錢，하객（邀請來婚禮的客人）축의금（禮金）也不好意思包太少，所以大部分청첩장（喜帖）都是發給關係比較親密的親朋好友或同事。但韓國人的觀念恰恰好相反，認為人越多越熱鬧，能聯絡到的人都可以초대하다（邀請）。另外，在예식장辦결혼식，並不是邊吃邊慶祝的，而是先看完한 시간 정도（一個小時左右）的典禮後，하객再到另一個場地吃飯，也因為하객太多的關係，所以不一定是大餐，也有可能只吃到一碗갈비탕（排骨湯）。

還有，台灣人認為빨간색（紅色）代表喜氣，所以除了신부（新娘）外，有些하객也會穿빨간색禮服，包「紅」包。但是，對韓國人而言，빨간색是太強烈的색깔（顏色），不適合用在결혼식上。而且，韓國人包的是「白」包喔！其實，在韓國根本沒有빨간 봉투（紅色的信封）。無論參加결혼식、장례식（喪葬），或是설날（過年）的時候發的세뱃돈（壓歲錢），韓國人都會用흰 봉투（白色的信封）來包，只是在봉투上面寫的字，會依照情況而有所不同。

在台灣，결혼식、피로연（婚禮之後的宴會）和去신혼여행（蜜月），有時候會分開辦理，但在韓國，很多人把這些都放在同一天進行。由於兩個人辦婚禮請客的那天，就是他們成家的日子，所以결혼식 하루 전（婚禮前一天）先打包好行李，결혼식一結束就直接從예식장去공항（機場）去신혼여행是很普遍的。因此，在韓國공항常常看到穿著커플룩（情侶裝）的人，尤其還帶著신부 화장（新娘裝）與웨딩드레스（白紗）髮型的女生，這些人八成都是剛辦完결혼식要去신혼여행的신혼부부（新婚夫妻）。

第十課

집에서 회사까지 버스로 30분 걸려요.

（從家到公司搭公車需要三十分鐘。）

☯重點提示☯

1. 【助詞】

名詞（收X，收「ㄹ」） 로
名詞（收O） 으로

①【方向】往 ②【道具、方法】用 ③【交通工具】搭乘
④【選擇】當 ⑤【變化】成

2. 地點A 에서 地點B 까지 　　從 地點A 到 地點B

3. 動詞（收X） ㄴ 적이 있다 　　　動詞 아
　　動詞（收O） 은 　　　　　　　動詞 어 봤다 　曾經 動詞 過
　　　　　　　　　　　　　　　　　動詞 해

4. 名詞 일 　　　　　　　　　名詞 일
　　動、形（收X） ㄹ 까요？ 　動、形（收X） ㄹ 거예요.
　　動、形（收O） 을 （你覺得） 動、形（收O） 을 （我覺得）
　　動、形（收「ㄹ」） 會～嗎？ 動、形（收「ㄹ」） 會～。

文法 I

【助詞】

名詞（收X，收「ㄹ」） 로

名詞（收○） 으로

① 【方向】 往
② 【道具、方法】 用
③ 【交通工具】 搭乘
④ 【選擇】 當
⑤ 【變化】 成

「로/으로」是韓文中用法最多的助詞之一，此頁先介紹它的五個用法。如下：

1. 【方向】 往
【例】 저쪽으로 가세요. 請往那邊走。

注意！要表達「去 地點 旅遊、出差」或「搬家、移民到 地點 」時，在地點名稱後方，可以代替之前學過的目的地助詞「에」，表達目的地。

地點 로/으로 ⊕ 여행 旅遊 / 출장 出差 / 이사 搬家 / 이민 移民 ⊕ 가다

【例】 다음 주에 중국으로 여행 갈 거예요. 下週我要去中國旅遊。

2. 【道具、原材料、方法、手段】 用
【例】 배추로 김치를 만들어요. 用白菜做韓國泡菜（辛奇）。

이거 한국어로 뭐라고 해요? 這個用韓文怎麼說？

3. 【交通工具】 搭乘
通常和動詞「가다」、「오다」搭配使用。

【例】 버스로 학교에 가요. 搭公車去學校。

지하철로 학원에 왔어요. 搭捷運來補習班。

※ 有關「交通工具」用法 → 請參考第156頁～157頁

4. 【選擇】 當
【例】 점심으로 된장찌개를 먹었어요. 吃味噌鍋當午餐。

생일 선물로 노트북을 받았어요. 收到筆電當生日禮物。

이거 주세요. = 이것으로 주세요. = 이걸로 주세요. 請給我這個。/ 我要這個。

5. 【變化】 成
【例】 한국 돈으로 바꿔 주세요. 請幫我換成韓幣。/ 我要換韓幣。

┗━━ 바꿔 주세요
：請幫我換

≪STEP1≫

저쪽 / 가세요 → 저쪽으로 가세요.

更多方向說法
→請見第164頁

① 오른쪽 / 가세요　　　　　　② 이쪽 / 오세요
③ 앞 / 쭉 가세요　　　　　　　④ 사무실 / 오세요
⑤ 다음 주에 일본 / 출장을 가요　⑥ 신혼여행은 어디 / 갈 거예요?

≪STEP2≫

젓가락 / 라면을 먹어요. → 젓가락으로 라면을 먹어요.

① 숟가락 / 밥을 먹어요　　　　　② 검정색 볼펜 / 쓰세요
③ 이 교재 / 한국어를 배우고 있어요　④ 이거 한국어 / 뭐라고 해요?

≪STEP3≫

이걸 / 주세요. → 이걸로 주세요.

① 흰색 / 주세요　　　　② 점심 / 햄버거를 먹었어요
③ 저녁 / 뭐 먹을까요?　④ 친구에게 생일 선물 / 귀고리를 줬어요

≪STEP4≫

한국 돈 → 한국 돈으로 바꿔 주세요.

① 달러　② 이웃　③ 다른 색깔　④ 다른 자리

生字 🔍

오른쪽 右邊	숟가락 湯匙	흰색 白色	달러 美金
앞으로 쭉 往前一直	검정색 黑色	=하얀색	다른 其他、別的
출장 出差	=검은색=까만색	햄버거 漢堡	색깔 顏色
신혼여행 蜜月	뭐라고 하다	귀고리 耳環	자리 位子
젓가락 筷子	說什麼	돈 錢	

地點A 에서　　地點B 까지　　　從地點A到地點B

　　韓語中，表示「從～到～」意思的說法有兩種。在第98頁學過的「～부터 ～까지」通常會接在表示時間的名詞後方，代表開始和結束的時間。而上述句型「～에서 ～까지」則會接在表示地點的名詞後方，代表出發和到達的地點。

【例】아침부터 저녁까지　從早上到晚上

　　　회사에서 집까지　從公司到家

　　「～에서 ～까지」此句型較常出現的情況是，詢問兩個地點之間的距離，或從某個地方到另一個地方需要的時間。

【例】회사에서 집까지 멀어요?　從公司到家很遠嗎?

　　　회사에서 집까지 가까워요?　從公司到家很近嗎?

　　　회사에서 집까지 얼마나 걸려요?　從公司到家需要多久時間? 걸리다
　　　　　　　　　　　　　　　　　　　　　　　　　　　　：需要（時間）

　　而「～에서 ～까지」不一定要一起使用，依照情況只使用其中一個也無妨。

【例】어느 나라에서 왔어요?　你從哪國來的? / 你來自哪國?

　　　저는 대만에서 왔어요.　我來自台灣。

　　　회사까지 택시로 가세요.　你搭計程車去（到）公司吧。

小叮嚀

1. 此句型和交通工具助詞「로/으로」可以一起使用。

【例】집에서 학교까지 버스로 얼마나 걸려요? 從家到學校搭公車需要多久時間?

2. 若不是利用交通工具，而是走路，要用「걸어서」來代替「交通工具로/으로」。

【例】집에서 학교까지 걸어서 얼마나 걸려요? 從家到學校走路需要多久時間?

3. 注意!「로/으로」不能和動詞「타다：搭乘」一起使用。

【例】학교에 버스로 가요. ≒ 학교까지 버스로 가요.

　　　학교까지 버스로 타요. (X) 학교까지 버스를 타요. (O)

　　　학교까지 버스를 타요. ≒ 학교까지 버스를 타고 가요.

文法II練習－開口說說看 MP3-77

≪STEP1≫

백화점 / 버스 → A) 백화점에 어떻게 갔어요?　　어떻게[어떠케]
　　　　　　　　 B) 버스로 갔어요.　　　　　　　 : 怎麼

① 호텔 / 택시　② 박물관 / 지하철　③ 경주 / 고속버스
④ 부산 / KTX　⑤ 남이섬 / 배　⑥ 제주도 / 비행기　⑦ 학원 / 걸어서

≪STEP2≫

여기 / 거기 / 버스 / 10분 → A) 여기에서 거기까지 얼마나 걸려요?
　　　　　　　　　　　　 B) 버스로 10분 정도 걸려요.

① 여의도 / 동대문시장 / 지하철 / 35분　② 서울역 / 인천공항 / 공항버스 / 1시간
③ 대만 / 한국 / 비행기 / 2시간 10분　④ 집 / 학교 / *걸어서 / 3분

≪STEP3≫

명동 / 버스 → A) 여기에서 명동까지 어떻게 가요?
　　　　　　 B) 버스로 가세요. → 버스를 타세요. → 버스를 타고 가세요.

① 남대문시장 / 택시　② 인사동 / 지하철
③ 서울타워 / 케이블카　④ 설악산 / 고속버스

生字

【交通工具】	버스 巴士、公車	케이블카 纜車	서울역 首爾站
자전거 腳踏車	관광버스 遊覽車	걸어서【副詞】走路	인천공항 仁川機場
오토바이 摩托車	고속버스 客運	박물관 博物館	공항버스 機場巴士
차 車	기차 火車	경주【地名】慶州	남대문시장 南大門市場
자동차 汽車	KTX=고속철도 高鐵	부산【地名】釜山	인사동【地名】仁寺洞
택시 計程車	배 船	남이섬【地名】南怡島	서울타워 首爾塔
지하철=전철 捷運	비행기 飛機	역（車）站	

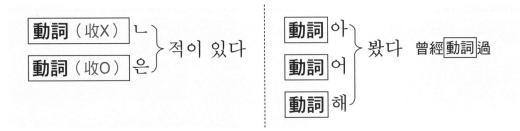

　　上方為表示經驗的二種句型。想表達過去曾經做過的事情，可以照以下的公式造句。

動詞 ㄴ/은 적 있어요. （口語） → 動詞 ㄴ/은 적이 있습니다. （正式）

「적」後面原本有續接主詞助詞「이」，但口語上，此助詞往往被省略。

動詞（收X）：한국에 간 적 있어요. → 한국에 간 적이 있습니다. 我去過韓國。

動詞（收O）：김치를 먹은 적 있어요. → 김치를 먹은 적이 있습니다. 我吃過韓國泡菜

（辛奇）。

※ 若動詞的收尾音為「ㄹ」，要先將它去掉，再附加新的收尾音「ㄴ」。（例：살다 住）

動詞（收「ㄹ」）：서울에 산 적 있어요. → 서울에 산 적이 있습니다. 我住過首爾。

「ㄷ不規則」的變化：이 노래 들은 적 있어요. 我聽過這首歌。（原型듣다 → 들은 적 있어요）

動詞 아/어/해 봤어요. （口語） → 動詞 아/어/해 봤습니다. （正式）

關於哪種動詞要接「아」、「어」或「해」，請參考第86頁。

動詞＋아：한국에 가 봤어요. → 한국에 가 봤습니다. 我去過韓國。

動詞＋어：김치를 먹어 봤어요. → 김치를 먹어 봤습니다. 我吃過韓國泡菜（辛奇）。

動詞＋해：아르바이트를 해 봤어요. → 아르바이트를 해 봤습니다. 我打工過。

「ㄷ不規則」的變化：이 노래 들어 봤어요? 你聽過這首歌嗎?（原型듣다 →들어 봤어요）

　　也可以用否定上述句型的方式，表達過去沒經歷過某事。

動詞 ㄴ/은 적 없어요. （口語） → 動詞 ㄴ/은 적이 없습니다. （正式）

한국에 간 적 없어요. / 김치를 먹은 적 없어요. / 서울에 산 적 없어요.

我沒去過韓國。　　　　　　我沒吃過韓國泡菜（辛奇）。　我沒住過首爾。

안 動詞 아/어/해 봤어요. （口語） → 안 動詞 아/어/해 봤습니다. （正式）

한국에 안 가 봤어요. / 김치를 안 먹어 봤어요. / 아르바이트를 안 해 봤어요.

我沒去過韓國。　　　　　　我沒吃過韓國泡菜（辛奇）。　我沒打工過。

≪STEP1≫

한국에 가다 → 한국에 간 적 있어요.

① 태권도를 배우다　② 남자 친구에게 초콜릿을 주다
③ 병원에 입원하다　④ 해물파전을 먹다　　　⑤ 한국에 살다

≪STEP2≫

한국 영화를 보다 → A) 한국 영화를 본 적 있어요?
　　　　　　　　　 B) 네, 본 적 있어요.
　　　　　　　　　　 아니요, 본 적 없어요.

① 외국으로 출장을 가다　② 다이어트를 하다
③ 친구에게 거짓말을 하다　④ 생일 선물로 인형을 받다　⑤ 김치를 직접 만들다

직접＋動詞
：親自動詞

≪STEP3≫

혼자 여행을 가다 → A) 혼자 여행을 가 봤어요?
　　　　　　　　　 B) 네, 가 봤어요.
　　　　　　　　　　 아니요, 안 가 봤어요.

① 케이블카를 타다　　　② 봉사 활동을 하다
③ 이거 먹다　　　　　　④ 한복을 입다　　　⑤ 소주를 마시다

生字

입원하다 住院	~로/으로 출장을 가다	~에게 거짓말을 하다	봉사 활동을 가다
퇴원하다 出院	去~出差	對~說謊	去做義工
해물파전 海鮮煎餅	다이어트(를) 하다 減肥	인형 玩偶、娃娃	한복 韓服
외국 外國、國外	거짓말 謊話	봉사 활동 義工、志工	소주 燒酒

大家的韓國語（初級1）

第十課

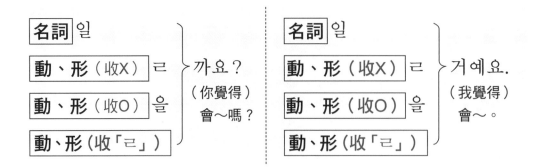

左上方為請教對方的推測、看法的句型，而右上方為表示自己的推測、看法的句型。

名詞 일까요？ / 動詞、形容詞 ㄹ/을까요？

此句型除了在第128頁學過的「（我們）要不要～？」、「（我們）要～呢？」用法外，還可以用來請教對方對某件事情的推測、看法。等於是中文的「（你覺得）會～嗎？」

名詞：저 사람은 어느 나라 사람일까요？ 你覺得他是哪國人？

動、形（收X）：이거 많이 비쌀까요？ 你覺得這個會很貴嗎？

動、形（收O）：이 영화 재미있을까요？ 你覺得這部電影會好看嗎？

動、形（收「ㄹ」）：정우 씨는 어디에 살까요？ 你覺得政宇先生住哪裡？

「ㅂ不規則」的變化：내일도 더울까요？ 你覺得明天也會很熱嗎？

（原型덥다 → 더울까요？）

名詞 일 거예요. / 動詞、形容詞 ㄹ/을 거예요.

此句型除了在第142頁學過的「表示未來時態」用法外，還可以表示自己對某件事情的推測與看法。等於是中文的「（我覺得）會～。」

名詞：저 사람은 한국 사람일 거예요. 我覺得他是韓國人。

動、形（收X）：이거 많이 비쌀 거예요. 我覺得這個會很貴。

動、形（收O）：이 영화 재미있을 거예요. 我覺得這部電影會好看。

動、形（收「ㄹ」）：정우 씨는 인천에 살 거예요. 我覺得政宇先生住仁川。

「ㅂ不規則」的變化：내일도 더울 거예요. 我覺得明天也會很熱。

（原型덥다 → 더울 거예요.）

通常用「～까요？」問，用「～거예요.」回答。

文法IV練習－開口說說看 MP3-79

≪STEP1≫

이거 맛있다 → 이거 맛있을까요?

① 이 영화 재미있다　② 이 옷이 저한테 어울리다　③ 시험이 많이 어렵다

≪STEP2≫

오늘 비가 오다 → A) 오늘 비가 올까요?
　　　　　　　　 B) 네, 오늘 비가 올 거예요.
　　　　　　　　　 아니요, 오늘 비가 오지 않을 거예요.

① 이 선물 미혜 씨가 좋아하다　　② 지금 길이 막히다
③ 내일도 춥다　　　　　　　　　 ④ 이 음식도 맵다

≪STEP3≫

내일 날씨가 어떨까요? / 아주 덥다 → A) 내일 날씨가 어떨까요?
　　　　　　　　　　　　　　　　　 B) 아주 더울 거예요.

어때요? →
어떨까요?

① 오늘 야구 경기 어느 팀이 이길까요? / 한국 팀이 이기다
② 여기에서 은행까지 걸어서 얼마나 걸릴까요? / 5분 정도 걸리다
③ 시원 씨가 몇 시쯤 공항에 도착할까요? / 아마 2시쯤 도착하다

≪STEP4≫

백화점에 사람이 많을까요? / 오늘은 토요일이에요. / 백화점에 사람이 많다
→ A) 백화점에 사람이 많을까요?
　 B) 오늘은 토요일이에요. 그러니까 백화점에 사람이 많을 거예요.

그러니까
: 所以～

① 저 식당 음식이 맛있을까요? / 저 식당은 손님이 항상 많아요. / 맛있다
② 시원 씨가 지금 어디에 있을까요? /
　 시원 씨는 내일 시험이 있어요. / 지금 도서관에서 공부하고 있다

生字🔍

～한테 어울리다	길이 막히다 塞車	경기 比賽	이기다 贏
適合～	아마【副詞】可能、應該	팀 隊	쯤 大約、左右
			＝정도

（雜誌上看到「愛寶」遊樂園廣告的美惠問政宇）

진미혜: 정우 씨 에버랜드에 가 봤어요?

이정우: 네, 가 봤어요. 왜요?

진미혜: 갑자기 에버랜드에 놀러 가고 싶어요. 거기 재미있어요?

이정우: 미혜 씨 지금까지 에버랜드에 놀러 간 적 없어요?

진미혜: 네, 저는 롯데월드만 여러 번 가 봤어요. 에버랜드에는 아직 안 가 봤어요.

이정우: 에버랜드도 아주 재미있어요. 그런데 조금 멀어요.

진미혜: 여기에서 에버랜드까지 어떻게 가요?

이정우: 우선, 지하철을 타고 신촌역까지 가세요. 그리고
신촌역에서 에버랜드까지 가는 버스를 타세요.

진미혜: 신촌역에서 에버랜드까지 버스로 얼마나 걸려요?
오래 걸릴까요?

이정우: 1시간 정도 걸릴 거예요.

---

❶ 갑자기：突然、忽然

❶ 여러 번：幾次

❶ 아직＋否定句：還沒～

❶ 우선：首先

❶ 地點까지 가는 버스：到地點的巴士。
【例】명동까지 가는 버스 到明洞的巴士
　　　부산까지 가는 기차 到釜山的火車

❶ 오래：很久

陳美惠：政宇先生，你有去過愛寶嗎？
李政宇：是啊，我去過。怎麼啦？
陳美惠：我突然想去愛寶玩。那裡好玩嗎？
李政宇：美惠小姐，妳到現在都沒去過愛寶玩嗎？
陳美惠：是，我只去過樂天世界幾次。愛寶我還沒去過。
李政宇：愛寶也很好玩。不過，有點遠。
陳美惠：從這裡到愛寶怎麼去？
李政宇：首先，搭捷運到新村站。
　　　　然後在新村站搭到愛寶的巴士。
陳美惠：從新村站到愛寶搭公車要多久？會很久嗎？
李政宇：大約會花一個小時。

（兩個同事在聊天）

김다영 : 시원 씨, 해외여행 간 적 있어요?

박시원 : 네, 3년 전에 호주로 배낭여행을 간 적 있어요.

김다영 : 그래요? 한국에서 호주까지 비행기로 얼마나 걸렸어요?

박시원 : 11시간 정도 걸렸어요.

김다영 : 호주 돈은 어디에서 바꿨어요?

박시원 : 출국하기 전에 공항에서 달러를 호주 돈으로 바꿨어요.

김다영 : 사실 저는 7월 휴가 때 호주에 갈 거예요.
　　　　　그때 호주 날씨가 어떨까요?

박시원 : 호주는 7~8월이 겨울이에요.
　　　　　많이 추울 거예요.
　　　　　그러니까 겨울 옷을 가져가세요.

김다영 : 네, 그럴게요.

❗ 해외여행 : 出國旅行
　　배낭여행 : 自助旅行

❗ 바꾸다 : 【動詞】更換、交換
　　바꾸다 → 바꿔요 → 바꿨어요

❗ 출국하다 : 出國
　　귀국하다 : 回國

❗ 사실 : 其實

❗ 네, 그럴게요. : 好的，我會的。

金多瑛：始源先生，你有出國旅行過嗎？
朴始源：是的，三年前我曾經去澳洲自助旅行過。
金多瑛：是嗎？從韓國到澳洲搭飛機花了多久時間？
朴始源：花了十一個小時。
金多瑛：澳幣在哪裡換了？
朴始源：出國前我在機場把美金換成澳幣。
金多瑛：其實我七月休假時要去澳洲。
　　　　那時候的澳洲天氣會怎麼樣？
朴始源：澳洲七八月是冬天。會很冷。
　　　　所以請帶冬天的衣服去。
金多瑛：好的，我會的。

【 問路 】

저기요~ 那裡…（韓文中，要稱呼陌生人時最常用的說法）

저기요, 실례지만... 不好意思，請問~

저기요, 길 좀 물을게요. 不好意思，問路一下。

길을 잃었어요. 좀 도와주세요. 我迷路了。請幫忙。

여기 어떻게 가요? 請問這裡怎麼走？（給對方看目的地名稱或地址）

명동 에 어떻게 가요? 請問 明洞 怎麼走？

명동 / 인사동 / 경복궁 / 서울타워 / 동대문시장 / 여의도 / 압구정동 / 롯데월드
明洞　　仁寺洞　　景福宮　　首爾塔　　東大門市場　汝矣島　狎歐亭洞　樂天世界

여기 화장실 이/가 어디에 있어요? 這裡 廁所 在哪裡？

이 근처 화장실 이/가 어디에 있어요? 這附近 廁所 在哪裡？

화장실 / 버스 정류장 / 지하철역 / 편의점 / 은행 / 약국 / 병원 / 파출소
廁所　　　公車站　　　捷運站　便利商店　銀行　藥局　醫院　派出所

편의점은 호텔 옆 에 있어요. 便利商店在飯店 旁邊 。

저쪽 에 있어요. 在 那邊 。

저쪽 로/으로 가세요. 請往 那邊 走。

저쪽 / 이쪽 / 오른쪽 / 왼쪽 / 앞 / 뒤 / 옆 / 맞은편＝건너편
那邊　　這邊　　右邊　　左邊　前面　後面　旁邊　　對面

앞으로 쭉 가세요. ＝ 앞으로 곧장 가세요. ＝ 앞으로 똑바로 가세요.

請往前 一直 走。

저기에서 길을 건너세요. 請在那裡過馬路。

저기 사거리 에서 오른쪽으로 돌아가세요. 請在那個 十字路口 右轉。

거기에서 10m정도 가다 보면 보일 거예요. 從那裡走十公尺左右就會看到。

聽力測驗 MP3-82

1 請聆聽隨書附贈的MP3，連連看。

1) 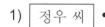 •

     • •   •

2) 미혜 씨 •

     •  •   •

3) 시원 씨 •

     •  •   •

2 請聆聽隨書附贈的MP3中的問題，選出恰當的回答。

1) ① 버스로 가요.   ② 버스로 20분 정도 걸려요.

     ③ 버스를 타고 가세요.   ④ 버스를 타 봤어요.

2) ① 아니요, 배워 봤어요.   ② 네, 배울 거예요.

     ③ 아니요, 배운 적 없어요.   ④ 네, 배우세요.

3) ① 네, 눈이 왔어요.   ② 네, 맞아요.

     ③ 아니요, 눈이 온 적 없어요.   ④ 아니요, 눈이 오지 않을 거예요.

3 請聆聽隨書附贈的MP3，指出下列句子正確（O）或錯誤（X）。

1) 미혜 씨는 대만 사람입니다. （　　）

     정우 씨는 대만에 안 가 봤습니다. （　　）

2) 시원 씨는 지금 집에 있습니다. （　　）

     여자는 오늘 저녁에 시원 씨 집에 갑니다. （　　）

❶ 作業－習作本：第64～67頁

只有三種人騎機車

　　記得第一次來台灣時，我整個被오토바이（摩托車）嚇到。從공항（機場）開車到시내（市區）的途中，一停在신호등（紅綠燈）前面，沒一會兒時間，一堆오토바이忽然出現並停在我們차（車）兩旁，好像要把我們的車包圍起來似的，讓我好害怕。車上有三貼的，甚至有大小四個人擠一輛的，就像表演特技一樣，等파란불（綠燈）一亮，剎那間所有的오토바이全不見了，真讓我嘆為觀止。

　　在台灣，오토바이是常用的교통수단（交通工具），但在韓國，卻只有三種人騎오토바이。第一，送貨的人（배달（外賣）、택배（宅配）、우체부（郵差）等等）。他們是為了快速送貨，而騎比較不會受到塞車影響的오토바이。第二，불량 청소년（不良少年）。他們騎的오토바이都是平價的，但因為改過排氣管，騎起來聲音（聲音）特別大。通常後面會載個辣妹，一群人부릉부릉（浩浩蕩蕩）在深夜的馬路上飆車。第三，有錢買重型機車來享受的人。他們是用可以買차 한 대（一台車子）的錢來買오토바이 한 대，當然那種오토바이又炫又大台，운전자（駕駛）也會全身穿著很貴的賽車服。因為帶著헬멧（安全帽）別人認不出來，聽說有些남자 연예인（男藝人）喜歡這樣騎오토바이出去，享受自由自在的感覺。

　　那麼，韓國人常用的교통수단是什麼呢？就是자동차（汽車）、버스（公車）與지하철（捷運），尤其是，首爾的지하철四通八達，基本上你想去哪裡都可以搭지하철去，所以除了출퇴근 시간（上下班時間）外，離峰時間也有很多人搭乘。還有，韓國人對노약자석（博愛座）觀念與台灣不同，버스因為會晃來晃去，若沒有年紀大的人站著，是可以先坐下來，等長輩上車자리 양보（讓位）就行。但지하철的話，因為比較平穩，大部分的年輕人都會將노약자석空著，不會過去坐。另外，韓國人不在意坐在다른 사람（別人）剛離開的의자（椅子）上。我在台灣常搭기차（火車），發現大部分的승객（乘客）要坐다른 사람剛坐過的자리（位子），一定會先拍一拍，還等它涼了之後才會坐。Why？Why？Why？坐在溫暖的의자有那麼噁心嗎？看他們這麼做，有時候讓我覺得：「入境隨俗，難道我也要這麼做嗎？」也想到在겨울（冬天）韓國的지하철 의자下面有暖氣，都是溫暖的의자，這下子我們台灣朋友們怎麼辦？

第十一課

날씨가 좋으면 등산을 가려고 해요.

（天氣好的話，我打算去爬山。）

☯重點提示☯

1. 動詞（收X，收「ㄹ」）려고
   動詞（收O）으려고
   　⎰ 하다　　打算動詞

2. 動、形（收X，收「ㄹ」）면
   動、形（收O）으면
   　　　動、形的話

3. 動詞（收X）ㄹ
   動詞（收O）을
   動詞（收「ㄹ」）
   　⎰ 수 ⎱ 있다
   　　　　없다　　會動詞 / 不會動詞

4. 動詞 아
   動詞 어
   動詞 해
   　⎰ 주다　　（幫某人、為某人）動詞

$$\boxed{動詞（收X，收「ㄹ」）}려고$$
$$\boxed{動詞（收O）}으려고$$
하다　　打算$\boxed{動詞}$

此句型表示意圖、打算。肯定句、疑問句都可以使用，等於是中文的「（我）打算～。」、「（你）打算～嗎？」。公式如下：

★ 沒有收尾音　　→ 려고 하다　【例】하다 → 운동을 하<u>려고 해요</u>. 我打算運動。
★ 收尾音為「ㄹ」→ 려고 하다　【例】살다 → 서울에서 살<u>려고 해요</u>. 我打算住首爾。
★ 其他收尾音　　→ 으려고 하다【例】끊다 → 담배를 끊<u>으려고 해요</u>. 我打算戒菸。

所謂的「打算」是有關還沒發生的事情，因此基本上此句型可以用我們在第142頁學過的「～ㄹ/을 거예요」代替也無妨。只是當用「～려고/으려고 하다」表達時，「打算、計畫」的語氣更加倍。

【例】주말에 어디에 가<u>려고 해요</u>?　你週末打算去哪裡？
　　　주말에 어디에 <u>갈 거예요</u>?　你週末要去哪裡？

因為此句型強調「打算、計畫」的語氣，很適合表達下定決心做某件事情。

【例】오늘부터 다이어트를 하<u>려고 해요</u>. 我打算從今天開始減肥。

此句型還可以接在其他句型後面輔助內容。

「～러/으러 가다」	＋	「～려고/으려고 하다」	→	「～러/으러 가려고 하다」
去$\boxed{地點}$$\boxed{動詞}$		打算$\boxed{動詞}$		打算去$\boxed{地點}$$\boxed{動詞}$

【例】내일 $\boxed{미장원}$에 $\boxed{머리를 하}$러 가<u>려고 해요</u>. 我打算明天去$\boxed{美容院}$$\boxed{做頭髮}$。

若此句型用過去式時態，也能表達過去原本計畫過但無法實現的事情。

【例】어제 놀이공원에 가<u>려고 했</u>지만 $\boxed{못}$ 갔어요. 我本來打算昨天去遊樂園，但是沒能去。

└─ 못：不、不能、無法

文法 I 練習－開口說說看 MP3-83

≪STEP1≫

오늘부터 다이어트를 하다 → 오늘부터 다이어트를 하려고 해요.

앞으로 : 以後、往後

① 다음 주부터 한국어를 배우다　② 앞으로 열심히 공부하다
③ 여자 친구에게 반지를 선물하다　④ 10월에 한국어능력시험을 보다
⑤ 이번 달 말에 이사하다　⑥ 여름방학 때 주유소에서 아르바이트를 하다
⑦ 내년에 한국으로 유학을 가다　⑧ 올해에는 담배를 끊다

≪STEP2≫

주말에 뭐 하다 / 남자 친구하고 데이트하다

→ A) 주말에 뭐 하려고 해요?
　 B) 남자 친구하고 데이트하려고 해요.

① 내일 누구를 만나다 / 학교 선배를 만나다
② 이번 휴가 때 뭐 하다 / 제주도로 여행을 가다
③ 오늘 저녁에 무슨 음식을 만들다 / 불고기를 만들다
④ 결혼 후에 어디에서 살다 / 남편 회사 근처에서 살다

≪STEP3≫

내일 친구 집에 놀러 가다 → 내일 친구 집에 놀러 가려고 해요.

이따가 : 等一下、過一會兒

① 금요일 저녁에 콘서트를 보러 가다　② 이따가 은행에 돈을 찾으러 가다
③ 수업 후에 우체국에 소포를 부치러 가다　④ 다음 달 초에 여권을 신청하러 가다

生字

한국어능력시험 韓國語能力測驗、韓檢	말（月）底	끊다 戒	소포 包裹
초（月）初	주유소 加油站	선배 前輩、學長、學姊	부치다（郵）寄
중순（月）中旬	유학 留學	후배 後輩、學弟、學妹	여권 護照
	어학연수 遊學	돈을 찾다 領錢	신청하다 申請

$$\boxed{動、形（收X，收「ㄹ」）} 면$$
$$\boxed{動、形（收O）} 으면$$

$$\boxed{動、形}的話$$

　　此句型表示條件或假設，等於是中文的「（如果）～的話」。這是接在動詞或形容詞後方的句型，因此要先將動詞、形容詞原型的最後一個字「다」去掉，之後再接上去才行。公式如下：

★ 沒有收尾音　　→ 면　【例】바쁘다 → 바쁘면 먼저 가세요. 忙的話，請先走。

★ 收尾音為「ㄹ」→ 면　【例】길다 → 바지가 길면 바꾸세요. 褲子長的話，請更換。

★ 其他收尾音　　→ 으면【例】맛없다 → 맛없으면 먹지 마세요. 不好吃的話，不要吃。

★ 「ㅂ不規則」的變化

　　추우면 코트를 입으세요. 冷的話，請穿大衣。

★ 「ㄷ不規則」的變化

　　노래를 들으면 기분이 좋아져요. 聽歌的話，心情變好。

$$\boxed{※ 좋다：好→좋아지다：變好}$$

　　此句型還可以擺在其他句型前方補助內容。

【例】아프면 병원에 가세요. 不舒服的話，請您去醫院。

　　　비싸면 사지 마세요. 貴的話，請不要買。

　　　돈이 많으면 뭐 하고 싶어요? 如果錢很多的話，你想做什麼？

　　　주말에 시간 있으면 저랑 영화 보러 갈래요? 週末有空的話，要不要和我去看電影？

　　　바쁘면 사무실에서 도시락을 먹고 안 바쁘면 식당에서 점심을 먹을 거예요.
　　　忙的話我要在辦公室吃便當，不忙的話我要在餐廳吃午餐。

文法II練習－開口說說看 MP3-84

≪STEP1≫

피곤하다 / 잠깐 쉬세요 → 피곤하면 잠깐 쉬세요.

그만＋動詞
：不要再動詞

① 배고프다 / 먼저 먹어요　② 배부르다 / 그만 먹어요
③ 오늘 바쁘다 / 다음에 만나요　④ 대만에 오다 / 연락 주세요
⑤ 지금 출발하다 / 늦지 않을 거예요　⑥ 보통 기분이 안 좋다 / 뭐 해요?
⑦ 맵다 / 물을 마셔요　⑧ 덥다 / 에어컨을 켜세요

≪STEP2≫

월급을 받다 / 구두를 사고 싶어요 → 월급을 받으면 구두를 사고 싶어요.

① 이번에 보너스를 받다 / 차를 사고 싶어요
② 복권에 당첨되다 / 세계 일주를 하고 싶어요
③ 19살이 되다 / 운전면허증을 따고 싶어요

≪STEP3≫

내일 날씨가 좋다 / 등산을 가려고 해요 / 비가 오다 / 집에서 쉬려고 해요
→ 내일 날씨가 좋으면 등산을 가고 비가 오면 집에서 쉬려고 해요.

① 휴가가 길다 / 해외여행을 가려고 해요 / 휴가가 짧다 / 국내 여행을 가려고 해요
② 장학금을 받다 / 대학원에 다니려고 해요 / 장학금을 못 받다 / 취직하려고 해요
③ 날씨가 춥다 / 코트를 입으려고 해요 / 날씨가 안 춥다 / 스웨터만 입으려고 해요

生字

피곤하다 累	켜다 開（燈、電視等）	세계 일주 環遊世界	국내 여행 國內旅行
배고프다 肚子餓	보너스 獎金	되다 變成、成為、當	장학금 獎學金
배부르다 吃飽	월급 月薪、薪水	운전면허증 駕照	대학원 研究所
늦다 遲、晚	복권 彩券	따다 拿到（證照）	취직하다 就職
에어컨 冷氣	당첨되다 中獎（彩券）	해외여행 出國旅行	스웨터 毛衣

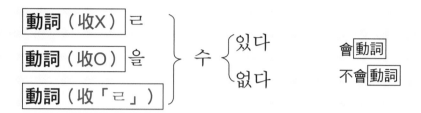

上方為表示能力的句型。想表達自己會或不會的事情，可以照以下的公式造句。

動詞 ㄹ/을 수 있어요. (口語) → 動詞 ㄹ/을 수가 있습니다. (正式)：我會～。

動詞 ㄹ/을 수 없어요. (口語) → 動詞 ㄹ/을 수가 없습니다. (正式)：我不會～。

「수」後面原本有續接主詞助詞「가」，但口語上，此助詞往往被省略。

動詞（收X）：한국말을 <u>할 수 있어요</u>. / 한국말을 <u>할 수 없어요</u>. 我會/不會講韓文。

動詞（收O）：한글을 <u>읽을 수 있어요</u>. / 한글을 <u>읽을 수 없어요</u>. 我會/不會讀韓國字。

動詞（收「ㄹ」）：김치를 <u>만들 수 있어요</u>. / 김치를 <u>만들 수 없어요</u>. 我會/不會做

韓國泡菜（辛奇）。

此句型還可以用於疑問句。

【例】수영을 <u>할 수 있어요</u>? 你會游泳嗎？/ 수영을 <u>할 수 없어요</u>? 你不會游泳嗎？

表達能力還有另一種說法如下。

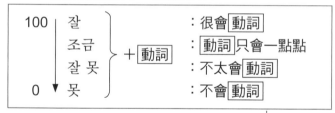

【例】수영을 <u>잘해요</u>. 很會游泳。　　　피아노를 <u>잘 쳐요</u>. 很會彈鋼琴。

　　　수영을 <u>조금 해요</u>. 游泳只會一點點。　피아노를 <u>조금 쳐요</u>. 彈鋼琴只會一點點。

　　　수영을 <u>잘 못해요</u>. 不太會游泳。　　피아노를 <u>잘 못 쳐요</u>. 不太會彈鋼琴。

　　　수영을 <u>못해요</u>. 不會游泳。　　　　피아노를 <u>못 쳐요</u>. 不會彈鋼琴。

※ 注意！書寫時，「잘」、「못」和「하다」動詞之間不用留空格，但和其他一般
　動詞之間還是要留空格才行。

文法III練習－開口說說看 MP3-85

≪STEP1≫

수영을 하다 → A) 수영을 할 수 있어요?
　　　　　　　B) 네, 할 수 있어요.
　　　　　　　　 아니요, 할 수 없어요.

① 운전을 하다　　② 일본어를 하다　　③ 한국 노래를 부르다
④ 피아노를 치다　⑤ 골프를 치다　　　⑥ 스키를 타다

≪STEP2≫

운동을 하다 → 운동을 잘해요. → 운동을 조금 해요.
　　　　　　 → 운동을 잘 못해요. → 운동을 못해요.

못해요的發音
→[모태요]

① 요리를 하다　　② 노래를 하다　　　③ 농구를 하다　　④ 영어를 하다

≪STEP3≫

한글을 읽다 → 한글을 잘 읽어요. → 한글을 조금 읽어요.
　　　　　　 → 한글을 잘 못 읽어요. → 한글을 못 읽어요.

못 읽어요
→[모딜거요]

① 자전거를 타다　② 기타를 치다　　③ 그림을 그리다
④ 춤을 추다　　　⑤ 매운 음식을 먹다　⑥ 술을 마시다

生字

운전(을) 하다 開車	골프 高爾夫球	한글 韓國字	그리다【動詞】畫（畫）
부르다 唱	타다 ①搭乘、騎	읽다 閱讀、看、唸	춤 舞蹈
치다 ①彈（樂器）	②滑（雪）、溜（冰）	자전거 腳踏車	추다 跳（舞）
②打（球）	스키【名詞】滑雪	기타 吉他	맵다＋음식
피아노 鋼琴	농구 籃球	그림【名詞】畫	→매운 음식 辣的食物

此句型表示「幫某人或為某人做某件事情」，通常會改成以下這三種句型使用。

(제가) 動詞 아/어/해 줄까요？（普通級敬語）

→ 動詞 아/어/해 드릴까요？（高級敬語）

這是上方的「～아/어/해 주다」和在第128頁學過的「～ㄹ/을까요？」句型的組合。「～ㄹ/을까요？」為請教對方意見的說法，所以整句等於是中文的「要不要（我幫你、我為你）～？」，當你想主動幫助他人時，可以用此句型表達。至於前方加的主詞「제가：我」可以省略掉。注意！動詞「주다」用於對長輩時不夠禮貌，因此跟長輩講話時，需要把「주다」改成同樣意思、但語氣上更謙虛的動詞「드리다」才行。

【例】시원 씨, (제가) 같이 가 줄까요？ 始源先生，要不要我陪你去？

할머니, (제가) 같이 가 드릴까요？ 奶奶，要不要我陪您去？

動詞 아/어/해 줄게요.（普通級敬語）→ 動詞 아/어/해 드릴게요.（高級敬語）

「～아/어/해 주다」和「～ㄹ/을게요.（第130頁）」句型的組合。此句型跟上面「～아/어/해 줄까요？」一樣，表示想幫助別人的心意，只是這是用肯定句的方式表達。等於是中文的「我（幫你、為你）～。」跟長輩講話時，此句型裡的動詞「주다」也要改成「드리다」才行。

【例】시원 씨, (제가) 같이 가 줄게요. 始源先生，我陪你去。

할머니, (제가) 같이 가 드릴게요. 奶奶，我陪您去。

動詞 아/어/해 주세요.

「～아/어/해 주다」和「～세요/으세요.（第116頁）」句型的組合。當你需要人家的幫忙時，可以用此句型表達，等於是中文的「麻煩你（幫我、為我）～。」通常用「～아/어/해 줄까요？」、「～아/어/해 드릴까요？」表示善意，用「～아/어/해 주다」句型來表示接受。

【例】A) 시원 씨, 같이 가 줄까요？ 始源先生，要不要我陪你去？

B) 네, 같이 가 주세요. 好，麻煩你陪我去。

≪STEP1≫

병원에 같이 가다 → A) 제가 병원에 같이 가 줄까요?
　　　　　　　　　 B) 네, 같이 가 주세요.

돕다 →도와요
→도와줄까요?
→도와주세요

① 중국어를 가르치다　② 돈을 빌리다　③ 라면을 끓이다　④ 돕다

≪STEP2≫

같이 가다 → A) 같이 가 드릴까요?
　　　　　　 B) 네, 같이 가 주세요.

① 문을 열다　② 창문을 닫다　③ 에어컨을 켜다　④ 텔레비전을 끄다

≪STEP3≫

잠시만 기다리다 → 잠시만 기다려 주세요.

① 천천히 말하다　　　② 다시 한 번 말하다　　③ 이거 포장하다
④ 한국 친구를 소개하다　⑤ 우산 좀 빌리다　　　⑥ 문 좀 닫다
⑦ 저 가방 좀 보이다　⑧ 전화번호 좀 가르치다　⑨ 연락처 좀 알리다

가르치다→가르쳐 주다
（①教 ②告訴）
알리다→알려 주다
（告訴、告知）

≪STEP4≫

돕다 → 제가 도와줄게요.

① 같이 가다　　　　　② 사진을 찍다
③ 저녁을 사다　　　　④ 시원 씨 메일 주소를 가르치다

生字

끓이다 煮	켜다 開（燈、電視）	소개하다 介紹	연락처 聯絡方式
돕다 幫助、幫忙	끄다 關（燈、電視）	좀【副詞】「조금」的	알려 주다 告訴
(→도와요→도왔어요)	천천히 慢慢地	簡稱，拜託別人時也常	저녁을 사다 請吃晚餐
열다 開（門、窗戶）	다시 한 번 再一次	用來讓語氣更客氣一點	이메일＝메일 email
닫다 關（門、窗戶）	포장하다 包裝、打包	보이다 看見、看到	주소 住址

大家的韓國語（初級1）　第十一課

（始源看到多瑛在網路上下載東西）

박시원 : 다영 씨 지금 뭐 다운 받고 있어요?

김다영 : 일본 드라마요.

박시원 : 일본 드라마 자주 봐요?

김다영 : 네, 요즘 즐겨 봐요.
　　　　일본 드라마는 내용도 재미있고 배우들도 다 예쁘고 잘생겼어요.

박시원 : 다영 씨 일본어 할 수 있어요?

김다영 : 아니요, 저는 일본어를 전혀 못해요. 그래서 한국어 자막으로 봐요.
　　　　이번에 월급을 받으면 일본어 학원에 등록하려고 해요.

박시원 : 그래요?
　　　　사실 저는 예전에 일본에서 산 적이 있어요.
　　　　그래서 일본어를 할 수 있어요.
　　　　제가 가르쳐 줄까요?

김다영 : 정말이에요? 그럼 좀 가르쳐 주세요.

---

❶ 다운(로드)：【名詞】下載
　다운(을) 받다：【動詞】下載

❶ 즐겨＋ 動詞 ：很愛 動詞
　【例】저는 한국 노래를 즐겨 들어요.
　　　　我很愛聽韓文歌。

❶ 다：（全部）都

❶ 잘생기다：【形容詞原型】長得帥

❶ 전혀 못＋ 動詞 ：完全不會 動詞
　【例】수영은 전혀 못해요. 我完全不會游泳。

❶ 자막：字幕

❶ 등록하다：註冊、登記、報名

朴始源：多瑛小姐，妳現在下載什麼？
金多瑛：日劇。
朴始源：妳常看日劇嗎？
金多瑛：是，最近很愛看。
　　　　日劇內容很有趣，而且演員們都漂亮、帥氣。
朴始源：多瑛小姐，妳會日文嗎？
金多瑛：不，我完全不會日文。所以用韓文字幕看。
　　　　這次領薪水，我打算報名日語補習班。
朴始源：是嗎？其實我以前住過日本。
　　　　所以我會講日文。要不要我教妳？
金多瑛：真的嗎？那麼麻煩你教教我。

會話II　MP3-88

（不久前搬家的美惠對政宇說）

진미혜 : 이번 주 일요일 저녁에 집들이를 하려고 해요.
　　　　 정우 씨 그날 시간 있으면 우리 집 구경하러 오세요.

이정우 : 알았어요. 꼭 갈게요.
　　　　 그런데, 미혜 씨 집들이 때 무슨 음식을 준비하려고 해요?

진미혜 : 아직 모르겠어요. 사실 저는 요리를 잘 못해요. 그래서 걱정이에요.

이정우 : 그래요? 제가 도와줄까요?

진미혜 : 정우 씨 요리할 수 있어요?

이정우 : 네, 불고기, 잡채, 해물탕 등
　　　　 몇 가지 음식을 만들 수 있어요.

진미혜 : 정말요?
　　　　 그럼 미안하지만 좀 도와주세요.

이정우 : 알았어요.
　　　　 그럼 제가 일요일 1시쯤 미혜 씨 집에 갈게요.
　　　　 우리 같이 음식을 준비해요.

❗ 집들이 : 搬新家派對、喬遷派對
　 집들이를 하다 : 舉辦喬遷派對
　 집들이에 가다 : 去人家的喬遷派對

❗ 아직 모르겠어요 : 還不知道。

❗ 걱정 :【名詞】擔心
　 걱정이에요.＝걱정돼요. 我很擔心。

❗ 불고기, 잡채, 해물탕
　 ：銅盤烤肉、涼拌冬粉、海鮮湯
　 （舉辦喬遷派對時常準備的菜色）

❗ 등 : 等

❗ 몇 가지 : 幾種、幾樣

陳美惠：我打算這個星期天晚上辦「喬遷派對」。
　　　　政宇先生那天有空的話，請到我家參觀。
李政宇：我知道了。我一定會去。不過，美惠小姐，妳
　　　　辦「喬遷派對」時打算準備什麼菜？
陳美惠：還不知道。其實，我不太會做菜。所以很擔心。
李政宇：是嗎？要不要我幫妳？
陳美惠：政宇先生你會做菜嗎？
李政宇：會啊。
　　　　我會做銅盤烤肉、涼拌冬粉、海鮮湯等幾樣菜。
陳美惠：真的嗎？那麼雖然很不好意思，但麻煩你幫忙。
李政宇：我知道了。那麼我星期天一點左右去妳家。
　　　　我們一起準備食物吧。

學習加油站

▶在餐廳

여기요～ 這裡…（在餐廳要叫服務生過來時常用的說法）

아주 맵게 해 주세요. 麻煩幫我弄大辣。

조금만 맵게 해 주세요. 麻煩幫我弄小辣。

안 맵게 해 주세요. 麻煩幫我弄不辣。

고추는 넣지 말아 주세요. 麻煩不要放辣椒。

고추 / 생강 / 마늘 / 파 / 양파 / 깻잎 / 고기
辣椒　薑　蒜　蔥　洋蔥　芝麻葉　肉

컵 좀 바꿔 주세요. 麻煩幫我換個杯子。

컵 / 접시 / 젓가락 / 숟가락 / 불판 / 자리
杯子　盤子　筷子　湯匙　烤盤　位子

이거 포장해 주세요. ＝ 이거 싸 주세요. 這個麻煩幫我打包。

여기요, 계산해 주세요.

여기요, 계산할게요.　　　這裡…我要買單。

여기요, 계산서 주세요.

손님, 여기에 사인해 주세요. （刷卡之後店員對客人說）客人，麻煩在這裡簽名。

....

▶搭計程車

아저씨, 여의도요. / 여의도로 가 주세요. 麻煩到汝矣島。

아저씨, 명동이요. / 명동으로 가 주세요. 麻煩到明洞。

아저씨, 여기에서 세워 주세요. 麻煩在這裡停車。

여기 / 저 빌딩 앞 / 저 지하철역 앞 / 신호등 앞 / 건널목 앞
這裡　那棟大樓前面　那個捷運站前面　紅綠燈前面　斑馬線前面

1 請聆聽隨書附贈的MP3，將女生明天要做的事情全部選出來。

① ② ③

④ ⑤ ⑥

2 請聆聽隨書附贈的MP3中的問題，選出恰當的回答。

1) ① 테니스를 배우려고 해요.　② 친구에게 전화를 해요.　③ 노래를 하세요.

2) ① 아니요, 잘 할 수 있어요.　② 네, 할 수 있어요.　③ 아직 모르겠어요.

3) ① 네, 피아노를 잘 치고 싶어요.　② 네, 잘해요.　③ 아니요, 못 쳐요.

4) ① 네, 열어 주세요.　② 네, 열어 드리세요.　③ 제가 열어 줄게요.

3 請聆聽隨書附贈的MP3，指出下列句子正確（O）或錯誤（X）。

1) 정우 씨는 저번 주 일요일에 등산을 갔습니다. （　）

　정우 씨는 이번 주 일요일에 등산을 가려고 합니다. （　）

2) 남자는 여자하고 수영장에 가고 싶어합니다. （　）

　여자는 수영을 전혀 못합니다. （　）　　※전혀 못하다：完全不會

❶ 作業－習作本：第68～72頁

大家的韓國語（初級1）　第十一課

問路時必講的一句「那裡……」

在한국 드라마（韓劇）中，當남녀 주인공（男女主角）在식당（餐廳）叫老闆娘或稱呼中年女性時，常會聽到「아줌마（大嬸）」這個字，因此許多台灣朋友以為只要是年紀稍大的女性，都可以這樣叫。如果這麼想，那就錯了！因為也許在식당或시장（市場）工作的大嬸們已經習慣了、不在意這個稱呼，但事實上아줌마這個單字，帶來些許不尊重상대방（對方）的語氣，等同於台灣人講「歐巴桑」的感覺，是不禮貌的。솔직히（老實說），如果走在路上，有人想問路卻叫我아줌마的話，我很有可能讓他原本該往동쪽（東邊）走，變成往서쪽（西邊）走……

那在路上要找모르는 사람（陌生人）길을 묻다（問路），應該怎麼稱呼他們才不會失禮呢？中文講「先生」或「小姐」就沒問題，但韓國人叫모르는 사람時，最常用的說法則是「저기요～（那裡……）」，這是所有情況都可以通用，也不會得罪人的好說法。예를 들면（舉例來說），如果상대방是個中年婦女，叫人家아줌마，상대방聽了會覺得你看不起人；而另外一種比較禮貌的稱呼아주머니（太太），則是也許對方看起來有點年紀，但說不定還미혼（未婚），所以也有可能會失禮。韓文也有아가씨（小姐）這種說法，但這是比較適合有年紀的人稱呼年輕小姐，젊은 사람（年輕人）用「아가씨」稱呼別人有點怪。男生的稱呼也有相似的問題，如果你是젊은 사람，對方是個中年男生，叫他아저씨（先生、大叔）是可以，可是如果對方跟你一樣年紀，就找不到適合的稱謂了。

在韓國배낭여행（自助旅行）時，如果找不到要去的地方，請不要猶豫也不要覺得害怕，直接找지나가는 사람（路人）問問看。說真的，我有幾個學生因為這樣問路而認識一些韓國朋友。在韓國，用영어（英文）跟韓國人의사소통（溝通）當然也可以，但韓國人只要聽到外國人講한국어、한국말（韓文），就會覺得倍感親切，更願意도와주다（幫忙）。영어跟중국어、중국말（中文），전 세계（全球）有幾億的人在用，但한국어只有非常少數的人才想去學。韓國人也知道這點，因此很珍惜、也很感謝對한국어有興趣的外國朋友。現在用這本書學習한국어的讀者朋友們，我也想趁機和你們說一聲「감사합니다（謝謝）」。

더 작은 사이즈를 입어 보세요.

（你試穿更小的尺寸看看。）

☯重點提示☯

1. 形容詞 아
   形容詞 어 ⎫ 보이다　看起來 形容詞
   形容詞 해 ⎭

2. 動詞 아
   動詞 어 ⎫ 보세요.　請（嘗試、試做） 動詞 看看。
   動詞 해 ⎭

3. 形容詞（收X，收「ㄹ」） ㄴ
   形容詞（收「ㅅ」） 는 ⎫＋ 名詞 　形容詞 的 名詞
   形容詞（收O） 은 ⎭

4.【連接詞尾】

   動、形 아/어/해서〜　①因為 動、形 ，所以〜 ②然後

此句型通常接在形容詞後方，表示某個人或某個東西看起來如何，等於是中文的「看起來～」。公式如下：

★ 形容詞 아 보이다 【例】비싸다 → 비싸 보여요. 看起來（很）貴。
★ 形容詞 어 보이다 【例】예쁘다 → 예뻐 보여요. 看起來（很）漂亮。
★ 形容詞 해 보이다 【例】행복하다 → 행복해 보여요. 看起來（很）幸福。

★ 「ㅂ不規則」的變化 【例】귀엽다 → 귀여워 보여요. 看起來（很）可愛。

有時還可以將「더」這個副詞擺在上述句型的前面表示「更～/比較～」。
【例】더 비싸 보여요. / 더 예뻐 보여요. / 더 행복해 보여요.
　　　　看起來更貴。　　　看起來更漂亮。　　　看起來更幸福。

韓文中，有一個助詞叫做「보다」，用於表示比較的句子裡，等於是中文的「比～」。這個助詞可以和主詞助詞「이/가」、副詞「더」搭配使用，成立一個新句型。

A 이/가 B 보다 (더) 動、形 A比B（更）動、形。
B 보다 A 이/가 (더) 動、形 比起B，A（較）動、形。

【例】이 옷이 저 옷보다 비싸요. 這件衣服比那件衣服貴。
　　　이 옷이 저 옷보다 비싸 보여요. 這件衣服比那件衣服看起來貴。

　　　이 옷이 저 옷보다 더 비싸요. 這件衣服比那件衣服更貴。
　　　이 옷이 저 옷보다 더 비싸 보여요. 這件衣服比那件衣服看起來更貴。

　　　저 옷보다 이 옷이 더 비싸요. 比起那件衣服，這件衣服較貴。
　　　저 옷보다 이 옷이 더 비싸 보여요. 比起那件衣服，這件衣服看起來較貴。

≪STEP1≫

건강하다 → 건강해 보여요.

비슷하다
→[비스타다]

① 행복하다　② 피곤하다　③ 뚱뚱하다　④ 비슷하다　⑤ 비싸다
⑥ 좋다　　　⑦ 맛있다　　⑧ 재미있다　⑨ 젊다　　　⑩ 바쁘다
⑪ 아프다　　⑫ 슬프다　　⑬ 어렵다　　⑭ 맵다　　　⑮ 무섭다

≪STEP2≫

화장을 하다 / 예쁘다 → 화장을 하면 더 예뻐 보여요.

① 이 옷을 입다 / 날씬하다　② 모자를 쓰다 / 멋있다　③ 앞머리를 자르다 / 어리다

≪STEP3≫

어느 것 / 싸다 → 어느 것이 더 싸요?

어느 것이
= 어느 게

① 어느 집 / 맛있다　　　　② 어느 영화 / 재미있다
③ 누구 / 공부를 잘하다　　④ 누구 / 그림을 잘 그리다

≪STEP4≫

다영 씨 / 미혜 씨 / 예쁘다 → 다영 씨가 미혜 씨보다 더 예뻐요.

① 사과 / 바나나 / 좋다　　② 제 방 / 이 교실 / 크다　③ 택시 / 버스 / 편하다
④ 오늘 / 어제 / 덥다　　　⑤ 친구 / 저 / 많이 샀다　⑥ 형 / 동생 / 2살이 많다

生字

건강하다 健康	비슷하다 相似	쓰다 ①寫	자르다 剪
행복하다 幸福	젊다 年輕	②戴（帽子、眼鏡等）	어리다 年幼、年紀小
피곤하다 累	무섭다 可怕、害怕、兇	앞머리 瀏海	편하다 方便、舒服

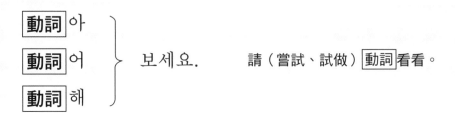

此句型是「～아/어/해 보다（表達嘗試、試圖；做～看看）」和「～세요/으세요.（要求對方做事；請～）」這兩個句型的組合。接在動詞後方，表示鼓勵對方嘗試某件事情，等於是中文的「請（做）～看看」。公式如下：

★ 動詞아 보세요.【例】가다 → 병원에 가 보세요. 請你去醫院看看。
★ 動詞어 보세요.【例】마시다 → 커피를 마셔 보세요. 請你喝咖啡看看。
★ 動詞해 보세요.【例】운동하다 → 매일 운동해 보세요. 請你每天運動看看。

★ 「ㄷ不規則」的變化【例】듣다 → 이 노래를 들어 보세요. 請你聽這首歌看看。
★ 「르不規則」的變化【例】부르다 → 이 노래를 불러 보세요. 請你唱這首歌看看。

「르不規則」的變化

動詞或形容詞的原型最後兩個字為「르다」，並且動詞變化過程中「르」後方需要接子音「ㅇ」時，會按照下面步驟變化。

1) 將動詞的原型最後一個字「다」去掉
2) 看「르」前方母音的狀態，再決定要加哪種語尾
3) 在「르」前方母音下方添加收尾音「ㄹ」
4) 「르」本身的母音「ㅡ」會消失
5) 剩下的「ㄹ」跟後面語尾合併

【例】모르다：不知道
→ 모르 + 아/어/해요
→ 몰르 + 아요
→ 몰ㄹ + 아요
→ 몰라요

【例】모르다：不知道 → 몰라요（現在式口語）→ 몰랐어요（過去式口語）
　　　부르다：唱、（吃）飽 → 불러요（現在式口語）→ 불렀어요（過去式口語）

다르다（不同）/ 빠르다（快）/ 자르다（剪）/ 바르다（擦）/ 고르다（挑選）

<STEP1>

이 책을 읽다 → 이 책을 읽어 보세요.

① 이 화장품을 쓰다   ② 미혜 씨에게 연락하다   ③ 조금만 더 기다리다
④ 이 노래를 듣다   ⑤ 노래 한 곡 부르다   ⑥ 이거 먹다 / 이거 드시다

<STEP2>

이거 맛있어요? / 네, 아주 맛있어요. + 한번 드시다
→ A) 이거 맛있어요?
　　B) 네, 아주 맛있어요. 한번 드셔 보세요.

한번 : 一次
強調「試試看」的語氣

① 이 노래 좋아요? / 네, 아주 좋아요. + 한번 듣다
② 백화점 옷은 너무 비싸요. / 그래요? + 그럼 동대문 시장에 한번 가다
③ 살을 빼고 싶어요. / 그래요? + 그럼 매일 운동하다
④ 여드름이 많이 났어요 / 그래요? + 그럼 이 약을 한번 바르다

<STEP3>

모르다 → 몰라요 → 몰랐어요

① 다르다   ② 바르다   ③ 빠르다   ④ 자르다   ⑤ 부르다   ⑥ 고르다

<STEP4>

저는 시원 씨 전화번호를 모르다 → 저는 시원 씨 전화번호를 몰라요.

① 우리 둘은 성격이 아주 다르다   ② 비행기는 기차보다 빠르다
③ 노래방에서 노래를 많이 부르다 (→過去)   ④ 어제 머리를 자르다 (→過去)

生字

쓰다 ①寫 ②戴 ③使用	더 再 노래 한 곡 一首歌	살을 빼다 減肥 여드름 青春痘	여드름이 나다 長痘痘 성격 個性

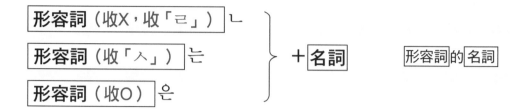

到目前我們所學的句型，句子裡的形容詞都位於名詞的後方，是先出現名詞，再補形容詞的結構。

【例】이 옷은 비싸요. 這件衣服很貴。

오늘은 바쁘지 않아요. 今天不忙。

라면이 아주 맛있어 보여요. 泡麵看起來很好吃。

但遇到需要用先講形容詞、之後再講名詞的方式來表達時（例如：「很貴的衣服」），該怎麼處理這些形容詞才好呢？這時只要先將形容詞原型裡共同具有的「다」拿掉之後，看最後一個字的收尾音情況，再按照以下的公式改變樣子即可。

形容詞修飾名詞時的變化，公式如下：

形容詞 + 名詞			
形容詞原型收尾音的情況	沒有收尾音	收尾音為「ㄹ」	收尾音為「ㅅ」	其他收尾音
形容詞後方要接上去的語尾	ㄴ	ㄹ + ㄴ	는	은
例子	비싸다 → 비싼 비싼 가방 貴的包包	길다 → 긴 긴 머리 長髮	맛있다 → 맛있는 맛있는 음식 好吃的食物	좋다 → 좋은 좋은 사람 好人

★「ㅂ不規則」的變化

춥다 → 추운【例】추운 날씨 很冷的天氣

맵다 → 매운【例】매운 음식 辣的食物

文法Ⅲ練習－開口說說看

≪STEP1≫

비싸다 / 옷 → <u>비싼 옷</u>

① 유명하다 / 식당　② 친절하다 / 사람　　　③ 다르다 / 나라　④ 길다 / 머리
⑤ 달다 / 음식　　　⑥ 재미있다 / TV프로그램 ⑦ 멋있다 / 남자　⑧ 높다 / 빌딩
⑨ 넓다 / 운동장　　⑩ 춥다 / 날씨　　　　　⑪ 뜨겁다 / 커피　⑫ 어렵다 / 책

≪STEP2≫

어떤 남자가 좋아요? / 키가 크다＋남자 → A) <u>어떤 남자가 좋아요?</u>
　　　　　　　　　　　　　　　　　 B) <u>키가 큰 남자가 좋아요.</u>

어떤：
什麼樣的

① 어떤 여자가 좋아요? / 예쁘고 착하다＋여자
② 어떤 옷을 사고 싶어요? / 섹시하다＋옷
③ 어떤 사람하고 결혼하고 싶어요? / 성격이 좋다＋사람
④ 어떤 음식을 좋아해요? / 맵다＋음식

≪STEP3≫

가족 중에서 가장 바쁘다 → <u>가족 중에서 가장 바쁜</u> 사람은 누구예요?

① 우리 반 친구들 중에서 머리가 가장 짧다
② 한국 남자 연예인들 중에서 제일 잘생기다
③ 회사 동료들 중에서 집이 제일 멀다

～중에서：～當中
가장 ＝ 제일：最

生字

유명하다 有名	TV프로그램 電視節目	착하다 善良	잘생기다 長得帥
친절하다 親切	높다 高	섹시하다 性感	멀다 遠
다르다 不一樣、不同	빌딩 大樓、大廈	성격 個性	
길다 長	넓다 寬、寬大	반 班、班級	
달다 甜	뜨겁다 燙、熱	연예인 藝人	

【連接詞尾】

$$\boxed{動、形}아/어/해서\sim \qquad ①因為\boxed{動、形},所以\sim ②然後$$

「아/어/해서」是從連接詞「그래서」衍生出來的連接詞尾，表示句子前後文的因果關係或接著前面的動作要繼續做的事情，等於是中文的「因為～，所以～」或「然後」。

兩個句子 → 句子1。＋ 그래서 ＋ 句子2。

【例】머리가 아파요. 그래서 약을 먹어요. 頭痛。所以吃藥。

　　　친구를 만나요. 그리고 그 친구와 같이 영화를 봐요.

　　　和朋友見面。然後和他一起看電影。（注意！「그래서」本身是沒有「然後」的意思。）

一個句子 → 句子1最後的動詞或形容詞的原型：～다 ＋ 아서/어서/해서 ＋ 句子2。

【例】머리가 아파서 약을 먹어요. 因為頭痛，所以吃藥。

　　　친구를 만나서 영화를 봐요. 和朋友見面，然後（和他一起）看電影。

小叮嚀

1. 「ㅂ不規則」的變化 【例】덥다 → 더워서 에어컨을 켰어요. 因為很熱打開了冷氣。

　　「ㄷ不規則」的變化 【例】걷다 → 학교까지 걸어서 가요. 到學校走路過去。

　　「르不規則」的變化 【例】배부르다 → 배불러서 더 못 먹겠어요. 因為太飽吃不下。

2. 若此連接詞尾前後的時態一致，將整句的最後一個動詞或形容詞的時態表現出來即可。

　　【例】昨天因為不舒服沒能去學校。 어제는 아팠어서 학교에 못 갔어요. (X)

　　　　　　　　　　　　　　　　　어제는 아파서 학교에 못 갔어요. （ O ）

3. 此連接詞尾表示「然後」時，句子前後文關係密切，後句的內容一定是跟前句裡提到的人、東西、地點有關係的。這就是跟另外連接詞尾「고（第132頁）」不同的地方。

　　【例】어제 친구를 만나서 영화를 봤어요. (表示昨天和朋友一起看電影。)

　　　　　어제 친구를 만나고 영화를 봤어요. (聽不出來電影是和朋友一起看，還是自己看。)

4. 此連接詞尾表示「原因」時，它的後方不能來表示「建議、命令」的句子。

　　【例】外面下雨，所以請你帶雨傘去。 밖에 비가 와서 우산을 가지고 가세요. （ X ）

　　　　　　　　　　　　　　　　　　밖에 비가 오니까 우산을 가지고 가세요. (O)

※關於連接詞尾「니까/으니까」→ 請參考《大家的韓國語–初級2》。

≪STEP1≫

그 신발은 너무 비싸다 / 안 사다 → 그 신발은 너무 비싸서 안 샀어요.

① 감기에 걸리다 / 약을 먹다
② 길이 막히다 / 늦다
③ 늦게 일어나다 / 학교에 지각하다
④ 떡볶이는 너무 맵다 / 못 먹다 (→現在)
⑤ 오래 걷다 / 다리가 아프다 (→現在)
⑥ 우리는 성격이 많이 다르다 / 자주 싸우다 (→現在)

≪STEP2≫

백화점에 가다 / 청바지를 사다 → 백화점에 가서 청바지를 샀어요.

① 친구를 만나다 / 영화 보러 가다　　② 케이크를 만들다 / 남자 친구에게 주다
③ 라면을 끓이다 / 동생하고 같이 먹다　④ 서울 역에서 내리다 / 버스로 갈아타다

≪STEP3≫

왜 한국어를 배워요? / 한국 드라마를 좋아하다 / 한국어를 배우다
→ A) 왜 한국어를 배워요?
　 B) 한국 드라마를 좋아해서 한국어를 배워요.

① 왜 택시를 탔어요? / 시간이 없다 / 택시를 타다
② 왜 병원에 갔어요? / 다리를 다치다 / 병원에 가다
③ 왜 그 가수가 좋아요? / 노래도 잘하고 춤도 잘 추다 / 좋다
④ 왜 창문을 닫았어요? / 밖이 너무 시끄럽다 / 창문을 닫다

生字

~에 걸리다 得 (病)	늦게【副詞】晚	싸우다 吵架、打架	갈아타다 換乘、轉乘
길 路	지각하다【動詞】遲到	청바지 牛仔褲	다리 腿
길이 막히다 塞車	（通常用在學校、公司）	케이크 蛋糕	다치다 受傷
늦다【動、形】遲、晚	오래 很久	끓이다 煮	시끄럽다 吵、吵鬧

（多瑛在DVD出租店）

주인 아저씨 : 어서 오세요.

김다영　　 : 아저씨, 괜찮은 영화 좀 추천해 주세요.

주인 아저씨 : （挑一部）이 영화 어때요?
　　　　　　 아주 감동적이에요.

김다영　　 : （自己挑另一部）음…이 영화는요?

주인 아저씨 : 그 영화보다 이 영화가 더 재미있어요.
　　　　　　 남자 주인공도 멋있고 내용도 감동적이어서 요즘 인기 최고예요.

김다영　　 : （又再挑另一部）그럼 이거는요?

주인 아저씨 : 그것도 괜찮아요. 그런데, 많이 무서워요.
　　　　　　 무서운 영화 싫어하면 보지 마세요.

김다영　　 : 이 중에서 가장 슬픈 영화는 뭐예요?

주인 아저씨 : （指著另一部）저 영화가 마지막에 여자 주인공이 죽어서 제일 슬퍼요.

❗ 괜찮다：①沒關係 ②方便 ③不錯

❗ 감동적이다：很感動

> ❗ 인기：人氣
> 【例】인기(가) 있다：有人氣、受歡迎
> 　　　인기(가) 없다：沒有人氣
> 　　　인기가 많다 / 높다：人氣很旺
> 　　　인기 최고：【名詞】人氣最高

❗ 마지막：最後

❗ 죽다：死

老闆　：歡迎光臨。

金多瑛：老闆，麻煩推薦一下不錯的電影。

老闆　：這部電影怎麼樣？很感動。

金多瑛：嗯…這部電影呢？

老闆　：比起那部電影，這部電影比較好看。因為
　　　　男主角帥內容也很感動，所以最近人氣最高。

金多瑛：那麼這部呢？

老闆　：那部也不錯。不過，很恐怖。
　　　　如果妳不喜歡恐怖的電影，請不要看。

金多瑛：這些當中，最悲傷的電影是什麼？

老闆　：那部電影因為最後女主角死掉最悲傷。

（美惠走進百貨專櫃）

백화점 직원 : 손님, 뭐 찾으세요?

미혜 씨　　： 가방을 사려고 해요.

백화점 직원 : （挑一個）이 가방 어떠세요?

미혜 씨　　： 너무 커 보여요. 더 작은 건 없어요?

백화점 직원 : （再挑一個）그럼 이 가방 한번 들어 보세요.
　　　　　　 지금 저희 매장에서 제일 인기 있는 상품이에요.

미혜 씨　　： 이건 크기와 디자인 모두 마음에 들지만 좀 비싸 보여요. 얼마예요?

백화점 직원 : 그건 신상품이어서 조금 비싸요. 300,000원이에요.

미혜 씨　　： 이기하고 모양은 비슷하지만 좀 너 싼 가방은 없어요?

백화점 직원 : 그럼 이 가방 어떠세요? 아까 그 가방보다 50,000원 정도 싸요.

미혜 씨　　：（照鏡子之後）마음에 들어요. 이걸로 주세요.

❗ 찾다 → 찾으세요（高級敬語、口語）
　 어때요 → 어떠세요（高級敬語、口語）
❗ 들다：拿、提
❗ 저희：我們
　　　 比「우리」謙虛的說法（謙讓語）

❗ 매장：賣場
　 상품：商品 / 신상품：新商品
❗ 크기：大小
　 디자인：設計
　 모양：樣子
❗ 아까：剛才

百貨職員：客人，您在找什麼呢？
陳美惠　：我打算買包包。
百貨職員：這個包包怎麼樣？
陳美惠　：看起來太大了。沒有更小的嗎？
百貨職員：那麼拿這個包包看看。
　　　　　是現在我們賣場最受歡迎的商品。
陳美惠　：這個大小和設計我都喜歡，不過看起來有點貴。
　　　　　多少錢？
百貨職員：那是因為新商品所以有點貴。是三十萬元。
陳美惠　：沒有跟這個樣子相似但較便宜的嗎？
百貨職員：那麼這個包包怎麼樣？
　　　　　比剛才那個包包便宜五萬左右。
陳美惠　：我喜歡。給我這個。

▶表示情緒

【形容詞原型】		【現在式口語說法】		【看起來～】
기분이 좋다 心情好	→	기분이 좋아요	→	기분이 좋아 보여요.
기분이 나쁘다 心情不好	→	기분이 나빠요	→	기분이 나빠 보여요.
기쁘다 高興、開心	→	기뻐요	→	기뻐 보여요.
슬프다 悲傷、悲哀	→	슬퍼요	→	슬퍼 보여요.
행복하다 幸福	→	행복해요	→	행복해 보여요.
우울하다 憂鬱	→	우울해요	→	우울해 보여요.
피곤하다 累、疲倦	→	피곤해요	→	피곤해 보여요.
힘들다 辛苦、吃力	→	힘들어요	→	힘들어 보여요.
무섭다 可怕、害怕	→	무서워요	→	무서워 보여요.
부끄럽다 害羞	→	부끄러워요	→	부끄러워 보여요.
창피하다 丟臉	→	창피해요	→	창피해 보여요.
심심하다 （因為閒閒沒事）無聊	→	심심해요	→	심심해 보여요.
지루하다 （乏味、沒意思）無聊	→	지루해요	→	지루해 보여요.

▶表示味道

【形容詞原型】		【現在式口語說法】		【看起來～】
맛있다 好吃	→	맛있어요	→	맛있어 보여요.
맛없다 不好吃	→	맛없어요	→	맛없어 보여요.
짜다 鹹	→	짜요	→	짜 보여요.
달다 甜	→	달아요	→	달아 보여요.
시다 酸	→	시어요	→	시어 보여요.
새콤달콤하다 酸酸甜甜	→	새콤달콤해요	→	새콤달콤해 보여요.
쓰다 苦	→	써요	→	써 보여요.
맵다 辣	→	매워요	→	매워 보여요.
느끼하다 油膩	→	느끼해요	→	느끼해 보여요.
고소하다 （芝麻油、餅乾）香	→	고소해요	→	고소해 보여요.
싱겁다 （味道）淡、不夠鹹	→	싱거워요	→	싱거워 보여요.
진하다 （味道）濃	→	진해요	→	진해 보여요.

1 請聆聽隨書附贈的MP3，選出正確的圖案。

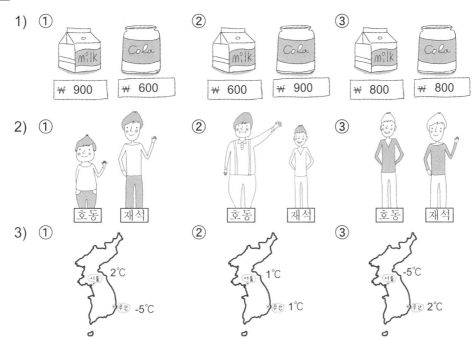

1) ① ② ③

2) ① ② ③

3) ① ② ③

2 請聆聽隨書附贈的MP3，聽寫填空。

1) 시원 씨는 아주 [   ] 사람이에요.

2) 미혜 씨는 [   ] 치마를 자주 입어요?

3) 우리 반에서 키가 제일 [   ] 사람은 누구예요?

4) 정우 씨는 머리가 [   ] 여자를 좋아해요.

5) 저는 [   ] 음식을 잘 먹어요.

3 請聆聽隨書附贈的MP3中的問題，選出恰當的回答。

1) ① 건강해 보여요. ② 아주 좋아 보여요. ③ 너무 재미없어 보여요.

2) ① 바쁘지만 괜찮아요. ② 제일 바빠요. ③ 바빠서 못 갔어요.

3) ① 그럼 매일 운동을 해 보세요. ② 그럼 영어를 배워 보세요.
③ 그럼 한국 친구를 사귀어 보세요.

❶ 作業－習作本：第73～79頁

吃韓國菜，體驗不同文化

　　剛嫁來台灣的時候，有兩件事讓我후회하다（後悔）之前沒事先準備，那就是沒學過中文，以及沒從韓國帶김치（韓國泡菜／辛奇）和고추장（辣椒醬）。雖然台灣有很多맛있는 음식（美食），但剛來時，我在飲食方面還是有些不習慣。那한국 음식（韓國菜）和대만 음식（台灣菜）有哪些다르다（不同）呢？

　　우선（首先），大部分的韓國人非常愛吃맵다（辣），但在台灣不容易找到讓韓國人滿意的매운 음식（辣食物）。雖然台灣人也吃辣，不過台灣的辣和韓國的辣不太一樣。台灣的辣比較偏麻辣，而且一般都用고추기름（辣椒油）來提辣，所以常有越辣越油的感覺。至於韓國的辣則沒有麻的感覺，因為主要的辣來自於고춧가루（辣椒粉）或고추장，所以就算吃特辣也不會感到느끼하다（油膩）。還有，台灣人喜歡將야채（青菜）用熱炒方式烹調；而韓國人則喜歡吃涼拌青菜或直接吃生菜。韓國人通常將야채用開水汆燙後，再加點調味拌一拌當반찬（小菜），要不然就是將青菜醃製或是包烤肉來吃。在韓國餐廳，上主菜前會무료／공짜（免費）提供的那些반찬，大部分都是這樣料理的。

　　韓國人用餐時，식탁（餐桌）上除了一、二道主菜外，還會有幾樣반찬。所謂的김치也算是반찬之一。因此，韓國人一日三餐，很可能每餐都有김치。在一般家庭，媽媽們通常一次會做很多的반찬放進냉장고（冰箱），用餐時再拿出來吃。如果過了幾天還有剩，就會把那些반찬，쌀밥（白飯）以及달걀 프라이（荷包蛋）放在大碗裡，再加고추장和一滴참기름（芝麻油）拌一拌，變成好吃的비빔밥（拌飯）。

　　另外，在韓國用餐時，一手捧著그릇（碗）、以그릇就口的姿勢是沒禮貌的行為，這點跟台灣的習慣剛好相反。除了特別的情況，例如要喝最後一口국（湯）而暫時拿起그릇是被允許的之外，基本上要把그릇放在식탁上吃。而且，通常會用숟가락（湯匙）吃밥和喝국，用젓가락（筷子）夾반찬，所以不管吃什麼한국 음식，桌上都會先擺好숟가락和젓가락。因為韓國的숟가락和젓가락長相都是長長扁扁的，而且多為鐵製，稍微有點重量，很多台灣遊客覺得不太好用，所以若要到韓國旅遊，不妨在行李中順便帶一雙台灣的竹筷子。

附 錄

☯重點提示☯

1. 韓語的基本發音
✓母音 / 子音 / 收尾音

2. 韓語字母表
✓韓語結構1 / 韓語結構2

3. 發音規則
✓連音 / 硬音化 / 子音同化 /「ㅎ」之發音 / 口蓋音化

4. 韓語文法關鍵
✓助詞 / 疑問詞 / 連接詞
✓數字
　　漢字音數字（公制）/ 純韓文數字（量詞、時間說法）
✓季節 / 時間推移 / 每～ / 星期 / 月份 / 日期
　　年的累計 / 月的累計 / 星期的累計 / 日的累計 /
　　小時的累計 / 分鐘的累計
　　位置 / 簡稱：口語說法
✓「動詞、形容詞」不規則的變化

韓語的基本發音

母音

字母	ㅏ	ㅑ	ㅓ	ㅕ		
發音	ㄚ	ㄧㄚ	ㄛ	ㄧㄛ		

字母	ㅗ	ㅛ	ㅜ	ㅠ	ㅡ	ㅣ
發音	ㄡ	ㄧㄡ	ㄨ	ㄧㄨ	ㅡ	ㄧ

字母	ㅐ	ㅒ	ㅔ	ㅖ		
發音	ㄝ	ㄧㄝ	ㄝ	ㄧㄝ		

字母	ㅘ	ㅙ	ㅚ	ㅝ	ㅞ
發音	ㄨㄚ	ㄨㄝ	ㄨㄝ	ㄨㄛ	ㄨㄝ

字母	ㅟ	ㅢ			
發音	ㄩ	ㄜㄧ			

※ 在本書中，有底線的注音，雖然單獨發音，但要把他們聯在一起、快速度的唸。
※ 韓語母音「ㅡ」不管用英文、日文、注音都無法寫出它正確的音，因此在本書，以它遇到的子音所一起造的發音找最接近的注音來標註。

子音

字母	ㄱ	ㄴ	ㄷ	ㄹ	ㅁ
發音	ㄎ／ㄍ	ㄋ	ㄊ／ㄉ	ㄌ	ㄇ

字母	ㅂ	ㅅ	ㅇ	ㅈ	ㅊ
發音	ㄆ／ㄅ	ㄙ／ㄒ／ㄕ		ㄘ／ㄗ／ㄐ	ㄘ／ㄑ

字母	ㅋ	ㅌ	ㅍ	ㅎ
發音	ㄎ	ㄊ	ㄆ	ㄏ

字母	ㄲ	ㄸ	ㅃ	ㅆ	ㅉ
發音	ㄍ	ㄉ	ㄅ	ㄙ	ㄗ

※ 子音「ㅇ」當一般子音時本身沒發音，要靠母音的音來唸，它只有當「收尾音」的時候才會有自己的音。

※ 「ㄱ」或「ㄷ」等有些子音唸法不只一種，原因是因為這些子音跟不同母音在一起時，或於單詞裡當第一個或第二個字等等，發音會變得不同。

收尾音

代表音	發 音 重 點
ㄱ	急促短音，嘴巴不能閉起來，用喉嚨的力量把聲音發出。
	【例】閩南語「殼」 → 각（ㄎㄚㄱ）
	屬於它的收尾音：ㄱ ㅋ ㄲ ㄳ ㄺ
ㄴ	唸完字之後，舌頭還要留在上排牙齒的後面，輕輕的發聲。
	【例】國語「安」 → 안（ㄚㄴ）＝（ㄢ）
	屬於它的收尾音：ㄴ ㄵ ㄶ
ㄷ	唸完字之後，舌頭還要留在上排牙齒的後面，用力的發聲。
	【例】閩南語「踢」 → 닫（ㄊㄚㄷ）
	屬於它的收尾音：ㄷ ㅅ ㅈ ㅊ ㅌ ㅎ ㅆ
ㄹ	像英文的L音一樣，要將舌頭翹起來。
	【例】國語「哪兒」的「兒」發 儿 的音 → 얼（ㄜㄹ）
	屬於它的收尾音：ㄹ ㄻ ㄼ ㄽ ㅀ
ㅁ	將嘴巴輕輕的閉起來。
	【例】閩南語「貪」 → 탐（ㄊㄚㄇ）
	屬於它的收尾音：ㅁ ㄻ
ㅂ	將嘴巴用力的閉起來。
	【例】閩南語「合」 → 합（ㄏㄚㄅ）
	屬於它的收尾音：ㅂ ㅍ ㅄ ㄿ
ㅇ	用鼻音，嘴巴不能閉起來，像加英文「～ng」的發音。
	【例】國語「央」 → 양（ㄧㄚㅇ）＝（ㄧㄤ）
	屬於它的收尾音：ㅇ

※ 更多發音方面的解釋

→ 請參考金玟志老師著作《一週學好韓語四十音　全新修訂版》（瑞蘭國際）。

韓語結構1

母音 / 子音	ㅏ	ㅑ	ㅓ	ㅕ	ㅗ	ㅛ	ㅜ	ㅠ	ㅡ	ㅣ
ㄱ	가	갸	거	겨	고	교	구	규	그	기
ㄴ	나	냐	너	녀	노	뇨	누	뉴	느	니
ㄷ	다	댜	더	뎌	도	됴	두	듀	드	디
ㄹ	라	랴	러	려	로	료	루	류	르	리
ㅁ	마	먀	머	며	모	묘	무	뮤	므	미
ㅂ	바	뱌	버	벼	보	뵤	부	뷰	브	비
ㅅ	사	샤	서	셔	소	쇼	수	슈	스	시
ㅇ	아	야	어	여	오	요	우	유	으	이
ㅈ	자	쟈	저	져	조	죠	주	쥬	즈	지
ㅊ	차	챠	처	쳐	초	쵸	추	츄	츠	치
ㅋ	카	캬	커	켜	코	쿄	쿠	큐	크	키
ㅌ	타	탸	터	텨	토	툐	투	튜	트	티
ㅍ	파	퍄	퍼	펴	포	표	푸	퓨	프	피
ㅎ	하	햐	허	혀	호	효	후	휴	흐	히

★ 結構1

　只有一個子音與母音在一起，子音寫在母音的左邊或上面。

【例】ㄱ（ㄎ）＋ ㅏ（ㄚ）＝ 가（ㄎㄚ）

　　　ㅁ（ㄇ）＋ ㅜ（ㄨ）＝ 무（ㄇㄨ）

★ 子音的位置

ㅏ ㅑ ㅓ ㅕ ㅣ	子音寫在母音的左邊。【例】아
ㅗ ㅛ ㅜ ㅠ ㅡ	子音寫在母音的上面。【例】오

韓語結構2

收尾音 ＼ 結構1	ㄱ	ㄴ	ㄷ	ㄹ	ㅁ	ㅂ	ㅇ
가	각	간	갇	갈	감	갑	강
나	낙	난	낟	날	남	납	낭
다	닥	단	닫	달	담	답	당
라	락	란	랃	랄	람	랍	랑
마	막	만	맏	말	맘	맙	망
바	박	반	받	발	밤	밥	방
사	삭	산	삳	살	삼	삽	상
아	악	안	앋	알	암	압	앙
자	작	잔	잗	잘	잠	잡	장
차	착	찬	찯	찰	참	찹	창
카	칵	칸	칻	칼	캄	캅	캉
타	탁	탄	탇	탈	탐	탑	탕
파	팍	판	팓	팔	팜	팝	팡
하	학	한	핟	할	함	합	항

★ 結構2＝「結構1」＋子音

「結構1」下方再加上去的子音，就叫做「收尾音」。韓語裡，十九個子音當中，除了「ㄸ、ㅃ、ㅉ」以外，其它十六個子音都可以當「收尾音」。有時候連不同的二個子音，也可以組合成一個「收尾音」。

【例】ㄱ（ㄎ）＋ㅏ（ㄚ）＋ㅇ＝강（ㄎㄚㅇ）＝（ㄎㄤ）
ㅁ（ㄇ）＋ㅏ（ㄚ）＋ㄴ＝만（ㄇㄚㄴ）＝（ㄇㄢ）
ㄷ（ㄊ）＋ㅏ（ㄚ）＋ㄺ＝닭（ㄊㄚㄱ）

發音規則

1 連音：

當任何收尾音後方出現子音「ㅇ」時，會將其收尾音移過去唸。（→第34頁）

【例】정말이에요? 是真的嗎? / 따라 읽으세요. 請跟著唸。

[마리]　　　　　　　　　　　[일그]

2 硬音化：

收尾音代表音「ㄱ/ㄷ/ㄹ/ㅂ」後方出現子音「ㄱ/ㄷ/ㅂ/ㅅ/ㅈ」時，原本是「平音」的後方字的頭一個音會發成「硬音」。（→第46頁）

```
      收尾音代表音          後方字的頭一個音
   「ㄱ/ㄷ/ㄹ/ㅂ」 + 「 ㄱ/ㄷ/ㅂ/ㅅ/ㅈ 」  平音
                        ↓ ↓ ↓ ↓ ↓
                    「 ㄲ/ㄸ/ㅃ/ㅆ/ㅉ 」  硬音

   【例】 학교 → [학꾜]　：學校
         식당 → [식땅]　：餐廳
```

3 子音同化：

1) 當「ㄴ」這個音在「ㄹ」前面或後面時，都要發成「ㄹ」。（→第60頁）
【例】연락 → [열락]：聯絡 / 설날 → [설랄]：春節

2) 當收尾音「ㅁ」後方出現子音「ㄹ」開頭的字時，「ㄹ」的發音變成「ㄴ」。（→第60頁）
【例】음력 → [음녁]：農曆 / 음료수 → [음뇨수]：飲料

3) 收尾音代表音「ㄱ/ㄷ/ㅂ」後方出現子音「ㄴ/ㅁ」時，各收尾音本身的發音會變成「ㅇ/ㄴ/ㅁ」。（→第30、102頁）

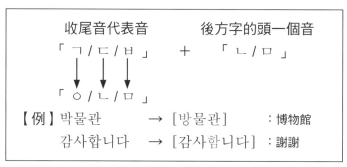

```
            收尾音代表音          後方字的頭一個音
          「ㄱ/ㄷ/ㅂ」    +    「ㄴ/ㅁ」
            ↓  ↓  ↓
          「 ㅇ/ㄴ/ㅁ 」

   【例】박물관        → [방물관]     ：博物館
         감사합니다    → [감사함니다] ：謝謝
```

4 「ㅎ」之發音：

1) 收尾音代表音「ㄱ / ㄷ / ㅂ / ㅈ」後方出現子音「ㅎ」時，收尾音跟「ㅎ」
會合起來，最後「ㅎ」會變成各收尾音的激音「ㅋ / ㅌ / ㅍ / ㅊ」。
（→第57頁）

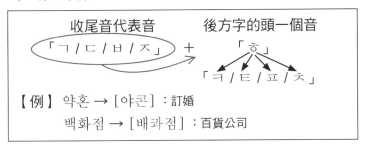

【例】 약혼 → [야콘]：訂婚
백화점 → [배콰점]：百貨公司

2) 當收尾音「ㅎ」後方出現子音「ㅇ」時，「ㅎ」會消失、變成不發音。
（→第74頁、88頁）

【例】좋아요. → [조아요]：好啊！（有人提出意見時可用這句回答）
싫어요. → [시러요]：不要。（想拒絕別人或不想做某件事時可說）

5 口蓋音化：

收尾音「ㄷ / ㅌ」後方接下來的字是「이」時，收尾音會影響到後方字的音，
「이」會發成「지 / 치」。（→第62頁）

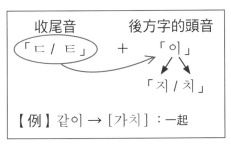

【例】같이 → [가치]：一起

韓語文法關鍵

助詞

1 이/가 :
主詞助詞（→第34頁、42頁）

【例】구두가 너무 비싸요. 皮鞋太貴了。

형이 한국어를 배우고 있어요. 哥哥在學韓文。

2 은/는 :
① 主題、話題 ② 強調 ③ 對比、比較（→第32頁）

【例】제 남자 친구는 한국 사람이에요. 我男朋友是韓國人。

삼계탕은 먹기 싫어요. 我不想吃人參雞湯。

언니는 공부를 잘하지만 동생은 공부를 못해요. 姊姊很會唸書，但妹妹卻不會。

3 을/를 :
受詞助詞（→第70頁）

【例】저는 매일 커피를 마셔요. 我每天喝咖啡。

지금 무엇을 하고 있어요? 你現在正在做什麼？

4 에 :
① 位置 ② 時間 ③ 目的地 ④ 單位（→第48頁、60頁、62頁、104頁）

【例】연필은 책상 위에 있어요. 鉛筆在書桌上。

우리 몇 시에 만날까요? 我們幾點要見面呢？

토요일에 친구 집에 갈 거예요. 星期六要去朋友家。

사과 한 개에 얼마예요? 一顆蘋果多少錢？

5 에서 :
地點（→第72頁）

【例】한국 식당에서 저녁을 먹었어요. 在韓國餐廳吃了晚飯。

6 의 :
的（→第42頁）

【例】이것은 다영 씨의 책이에요. 這是多瑛小姐的書。

7 도：

也（→第37頁）

【例】저도 대만 사람이에요. 我也是台灣人。

8 만：

只（→第77頁）

【例】저는 과일 중에서 포도만 좋아해요. 水果當中我只喜歡葡萄。

9 로/으로：

① 方向 ② 道具、原材料、方法 ③ 交通工具 ④ 選擇 ⑤ 變化（→第154頁）

【例】이쪽으로 오세요. 請往這邊來。

젓가락으로 라면을 먹어요. 用筷子吃泡麵。

보통 지하철로 회사에 가요. 通常搭捷運上班。

우리 점심으로 뭐 먹을까요？ 我們午餐要吃什麼呢？

이거 다른 옷으로 바꾸고 싶어요. 我想把這件換成別件衣服。

10 와/과 & 하고 & 랑/이랑：

和、跟（→第76頁、84頁）

【例】동대문 시장에서 시계와 가방을 샀어요. 在東大門市場買了手表和包包。

동대문 시장에서 가방과 시계를 샀어요. 在東大門市場買了包包和手表。

동대문 시장에서 시계하고 가방을 샀어요. 在東大門市場買了手表和包包。

동대문 시장에서 시계랑 가방을 샀어요. 在東大門市場買了手表和包包。

동대문 시장에서 가방이랑 시계를 샀어요. 在東大門市場買了包包和手表。

11 에게 & 한테：

① 給（某人） ② 對（某人）（→第114頁、161頁）

【例】남자 친구가 저에게 선물을 줬어요. 男朋友送給我禮物。

남자 친구가 저한테 선물을 줬어요. 男朋友送給我禮物。

이 옷은 다영 씨한테 잘 어울려요. 這件衣服很適合多瑛小姐。

12 ～부터 ～까지：

從～到～（→第98頁）

【例】오후 2시부터 5시까지 아르바이트를 해요. 下午兩點開始到五點打工。

13 ~에서 ~까지:

從~到~（→第156頁）

【例】집에서 학교까지 버스로 20분 걸려요. 從家到學校搭公車需要二十分鐘。

14 ~마다:

每~（→第87頁）

【例】저는 주말마다 등산을 가요. 我每個週末去爬山。

疑問詞

누구	언제	어디	무엇
誰	什麼時候	哪裡	什麼
왜	어떻게	얼마	몇
為什麼	怎麼	多少	幾

連接詞 & 連接詞尾

連接詞	意思	連接詞尾	意思
그리고	① 還有 ② 然後	~고	① 又、且 ② 還有 ③ 而 ④ 然後 （→第132頁）
그렇지만 하지만	可是、但是	~지만	（雖然）~，但是~ （→第146頁）
그래서	所以、因此	~아/어/해서	① 因為~，所以~ ② 然後 （→第188頁）
그러니까	所以	~니까/으니까	→「大家的韓國語 （初級2）」
그러면	如果那樣的話、那麼	~면/으면	~的話 （→第170頁）
그런데	① 可是、但是 ② （換話題時） 等於by the way	~ㄴ/은/는데	→「大家的韓國語 （初級2）」

數字

　　韓文唸數字的方法分為二種，一種是來自漢字的說法（本書標示為「漢字音數字」），另一種是純粹韓文的說法（本書標示為「純韓文數字」）。

【漢字音數字】

　　用於年度、日期、價錢、幾分（時間）、電話號碼、樓層、哪棟幾號等。

1	2	3	4	5	6	7	8	9	10
일	이	삼	사	오	육	칠	팔	구	십
11	12	13	14	…	20	30	40	…	100
십일	십이	십삼	십사	…	이십	삼십	사십	…	백

百	千	萬	億
백	천	만	억

★「漢字音數字」用法 → 第56頁～59頁

★ **公制** → 第57頁

【純韓文數字】

　　用於幾點（時間）、年紀、次數、數量等。

1	2	3	4	5	6	7	8	9	10
하나 （한）	둘 （두）	셋 （세）	넷 （네）	다섯	여섯	일곱	여덟	아홉	열
11	…	20	30	40	50	60	70	80	90
열하나 （열한）	…	스물 （스무）	서른	마흔	쉰	예순	일흔	여든	아흔

★「純韓文數字」用法 → 第98頁～103頁

★ **量詞** → 第100頁～101頁

★ **時間說法** → 第98頁

季節

계절 季節	봄 春	여름 夏	가을 秋	겨울 冬

時間推移

새벽 凌晨、清晨	아침 早上	점심 中午	저녁 晚上
낮 白天	밤 晚上、夜晚	오전 上午	오후 下午

그저께 前天	어제 昨天	오늘 今天	내일 明天	모레 後天

지지난주 = 저저번 주 上上星期	지지난달 = 저저번 달 上上個月
지난주 = 저번 주 上星期	지난달 = 저번 달 上個月
이번 주 這星期	이번 달 這個月
다음 주 下星期	다음 달 下個月
다다음 주 下下星期	다다음 달 下下個月

재작년 前年	작년 去年	올해 今年	내년 明年	내후년 後年

每～

매일	날마다	每日
매일 아침	(매일) 아침마다	每天早上
매일 저녁	(매일) 저녁마다	每天晚上
매주	주마다	每週
매월 / 매달	달마다	每月
매년 / 매해	해마다	每年

星期

월요일 星期一	화요일 星期二	수요일 星期三	목요일 星期四
금요일 星期五	토요일 星期六	일요일 星期日	무슨 요일 星期幾

月份

일월 一月	이월 二月	삼월 三月	사월 四月
오월 五月	유월 六月	칠월 七月	팔월 八月
구월 九月	시월 十月	십일월 十一月	십이월 十二月
초 (月) 初	중순 (月) 中	말 (月) 底	몇 월 幾月

日期

일 일　一日	이 일　二日	삼 일　三日	사 일　四日
오 일　五日	육 일　六日	칠 일　七日	팔 일　八日
구 일　九日	십 일　十日	십일 일　十一日	십이 일　十二日
십삼 일　十三日	십사 일　十四日	십오 일　十五日	십육 일　十六日
십칠 일　十七日	십팔 일　十八日	십구 일　十九日	이십 일　二十日
이십일 일　二十一日	이십이 일　二十二日	이십삼 일　二十三日	이십사 일　二十四日
이십오 일　二十五日	이십육 일　二十六日	이십칠 일　二十七日	이십팔 일　二十八日
이십구 일　二十九日	삼십 일　三十日	삼십일 일　三十一日	며칠　幾日

年的累計

年的累計	漢字音數字說法	純韓文數字說法
一年	일 년	한 해
二年	이 년	두 해
三年	삼 년	세 해
四年	사 년	네 해
五年	오 년	다섯 해
六年	육 년	여섯 해
七年	칠 년	일곱 해
八年	팔 년	여덟 해
九年	구 년	아홉 해
十年	십 년	열 해

月的累計

月的累計	漢字音數字說法	純韓文數字說法
一個月	일 개월	한 달
二個月	이 개월	두 달
三個月	삼 개월	세 달
四個月	사 개월	네 달
五個月	오 개월	다섯 달
六個月	육 개월	여섯 달
七個月	칠 개월	일곱 달
八個月	팔 개월	여덟 달
九個月	구 개월	아홉 달
十個月	십 개월	열 달

星期的累計

星期的累計	漢字音數字說法	純韓文數字說法
一個星期	일 주일	한 주
二個星期	이 주일	두 주
三個星期	삼 주일	세 주
四個星期	사 주일	네 주
五個星期	오 주일	다섯 주
六個星期	육 주일	여섯 주
七個星期	칠 주일	일곱 주
八個星期	팔 주일	여덟 주
九個星期	구 주일	아홉 주
十個星期	십 주일	열 주

日的累計

日的累計	漢字音數字說法	純韓文數字說法
一天	일 일	하루
二天	이 일	이틀
三天	삼 일	사흘
四天	사 일	나흘
五天	오 일	닷새
六天	육 일	엿새
七天	칠 일	이레
八天	팔 일	여드레
九天	구 일	아흐레
十天	십 일	열흘

小時的累計

小時的累計	漢字音數字說法	純韓文數字說法
一個小時	—	한 시간
二個小時	—	두 시간
三個小時	—	세 시간
四個小時	—	네 시간
五個小時	—	다섯 시간
六個小時	—	여섯 시간
七個小時	—	일곱 시간
八個小時	—	여덟 시간
九個小時	—	아홉 시간
十個小時	—	열 시간

分鐘的累計

分鐘的累計	漢字音數字說法	純韓文數字說法
一分鐘	일 분	─
二分鐘	이 분	─
三分鐘	삼 분	─
四分鐘	사 분	─
五分鐘	오 분	─
六分鐘	육 분	─
七分鐘	칠 분	─
八分鐘	팔 분	─
九分鐘	구 분	─
十分鐘	십 분	─

位置

앞 前面		뒤 後面		옆 旁邊	
맞은편 對面		위 上面		아래 / 밑 下面 / 底下	
가운데 / 사이 中間 / 之間		안 / 속 裡面		밖 外面	
이쪽 這邊		그쪽 那邊（近距離）		저쪽 那邊（遠距離）	
오른쪽 右邊		왼쪽 左邊		어느 쪽 哪邊	
동쪽 東邊	서쪽 西邊		남쪽 南邊		북쪽 北邊

簡稱：口語說法

我的 / 你的	我 / 你＋助詞「은/는」	我 / 你＋受詞助詞
저의 → 제 나의 → 내 너의 → 네	저는 → 전 나는 → 난 너는 → 넌	저를 → 절 나를 → 날 너를 → 널
這個 / 那個（近距離） / 那個（遠距離）		這個 / 那個 / 那個＋主詞助詞
이것 → 이거 그것 → 그거 저것 → 저거		이것이 → 이게 그것이 → 그게 저것이 → 저게
這個 / 那個 / 那個＋助詞「은/는」		這個 / 那個 / 那個＋受詞助詞
이것은 → 이건 그것은 → 그건 저것은 → 저건		이것을 → 이걸 그것을 → 그걸 저것을 → 저걸
誰的 ～的東西 不是～的東西	누구의 것 → 누구 거 ～의 것 → ～거 ～의 것이 아니다 　→ ～게 아니다	什麼 什麼＋受詞助詞	무엇 → 뭐 무엇을 → 뭘

「動詞、形容詞」不規則的變化

1 「**으不規則**」的變化：

若將動詞或形容詞的原型最後一個字「다」拿掉之後，最後一個字的母音為「ㅡ」，並且沒收尾音時，要看「ㅡ」前方母音的狀態，再決定要加「아요」還是「어요」，並且「ㅡ」本身會消失。

【例】아프다 → 아프＋아요 → 아파요 ：痛、不舒服

（→第86頁、140頁）

2 「**ㅂ不規則**」的變化：

當原型最後一個字「다」前面字的收尾音為「ㅂ」時，那個形容詞的現在式口語說法，八成都不是按照第86頁的公式變化，而是例外變化如下。

【例】춥다 → 춥＋다 → 추＋워요 → 추워요 ：冷

（→第118頁、150頁、160頁、170頁、182頁、186頁、188頁）

3 「**ㄷ不規則**」的變化：

有些動詞（듣다：聽 / 걷다：走（路）/ 묻다：問），

當收尾音「ㄷ」後方接子音「ㅇ」開頭的句型時，收尾音「ㄷ」要變成「ㄹ」。

【例】듣다 → 듣＋아/어/해요 → 들＋어요 → 들어요 ：聽

（→第136頁、142頁、150頁、158頁、170頁、184頁、188頁）

4 「**르不規則**」的變化：

動詞或形容詞的原型最後兩個字為「르다」，並且動詞變化過程中「르」後方需要接子音「ㅇ」時，會按照下面步驟變化。

1) 將原型最後一個字「다」去掉

2) 看「르」前方母音的狀態，再決定要加哪種語尾

3) 在「르」前方母音下方添加收尾音「ㄹ」

4)「르」本身的母音「ㅡ」會消失

5) 剩下的「ㄹ」跟後面語尾合併

（→第184頁、188頁）

> 【例】모르다 ：不知道
> → 모르＋아/어/해요
> → 몰르＋아요
> → 몰ㄹ＋아요
> → 몰라요

5 「**ㄹ不規則**」的變化 ：→「大家的韓國語－初級2」

6 「**ㅅ不規則**」的變化 ：→「大家的韓國語－初級2」

7 「**ㅎ不規則**」的變化 ：→「大家的韓國語－初級2」

【聽力測驗 答案】
【單字索引】

發音篇　韓語40音

1

1) ①　2) ③　3) ②　4) ①　5) ③　6) ②　7) ②　8) ③　9) ①　10) ③
11) ②　12) ③　13) ③　14) ②　15) ③　16) ①　17) ①　18) ②　19) ③
20) ③　21) ②　22) ③　23) ①　24) ③

2

1) 카메라　2) 토끼　3) 치마　4) 컴퓨터　5) 가위　6) 사과　7) 여보세요?
8) 얼마예요?　9) 사랑해요.　10) 안녕하세요?

第一課　저는 대만 사람입니다.

1

1) MP3：이름이 무엇입니까? ④　　　2) MP3：정지훈 씨는 가수입니까? ③

2

1) MP3：저는 중국 사람입니다. （X）　　2) MP3：형은 운동 선수입니다. （O）
3) MP3：저는 일본어 선생님입니다. （X）

3

> MP3：A) 티파니 씨는 미국 사람입니까?
>　　　B) 아니요, 저는 호주 사람입니다. 민우 씨는요?
>　　　A) 저는 한국 사람입니다. 티파니 씨는 직업이 무엇입니까?
>　　　B) 저는 영어 선생님입니다. 민우 씨는요?
>　　　A) 저는 요리사입니다.

1) （X）　2) （X）　3) （O）

第二課　이것은 무엇입니까?

1

1) | MP3 : 저것은 무엇입니까? | ④　　2) | MP3 : 이것은 누구의 것입니까? | ②

2

1) | MP3 : 김윤지 씨는 언니가 있습니다. | (O)
2) | MP3 : 김영준 씨는 김근우 씨의 형입니다. | (X)
3) | MP3 : 김민지 씨는 남동생하고 여동생이 있습니다. | (O)
4) | MP3 : 길혜영 씨는 아들이 없습니다. | (X)

3

1) | MP3 : A) 신발이 어디에 있습니까?
　　　　　B) 책상 아래에 있습니다. |

　④

2) | MP3 : A) 책이 어디에 있습니까?
　　　　　B) 침대 위에 있습니다. |

　①

3) | MP3 : A) 우산이 어디에 있습니까?
　　　　　B) 책상 오른쪽에 있습니다. |

　⑤

4) | MP3 : A) 전화기가 어디에 있습니까?
　　　　　B) 컴퓨터하고 시계 사이에 있습니다. |

　⑥

第三課　오늘이 몇 월 며칠입니까?

1

1) MP3 : 우리 집은 5층에 있습니다. ③
2) MP3 : 저는 대학교 2학년입니다. ②
3) MP3 : 오늘은 5월 27일입니다. ③
4) MP3 : 제 생일은 11월 12일입니다. ②
5) MP3 : 민주 씨 전화번호는 846-7234입니다. ①
6) MP3 : 제 핸드폰 번호는 010-7163-4805입니다. ③
7) MP3 : 이 책은 10,500원입니다. ①
8) MP3 : 이 카메라는 482,000원입니다. ②

2

1)

MP3 : A) 시원 씨 생일이 언제입니까?
B) 7월 9일입니다.
　다영 씨 생일은 언제입니까?
A) 제 생일은 음력 6월 5일입니다.
　이번 주 토요일입니다.

Ⓐ 수요일입니다.
Ⓑ (X)

2)

MP3 : A) 미혜 씨, 지금 어디에 갑니까?
B) 도서관에 갑니다.
　다음 주 월요일에 시험이 있습니다.
　정우 씨는 어디에 갑니까?
A) 저는 극장에 갑니다.

Ⓐ 7월 7일입니다.
Ⓑ (O)

第四課　식당에서 저녁을 먹습니다.

1

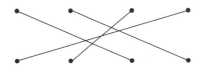

1) MP3 : 정우 씨는 친구들과 같이 노래방에서 노래를 합니다.
2) MP3 : 다영 씨는 극장에서 영화를 봅니다.
3) MP3 : 민주 씨는 지금 라면을 먹습니다.
4) MP3 : 시원 씨는 운동장에서 야구를 합니다.

2

1) 운동합니다　2) 갑니다　3) 먹습니다　4) 쇼핑합니다　5) 배웁니다　6) 잡니다

3

1)
MP3 : A) 다영 씨, 내일도 회사에 갑니까?
　　　 B) 아니요, 내일은 쉽니다.
　　　 A) 그럼 내일은 무엇을 합니까?
　　　 B) 남자 친구를 만납니다.　　　（X）

2)
MP3 : A) 정우 씨, 주말에 무엇을 합니까?
　　　 B) 토요일에 일본에 갑니다.
　　　 A) 누구하고 같이 갑니까?
　　　 B) 가족하고 같이 갑니다.　　　（O）

3)
MP3 : A) 미혜 씨, 시장에서 무엇을 삽니까?
　　　 B) 과일을 삽니다.
　　　 A) 미혜 씨는 과일을 좋아합니까?
　　　 B) 아니요, 저는 바나나만 좋아합니다. 다른 과일은 안 좋아합니다.　（X）

第五課　주말에 보통 뭐 해요?

1

1) | MP3 : 정우 씨는 선생님이 아니에요. 경찰이에요. | ③

2)
| MP3 : A) 지금 집에 누가 있어요?
　　　　 B) 아빠랑 언니가 있어요. | ④

3)
| MP3 : A) 지금 뭐 해요?
　　　　 B) 점심을 먹어요. | ②

2

1) 뭐 2) 가요 3) 와요 4) 마셔요 5) 아파요 6) 듣고 싶어요

3

1)
| MP3 : A) 다영 씨, 저녁에 약속 있어요?
　　　　 B) 아니요, 없어요.
　　　　 A) 그럼 우리 같이 영화 봐요.
　　　　 B) 좋아요. | （O）

2)
| MP3 : A) 정우 씨, 지금 뭐 해요?
　　　　 B) 서점에서 책을 사요.
　　　　 A) 잡지도 사요?
　　　　 B) 아니요, 잡지는 사지 않아요. | （X）

第六課　사과 한 개에 1,000원이에요.

1

1) 7 2) 8 / 30 / 5 / 30 3) 6 4) 2 5) 1 6) 11

2

1)
MP3：A) 지금 몇 시예요?
　　　B) 네 시 이십구 분이에요.　④

2)
MP3：A) 지금 몇 시예요?
　　　B) 열두 시 반이에요.　②

3)
MP3：A) 지금 몇 시예요?
　　　B) 여섯 시 오 분 전이에요.　③

3

1)
MP3：Ⓐ 사과 다섯 개 주세요.
　　　Ⓑ 사과 일곱 개 주세요.
　　　Ⓒ 사과 여섯 개 주세요.
　　　Ⓓ 사과 여덟 개 주세요.　Ⓓ

2)
MP3：Ⓐ 학생이 세 개 있어요.
　　　Ⓑ 학생이 세 마리 있어요.
　　　Ⓒ 학생이 세 명 있어요.
　　　Ⓓ 학생이 세 병 있어요.　Ⓒ

3)
MP3：Ⓐ 노트 한 개에 사천오백 원이에요.
　　　Ⓑ 노트 한 권에 사천오백 원이에요.
　　　Ⓒ 노트 다섯 권에 사천 원이에요.
　　　Ⓓ 노트 다섯 권에 사천오백 원이에요.　Ⓓ

4

1)
MP3：A) 시원 씨, 취미가 뭐예요?
　　　B) 수영이에요.
　　　A) 얼마나 자주 수영을 해요?
　　　B) 일주일에 세 번 정도 해요.　(X)

2)
> MP3 : A) 미혜 씨는 한 달에 몇 번 영화를 봐요?
>
> B) 한 달에 한 번 정도 봐요.
>
> A) 그럼, 책은 자주 읽어요?
>
> B) 아니요, 책은 전혀 안 읽어요.　（O）

第七課　친구에게 생일 선물을 줘요.

1

1) MP3 : 가방이 커요.　②　　　2) MP3 : 아주 많이 매워요.　②

3) MP3 : 머리가 조금 길어요.　①　　4) MP3 : 날씨가 전혀 안 추워요.　①
　※ 머리 : 頭、頭髮

2

> MP3 : A) 정우 씨가 누구에게 생일 선물을 줘요?
>
> B) 시원 씨에게 생일 선물을 줘요.
>
> A) 누가 다영 씨에게 사탕을 줘요?
>
> B) 시원 씨가 다영 씨에게 사탕을 줘요.
>
> A) 누가 누구에게 초콜릿을 줘요?
>
> B) 다영 씨가 정우 씨에게 초콜릿을 줘요.

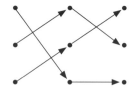

3

1)
> MP3 : A) 미혜 씨, 제 옆에 앉으세요.
>
> B) 네, 고마워요.　（O）

2)
> MP3 : A) 지훈 씨, 여기에서는 사진 찍지 마세요.
>
> B) 네, 알겠습니다.　（X）

3)

> MP3 : A) 다영 씨, 지금 뭐 하고 있어요?
>
> B) 엄마랑 같이 한국 드라마를 보고 있어요.
>   시원 씨는 뭐 하고 있어요?
>
> A) 저는 음악을 듣고 있어요.

(X) , (O)

4)

> MP3 : A) 동건 씨는 지금 뭐 하고 있어요?
>
> B) 밖에서 담배를 피우고 있어요.
>
> A) 현빈 씨도 같이 담배를 피우고 있어요?
>
> B) 아니요, 현빈 씨는 사무실에서 전화를 하고 있어요.

(X) , (X)

第八課　우리 영화 보러 갈까요?

1

1) | MP3 : 어디에 가요? | ③   2) | MP3 : 우리 뭐 마실래요? | ④

3) | MP3 : 8시에 출발할까요? | ②

2

1) 대학생이고　2) 날씬하고　3) 먹고 있고　4) 먼저 먹고

3

1)

> MP3 : A) 다영 씨, 보통 퇴근하고 뭐 해요?
>
> B) 저는 보통 퇴근하고 회사 동료랑 같이 저녁을 먹어요.
>   저녁을 먹고 집에 가요.
>   집에서 한국 드라마를 보고 12시쯤 자요.

(X) , (O)

2)

> MP3 : A) 미혜 씨, 내일 시간 있어요?
>
> B) 왜요?
>
> A) 영화표가 두 장 있어요. 같이 영화 보러 갈래요?
>
> B) 좋아요. 몇 시 영화예요?
>
> A) 4시요.
>
> B) 그럼 우리 3시 반에 극장 앞에서 만날까요?
>
> A) 아니요, 3시에 미혜 씨 집 앞에서 만나요.
>
> B) 알았어요.

(O) , (X)

第九課 세수를 한 후에 이를 닦았어요.

1

1) | MP3 : 미혜 씨는 사과를 먹었어요. | ③
2) | MP3 : 정우 씨는 여자 친구에게 꽃을 줄 거예요. | ①

2

1)

> MP3 : A) 정우 씨, 보통 자기 전에 뭐 해요?
>
> B) 저는 보통 자기 전에 일기를 써요.
>
> 일기를 쓴 후에 여자 친구에게 전화를 해요.
>
> 여자 친구에게 전화를 한 후에 이를 닦아요.
>
> 이를 닦은 후에 자요.

(①) (③) (②) (④)

2)

> MP3 : A) 미혜 씨, 아침에 일어난 후에 뭐 했어요?
>
> B) 저는 아침에 일어난 후에 세수를 했어요.
>
> 세수를 한 후에 아침을 먹고 신문을 봤어요.

(④) (①) (③) (②)

3)
MP3 : A) 시원 씨, 퇴근 후에 뭐 할 거예요?

B) 저는 퇴근 후에 친구를 만날 거예요.

친구를 만난 후에 영화를 볼 거예요.

아, 영화 보기 전에 먼저 저녁을 먹을 거예요.

(②) (④) (③) (①)

대가적韓國語〔初級 1〕聽力測驗 答案

3

1)
MP3 : A) 다영 씨, 지난 주말에 뭐 했어요?

B) 친구하고 명동에 갔어요.

A) 명동에서 뭐 했어요?

B) 영화도 보고 떡볶이도 먹었어요.

A) 떡볶이 맛이 어땠어요?

B) 조금 매웠지만 아주 맛있었어요.　(X) , (X)

2)
MP3 : A) 시원 씨, 내일 뭐 할 거예요?

B) 정우 씨 집에 놀러 갈 거예요.

A) 정우 씨 집에서 뭐 할 거예요?

B) 정우 씨랑 같이 한국어 공부를 한 후에 컴퓨터게임을

할 거예요. 미혜 씨도 같이 갈래요?

A) 아니요, 같이 가고 싶지만 내일은 약속이 있어요.　(O) , (X)

第十課　집에서 회사까지 버스로 30분 걸려요.

1

1)
MP3 : A) 정우 씨, 어제 뭐 했어요?

B) 극장에 영화를 보러 갔어요.

A) 극장까지 어떻게 갔어요?

B) 버스로 갔어요.

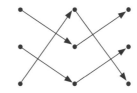

2)

MP3 : A) 미혜 씨, 지금 어디에 가요?

B) 도서관에 책을 읽으러 가요.

A) 여기에서 도서관까지 어떻게 가요?

B) 지하철로 가요.

3)

MP3 : A) 시원 씨, 내일 뭐 할 거예요?

B) 수영을 하러 갈 거예요.

A) 집에서 수영장까지 어떻게 갈 거예요?

B) 걸어서 갈 거예요.

2

1) MP3 : 학교에서 집까지 얼마나 걸려요? ②

2) MP3 : 태권도를 배운 적 있어요? ③

3) MP3 : 내일 눈이 올까요? ④   ※ 눈이 오다 : 下雪

3

1)

MP3 : A) 미혜 씨는 어느 나라에서 왔어요?

B) 저는 대만에서 왔어요.

정우 씨 대만에 가 봤어요?

A) 네, 작년에 대만으로 출장을 간 적 있어요. (O) , (X)

2)

MP3 : A) 시원 씨가 지금 집에 있을까요?

B) 시원 씨는 저녁마다 편의점에서 아르바이트를 해요.

그러니까 지금 집에 없을 거예요.

A) 그래요? 그럼 내일 아침에도 집에 없을까요?

B) 내일 아침에는 집에 있을 거예요. (X) , (X)

第十一課　날씨가 좋으면 등산을 가려고 해요.

1

MP3 : A) 다영 씨, 내일 우리 같이 영화 보러 갈래요?

B) 미안해요. 저도 영화를 보고 싶지만 내일은 바빠요.

A) 내일 뭐 하려고 해요?

B) 사실 내일 저녁에 집들이를 하려고 해요. 그래서 내일은 아침부터 집들이 준비를 하려고 해요. 아침에 은행에 돈을 찾으러 간 후에 슈퍼에서 음식 재료를 살 거예요. 집에 돌아온 후에는 청소를 하고, 불고기 등 몇 가지 음식을 만들려고 해요.

A) 그래요? 저 음식 잘 만들어요. 제가 집들이 준비 도와줄게요.

B) 정말요? 고마워요.

②③④⑥

2

1) | MP3 : 보통 기분이 안 좋으면 뭐 해요? | ②

2) | MP3 : 운전할 수 있어요? | ②

3) | MP3 : 피아노 잘 쳐요? | ③

4) | MP3 : 제가 창문을 열어 드릴까요? | ①

3

1)

MP3 : A) 정우 씨, 이번 주 일요일에 뭐 하려고 해요?

B) 등산을 가려고 해요. 저는 보통 일요일마다 등산을 가요.

A) 그럼 저번 주 일요일에도 등산을 갔어요?

B) 아니요, 그날은 등산을 가려고 했지만 비가 너무 많이 왔어요. 그래서 못 갔어요.

(X) , (O)

2)

> MP3 : A) 미혜 씨, 내일 시간 있으면 저랑 같이 수영하러 가요.
> B) 수영이요? 저는 예전에 수영을 배운 적은 있지만 잘 못해요.
> A) 제가 가르쳐 줄게요. 같이 가요. 네?

（O），（X）

第十二課　더 작은 사이즈를 입어 보세요.

1

1) MP3 : 우유가 콜라보다 비싸요.　①
2) MP3 : 호동 씨는 재석 씨보다 키가 크고 뚱뚱해요.　②
3) MP3 : 서울이 부산보다 추워요.　③

2

1) 재미있는　2) 짧은　3) 큰　4) 긴　5) 매운

3

1) MP3 : 오늘 미혜 씨 기분이 어때 보여요?　②　　※어때 보여요? : 看起來怎樣?
2) MP3 : 어제 파티에 왜 안 왔어요?　③
3) MP3 : 한국말을 잘하고 싶어요.　③

單字索引

《數字、英文》

63빌딩 · 64
KTX · 157
MP3 · 115
PC방 · 105
TV프로그램 · · · · · · · · · · · · · · · · 187

《ㄱ》

가깝다 · 118
가끔 · 104
가다 · 71
가르치다 · 71
가방 · 35,45
가볍다 · 118
가수 · 33
가요 · 77
가운데 · 49
가을 · 91,143
가장 · 187
가정주부 · 33
가져가다 · 117
가족사진 · · · · · · · · · · · · · · · · · · · 45,51
간호사 · 33,141
갈아타다 · 189
갈아입다 · 145
감기약 · 127
감동적이다 · · · · · · · · · · · · · · · · · · 190
갑자기 · 162
값 · 147
강아지 · 31,129
같이 · 63
개 · 100,129
거기 · 48
거울 · 47
거의 안 · 104
거짓말 · 159
걱정 · 177
건강하다 · 183
걷다 · 142
걸리다 · · · · · · · · · · · · · · · · · · · 156,189
걸어서 · 157
검정색 = 검은색 = 까만색 · · · · · · 155
겨울 · 91,143
결혼기념일 · · · · · · · · · · · · · · · · · · 115
결혼식 · 61
결혼(을) 하다 · · · · · · · · · · · · · · · · · 91
경기 · 161
경주 · 157
경찰 · 33
경치 · 119
고기 · 77
고등학생 · 33
고르다 · · · · · · · · · · · · · · · · · · · 121,184
고모 · 43
고속버스 · 157
고속철도 · 157
고양이 · 31,129
골프 · 173
곰 · 129
공무원 · 33
공부(를) 하다 · · · · · · · · · · · · · · · · · 71
공원 · 73
공책 · 31,45
공포 영화 · 77
공항 · 63
공항버스 · 157
과일 · 77
과자 · 49,77
관광버스 · 157
괜찮다 · · · · · · · · · · · · · 134,147,190
교과서 · 45
교실 · 49
교재 · 45
교회 · 105
구경(을) 하다 · · · · · · · · · · · · · · · · 129
구두 · 47
국내 여행 · 171
군인 · 33
권 · 101
귀고리 = 귀걸이 · · · · · · · 103,115,155
귀국하다 · 163

귀엽다	118	끓이다	175,189
귤	103	끝나다	99
그	44		
그것	44		
그날	134	**《ㄴ》**	
그냥	93		
그래서	92,188	나가다	131
그러니까	161	나라	31
그런데	92,107	나쁘다	87,89
그럼	50	나오다	131
그렇지만	146	날	59
그릇	101	날씨	119
그리고	93,132	날씬하다	133,147
그리다	173	남대문시장	157
그림	173	남동생	43
그만	171	남이섬	157
그저께	60,141	남자 주인공	133
그쪽	44	남자 친구	31
극장	63	남편	43
근	101	낮	61
근처	49	낮다	119
금요일	58	내년	61,143
기다리다	113	내려가다	131
기린	129	내려오다	131
기분	89	내리다	131
기쁘다	87	내용	135
기숙사	63	내일	59,61,143
기자	33	내후년	143
기차	157	냉장고	47
기타	173	너무	87,118
길	189	넓다	119,187
길다	119,187	네	31
길이 막히다	161,189	넥타이	115
김밥	73	년	56
김치	77	노래 한 곡	185
김치를 만들다	127	노래(를) 하다	71
김치찌개	143	노래방	73
		노트	45
《ㄲ》		노트북	47
		녹차	75
깨끗하다	119	놀다	113
꼭	131	놀러 가다	91
끄다	175	놀이공원	63
끊다	169	농구	173
		높다	119,187

누구	42,44
누나	43
느끼하다	148
늦게	91,189
늦다	117,171,189

《ㄷ》

다	176
다니다	113
다다음 달	61,143
다다음 주	61,143
다르다	184,187
다른	77,155
다리	189
다시 한 번	175
다운(로드)	176
다운(을) 받다	176
다음 달	61,143
다음 주	61,143
다이어트(를) 하다	113,159
다치다	189
단풍 구경	148
달다	117,175
달다	133,187
달러	155
달력	47
닭	77
담배	89
담배를 피우다	105
당근	77
당첨되다	171
대	101
대만	31
대학교	43
대학생	33
대학원	171
댁	63
더	182,185
더럽다	118
덥다	118
데이트(를) 하다	141
도서관	63
도시락	75
도와주다	131

도착하다	129
독서	35
독일	31
돈	45,155
돈을 찾다	127,169
돌솥비빔밥	73
돌아가다	131
돌아오다	131
돕다	175
동	57
동대문 시장	105
동물원	129
동생	43
동안	144
동창	75,143
동창회	61
돼지	77
되다	91,171
된장찌개	143
뒤	49
드라마	73
듣다	71,142
들	65
들다	191
들어가다	131
들어오다	131
등	177
등록하다	176
디자인	191
디저트	145

《ㄸ》

따다	171
따뜻하다	119
딸	43
딸기	77
때	91,115
떠들다	117
떡볶이	73
또	131
뚱뚱하다	147
뛰다	117
뜨겁다	118,187

《ㄹ》

라디오 · · · · · · · · · · · · · · · · · · 47
라면 · · · · · · · · · · · · · · · · 75,103
러시아 · · · · · · · · · · · · · · · · · · 31
레스토랑 · · · · · · · · · · · · · · · · 73

《ㅁ》

마다 · · · · · · · · · · · · · · · · · · · 87
마리 · · · · · · · · · · · · · · · · · · 100
마스크 팩 · · · · · · · · · · · · · · · 149
마스크 팩(을) 하다 · · · · · · · · · 149
마시다 · · · · · · · · · · · · · · · · · · 71
마음에 들다 · · · · · · · · · · · · · · 121
마지막 · · · · · · · · · · · · · · · · · 190
만 · 77
만나다 · · · · · · · · · · · · · · · · · · 71
만들다 · · · · · · · · · · · · · · · 87,113
만지다 · · · · · · · · · · · · · · · · · 117
만화책 · · · · · · · · · · · · · · · · · · 75
많다 · · · · · · · · · · · · · · · · 89,119
많이 · · · · · · · · · · · · · 89,93,118
말 · · · · · · · · · · · · · · · · · · · 169
말(을)하다 · · · · · · · · · · · · · · · 71
맛 · · · · · · · · · · · · · · · · · · · 147
맛없다 · · · · · · · · · · · · · · · · · 119
맛있다 · · · · · · · · · · · · · · · 79,119
매년 · · · · · · · · · · · · · · · · · · 104
매달 · · · · · · · · · · · · · · · · · · 104
매일 · · · · · · · · · · · · · · · · · · 104
매장 · · · · · · · · · · · · · · · · · · 191
매주 · · · · · · · · · · · · · · · · · · 104
맥주 · · · · · · · · · · · · · · · · 75,129
맵다 · · · · · · · · · · · · · · · · · · 118
머리 · · · · · · · · · · · · · · · · · · · 87
머리(를) 자르다 · · · · · · · · · · · 127
머리(를) 하다 · · · · · · · · · · · · · 127
먹다 · · · · · · · · · · · · · · · · · · · 71
먼저 · · · · · · · · · · · · · · · · 116,131
멀다 · · · · · · · · · · · · 119,147,187
멋있다 · · · · · · · · · · · · · · · · · 133
며칠 · · · · · · · · · · · · · · · · · · 145
명 · · · · · · · · · · · · · · · · · · · 100

명동 · · · · · · · · · · · · · · · · · · 127
명함 · · · · · · · · · · · · · · · · · · · 45
몇 · 57
몇 가지 · · · · · · · · · · · · · · · · 177
모델 · · · · · · · · · · · · · · · · · · · 33
모두 · · · · · · · · · · · · · · · · · · 102
모레 · · · · · · · · · · · · · · · · 61,143
모르다 · · · · · · · · · · · · · · · · · 184
모양 · · · · · · · · · · · · · · · · · · 191
목걸이 · · · · · · · · · · · · · · · · · 115
목요일 · · · · · · · · · · · · · · · · · · 58
목욕(을)하다 · · · · · · · · · · · · · · 71
못 · · · · · · · · · · · · · · · · 168,172
무겁다 · · · · · · · · · · · · · · · · · 118
무섭다 · · · · · · · · · · · · · · · · · 183
무슨 · · · · · · · · · · · · · · · · · · · 59
무엇 · · · · · · · · · · · · · · · · · 35,45
문 · 49
문을 닫다 · · · · · · · · · · · · · · · · 99
문을 열다 · · · · · · · · · · · · · · · · 99
문자 · · · · · · · · · · · · · · · · · · 115
묻다 · · · · · · · · · · · · · · · · · · 142
물 · 75
뭐라고 하다 · · · · · · · · · · · · · · 155
미국 · · · · · · · · · · · · · · · · · · · 31
미장원 = 미용실 · · · · · · · · · · · · 63
밀크티 · · · · · · · · · · · · · · · · · · 75
밑 · 49

《ㅂ》

바꾸다 · · · · · · · · · · · · · · · · · 163
바나나 · · · · · · · · · · · · · · · · · · 31
바다 · · · · · · · · · · · · · · · · · · · 91
바람이 불다 · · · · · · · · · · · · · · 147
바르다 · · · · · · · · · · · · · · · · · 184
바쁘다 · · · · · · · · · · · · · · · · · · 87
박물관 · · · · · · · · · · · · · · · · · 157
박스 · · · · · · · · · · · · · · · · · · 101
밖 · 49
반 · · · · · · · · · · · · · · · · · 98,187
반갑다 · · · · · · · · · · · · · · · · · 118
반납하다 · · · · · · · · · · · · · · · · 127
반지 · · · · · · · · · · · · · · · · · · 115

받다	91
발렌타인데이	115
밤	61
방	49
방문하다	131
방학	91
배	91,103,157
배고프다	171
배낭여행	163
배부르다	171
배우	33
배우다	71
백화점	63
버스	157
번	56,100
번호	58
벌	101
벗다	117
변호사	33
병	101
병원	63
보내다	148
보너스	171
보다	71,182
보이다	175
보통	87
복권	171
볼펜	45
봄	91,143
봉사 활동	159
봉지	101
부르다	71,173,184
부산	157
부치다	127,169
분	56,100
분식집	73
분홍색	121
불고기	73,177
비가 오다	147
비결	149
비서	33
비슷하다	183
비싸다	89,107,119
비행기	157
빌딩	187

빌려 주다	131
빌리다	127

《ㅃ》

빠르다	184
빨래(를)하다	71
빵	49

《ㅅ》

사 가다	135
사 주다	115
사귀다	89
사다	71
사람	31,100
사무실	49,63
사실	163
사용하다	117
사이	49
사이다	75
사이즈	181
사자	129
사전	45
사진	117
사촌	43
사탕	115
산	91
산책(을) 하다	127
살	100
살다	87,113
살을 빼다	185
삼계탕	73
상자	101
상품	191
새	105
새벽	61
색깔	155
샌드위치	103
생각	134
생선	77,103
생수	75
생일	59

大家的韓國語（初級１）

單字索引

생일날 · 91
서울 · 43
서울역 · 157
서울타워 · 157
서점 · 63
선물 · 91
선물(을) 하다 · 115
선배 · 169
선생님 · 33
설 연휴 · 91
설악산 · 148
설탕 · 133
성격 · 185,187
세계 일주 · 171
세수하다 · 145
섹시하다 · 187
소 · 77
소개하다 · 175
소금 · 133
소설책 · 77
소주 · 75,103,159
소파 · 47
소포 · 169
손 · 71,73,117
손수건 · 45
송이 · 101
쇼핑(을)하다 · 71
수업 · 61,99
수업 시간 · 117
수영 · 77
수요일 · 58
수첩 · 45,134
숙제(를)하다 · 71
숟가락 · 103,155
술 · 75,89,105
쉬다 · 71
쉽다 · 118
슈퍼 · 49
슈퍼마켓 · 63
스웨터 · 171
스키 · 173
스타벅스 · 127
스테이크 · 73
스파게티 · 73
슬프다 · 87

시 · 98
시간 · 100
시계 · 31,47
시끄럽다 · 118,189
시원하다 · 119
시작하다 · 99
시장 · 63
시켜 먹다 · 148
시키다 · 129
시험 · 61
식당 · 33,63,73
식사(를)하다 · 71
식탁 · 47
신문 · 45
신발 · 47,117
신상품 · 191
신용카드 · 45
신청하다 · 169
신혼여행 · 155
싱겁다 · 118

《 ㅆ 》

싸다 · 119
싸우다 · 189
쌍 · 101
쓰다 · 71,183,185
씨 · 33
씻다 · 71

《 ㅇ 》

아까 · 191
아내 · 43
아니에요 · 149
아니요 · 31
아들 · 43
아래 · 49
아르바이트(를) 하다 · · · · · · · · · · · · · · · · 99
아름답다 · 118
아마 · 161
아무 것 · 91
아버지 · 43

아빠	43
아이	43
아주	79,118
아직	162,177
아침	61,71
아프다	87
안	49,74
안경	45
안주	129
앉다	87
알려 주다	175
앞	49
앞머리	183
앞으로	131,169
앞으로 쭉	155
액션 영화	77
앨범	77
야구(를) 하다	73
야채	77
약국	63
약속	61
약혼(을) 하다	91
양력	59
양말	103
양배추	77
양산	45
양치질(을) 하다	133
양치하다	133
어느	31,44
어디	49
어떤	187
어떻게	157
어렵다	118
어리다	183
어린이날	59
어머니	31,43
어버이날	59,89
어울리다	161
어제	60,141
어학연수	169
언니	43
언제	60
얼마	58,145
엄마	43
에버랜드	127

에어컨	47,103,171
엘리베이터	49
여권	169
여기	33,48
여동생	43
여드름	185
여드름이 나다	185
여러 번	162
여름	91,143
여의도	64
여자	31
여자 주인공	133
여행	154
여행사	113
역	157
연락(을) 하다	115,131
연락처	175
연예인	33,187
연필	45
열다	175
열쇠	45
열심히	117
염색(을) 하다	127
영국	31
영어	35
영화	103
영화감상	35
영화관	63
옆	49
옆집	127
예	85
예매(를) 하다	131
예쁘다	87
예약(을) 하다	131
예전	141
오늘	58,61
오다	71
오래	162,189
오른쪽	49,155
오빠	31,43
오전	61
오토바이	157
오후	61
올라가다	131
올라오다	131

大家的韓國語（初級１） 單字索引

올해	61,102	
옷	71	
와인	75	
외국	159	
외국어	35	
외동딸	106	
외사촌	43	
외삼촌	43	
외아들	106	
외출하다	91	
외할머니	43	
외할아버지	43	
왼쪽	49	
요리	35	
요리(를) 하다	71	
요리사	33	
요일	59	
요즘	89,107	
용돈	115	
우동	73	
우리	17	
우리 집	58	
우산	45	
우선	162	
우유	31	
우체국	63	
우표	103	
운동	35	
운동(을) 하다	71	
운동선수	33	
운동장	73	
운동화	47	
운전(을) 하다	105,113,173	
운전기사	33	
운전면허증	171	
원	56	
원피스	121	
월	56	
월급	115,145,171	
월요일	58	
위	49	
유명하다	187	
유자차	75	
유학	169	
은행원	33	
음력	59	

음료수	75	
음반 가게	77	
음식	113	
음악	73,75	
음악 감상	35,78	
의사	33	
의자	47	
이	44,105	
이것	33,44	
이곳	141	
이기다	161	
이따가	131,169	
이를 닦다	105,133	
이름	35	
이메일 = 메일	115,175	
이모	43	
이번	147	
이번 달	61	
이번 주	61	
이야기(를) 하다	71	
이쪽	44	
이틀	105,145	
이혼(을) 하다	91	
인기	190	
인도네시아	31	
인분	101	
인사동	157	
인천공항	157	
인형	159	
일	56	
일 개월	105	
일 년	105	
일(을) 하다	71	
일기	145	
일본	31,35	
일본어 = 일어	35	
일식	79	
일식집	73	
일어나다	71	
일요일	58	
일찍	91	
읽다	71,173	
잃어버리다	147	
입다	71	
입원하다	159	

《ㅈ》

자다	71
자동차	157
자루	101
자르다	183,184
자리	155
자막	176
자장면	73
자전거	157,173
자주	78,104
작년	141
작다	119
작은아버지	43
잔	100
잘	148,172
잘 못	172
잘생기다	176,187
잘하다	147
잠깐	117
잠시	117
잡지	45,77
잡채	177
장	101
장미	103
장미꽃	115
장학금	171
재미없다	119
재미있다	119
재작년	141
저	32,44
저것	44
저기	48
저녁	61,71
저번	147
저번 달 = 지난달	141
저번 주 = 지난주	141
서쪽	44
저희	191
적다	119,134
전	144
전혀 안	118
전화(를) 하다	71
전화기	47
전화번호	56,58
젊다	183
점심	61,71
점원	33
젓가락	103,155
정각	98
정도	105
제	35,43
제일	187
제주도	63
조금	118,145,172
조용하다	119
조카	43
졸업식	61,115
좀	120,175
좁다	119
좋다	89
좋아하다	74
주다	87
주말	61
주문(을) 하다	131
주소	175
주스	75
주유소	63,169
주차(를) 하다	117
주차장	63
죽다	190
준비하다	113
중국	31
중국어	35
중국집	73
중순	169
중식	79
중학교	143
즐겨	176
지각하다	189
지갑	45
지금	51,60
지우개	45
지하철 = 전철	157
직업	35
직원	115
직접	159
집들이	177
집안일	89
집안일(을) 하다	141

大家的韓國語（初級１）單字索引

《ㅉ》

짜다 · 133
짧다 · 119
짬뽕 · 73
쪽 · 44,57
쯤 · 161
찍다 · 117

《ㅊ》

차 · 75,157
차갑다 · 118
착하다 · 187
참 · 149
참석하다 · 131
창문 · 49,117
찾다 · 169
책 · 31,45
책상 · 33,47
천천히 · 175
청바지 · 189
청소(를) 하다 · · · · · · · · · · · · · · · · · · · 71
초 · 169
초대하다 · 129
초콜릿 · 115
촌스럽다 · 121
추다 · 173
추석 · 59
축구 · 77
출국하다 · 163
출근(을)하다 · 71
출발하다 · 129
출장 · 155,159
춤 · 173
춤(을) 추다 · 71
춥다 · 118
취미 · 35,78
취직하다 · 171
층 · 57
치다 · 173
치마 · 119
친구 · 31

친절하다 · 187
친척 · 43
침대 · 47

《ㅋ》

카메라 · 45
캐나다 · 31
커피 · 31,75
커피숍 · 63
컴퓨터 · 47
컴퓨터게임(을) 하다 · · · · · · · · · · · · · · 105
컵 · 101
케이블카 · 157
케이크 · 189
켜다 · 171,175
켤레 · 101
코끼리 · 129
코미디 영화 · 91
코코아 · 75
콘서트 · 77
콜라 · 75,103
크기 · 191
크다 · 119
크리스마스 · 59
큰아버지 · 43
클래식 · 77
키 · 59
킬로그램 = 킬로 · · · · · · · · · · · · · · · · · 120

《ㅌ》

타다 · 173
탁자 · 47
태국 · 31
태권도 · 91
택시 · 157
테니스 · 77,113
텔레비전 · 47
토끼 · 129
토요일 · 58
통화 중 · 147
퇴근(을) 하다 · 71

퇴원하다	159	한번	185
팀	161	한복	159
		한식	79
		한식집	73
《ㅍ》		할머니	43
		할아버지	43
파마(를) 하다	127	할아버지댁	63
파티	61,129	항상	104
팔다	120	해물탕	177
팔찌	115	해물파전	159
팝송	77,113	해외여행	163,171
팩스	58	핸드폰	45,58
편의점	63	햄버거	155
편지	71,73	행복하다	183
편하다	183	헤어지다	89
평일	75	형	43
포장하다	175	형제	106
표	103,131	호	57
프랑스	31	호랑이	129
프랑스어	75	호주	31,147
피곤하다	171,183	호텔	63
피부	149	혼자	65
피아노	141,173	홍차	75
피우다	89	화요일	58
피자	73	화이트데이	115
필리핀	31	화장(을) 하다	145
필통	45	화장실	49
		화장품	91
		회	73
《ㅎ》		회계사	33
		회사	35,49
하고	49	회사 동료	33
하다	71	회사원	31,33
하루	105	회의	61
하루 종일	148	회의(를) 하다	145
학교	49,63	후	144
학년	57	후배	169
학생	31	휴가	91
학원	63	휴지	45
한 달	105	흰색 = 하얀색	155
한국	31	힘들다	147
한국어	35		
한국어능력시험	169		
한글	173		
한글날	59		

國家圖書館出版品預行編目資料

大家的韓國語〈初級1〉新版 / 金玟志著
-- 修訂二版-- 臺北市：瑞蘭國際, 2023.06
2冊；19×26公分 --（外語學習系列；118）
ISBN：978-626-7274-27-9（第1冊：平裝）
ISNB：978-626-7274-28-6（第2冊：平裝）
1. CST：韓語 2. CST：讀本

803.28   112006021

外語學習系列 118

大家的韓國語 |初級 1| 新版

作者｜金玟志 · 責任編輯｜潘治婷、王愿琦 · 校對｜金玟志、潘治婷、王愿琦

韓語錄音｜高多瑛、朴贊浩、金玟志 · 錄音室｜不凡數位錄音室、采漾錄音製作有限公司
封面設計｜余佳憓、陳如琪 · 版型設計｜張芝瑜 · 內文排版｜張芝瑜、余佳憓 · 美術插畫｜614

瑞蘭國際出版

董事長｜張暖彗 · 社長兼總編輯｜王愿琦
編輯部
副總編輯｜葉仲芸 · 主編｜潘治婷
設計部主任｜陳如琪
業務部
經理｜楊米琪 · 主任｜林湲洵 · 組長｜張毓庭

出版社｜瑞蘭國際有限公司 · 地址｜台北市大安區安和路一段104號7樓之1
電話｜(02)2700-4625 · 傳真｜(02)2700-4622 · 訂購專線｜(02)2700-4625
劃撥帳號｜19914152 瑞蘭國際有限公司 · 瑞蘭國際網路書城｜www.genki-japan.com.tw

法律顧問｜海灣國際法律事務所　呂錦峯律師

總經銷｜聯合發行股份有限公司 · 電話｜(02)2917-8022、2917-8042
傳真｜(02)2915-6275、2915-7212 · 印刷｜科億印刷股份有限公司
出版日期｜2023年06月初版1刷 · 定價｜550元 · ISBN｜978-626-7274-27-9
　　　　　2024年06月初版4刷